Kira Mohn

Note to myself

Liebe ist keine Option

℞Ⱡ rütten & loening

Kira Mohn

Note to myself

Liebe ist keine Option

RL rütten & loening

MIX
Papier | Fördert
gute Waldnutzung
FSC® C083411

ISBN 978-3-352-01000-2

Rütten & Loening ist eine Marke
der Aufbau Verlage GmbH & Co. KG

1. Auflage 2025
© Aufbau Verlage GmbH & Co. KG, Berlin 2025
www.aufbau-verlage.de
10969 Berlin, Prinzenstraße 85
Der Verlag behält sich das Text- und Data-Mining nach § 44b UrhG vor,
was hiermit Dritten ohne Zustimmung des Verlages untersagt ist.
Bei Fragen zur Sicherheit unserer Produkte wenden Sie sich bitte an
produktsicherheit@aufbau-verlage.de.
Motive im Innenteil von © AdobeStock_542415918 / genioatrapado
und © Depositphotos / hchjjl
Satz Greiner & Reichel, Köln
Druck und Binden CPI books GmbH, Leck, Germany

Printed in Germany

10 Dinge,
die ich an Bennett hasse

1. Er klopft morgens an die Badezimmertür, um mich zu fragen, wie lange ich noch brauche

2. Er sieht Frauen hinterher, wenn er denkt, ich bekomme es nicht mit

3. Er sagt im Bett manchmal: »Oh, Baby!«

4. Seine Proteinjoghurts nehmen mittlerweile ein ganzes Fach in meinem Kühlschrank ein

5. Er kocht keinen neuen Kaffee, wenn er den letzten getrunken hat

6. In seiner Wohnung ist er ein verdammter Ordnungsfetischist, aber in meiner tropft er beim Zähneputzen auf den Badezimmerboden

7. Sex ist für ihn Hochleistungssport

8. Er unterbricht mich ständig

9. Er lächelt sein Spiegelbild verliebter an als mich

10. Er schläft mit meiner Freundin

Kapitel 1

Ich stehe erst seit einigen Sekunden im Türrahmen meines Schlafzimmers, doch es reicht vollkommen aus, um die Situation zu erfassen. Da sind die ineinander verknäulten Jeans auf dem Boden und der BH über dem Schirm der Nachttischlampe, da sind Bennetts Zehen hinter dem Metallrahmen am Fußende meines Bettes, und da ist Mindys wippender Hintern, auf dem Bennetts Hände liegen. Es wippt auch sonst ziemlich viel.

»Oh, Baby«, keucht Bennett.

In mir krümmt sich etwas zusammen, wie immer, wenn Bennett beim Sex *Oh, Baby* sagt, aber ich muss zugeben, dass es mich sogar noch mehr stört, wenn er damit nicht mich, sondern Mindy meint.

Ich sollte jetzt schreien, oder? Statt einfach nur herumzustehen. Oder mich wenigstens räuspern, damit wiederum Mindy zu schreien beginnen kann.

Verdammt, Alice!, würde Bennett dann vielleicht rufen, statt *Oh, Baby*, und Mindy würde irgendetwas an sich raffen, meine Bettdecke vermutlich, als hätte ich nicht sowieso schon sehr viel mehr gesehen, als ich jemals sehen wollte.

Eigentlich würde ich sogar gern schreien, doch es funktioniert irgendwie nicht, und dann ist es plötzlich egal, weil Bennett an Mindys Brüsten vorbei in meine Richtung guckt.

»Scheiße!«, ruft er und stößt Mindy so heftig von sich, dass sie von der Matratze rutscht und mit einem Quieken auf dem Boden landet. Dann springt er auf und wickelt sich dabei hastig die Decke um die Hüften, während Mindy mir einen entsetzten Blick zuwirft und ihre Jeans an sich reißt.

»Alice!« Bennett fährt sich erst durch die Haare, dann übers Gesicht. »Scheiße, Alice, also ...«

Mindy hüpft auf und ab, um die Hose über ihren nackten Hintern zu kriegen, und jetzt wippt schon wieder so viel, dass ich Kopfschmerzen kriege.

»Raus«, sage ich.

»Alice, hör zu ...«

»Raus!« Ich bücke mich nach Bennetts Jeans und marschiere damit zur Wohnungstür.

»Alice, hör doch mal zu, es war ... ich bin ...«

Die Hose fliegt fast bis zum Apartment von Mrs. Daniels, und als ich mich umdrehe, umklammert Bennett noch immer mit einer Hand meine Bettdecke, mit der anderen hat er sich sein T-Shirt gegriffen.

»Es tut mir leid, okay? Sorry, es tut mir wirklich leid – es war keine Absicht.«

»Keine Absicht?!« Na also. Ich kann kreischen. Es hat nur noch einen letzten Impuls gebraucht. »Wie meinst du das, es war keine Absicht? War es ein Unfall? Ist Mindy auf dich draufgefallen?«

»Nein, ich meine, du solltest nicht ...«

»*Raus!*«

Mindy huscht an mir vorbei, ihre Schuhe in den Händen, und Bennett stolpert mit betretenem Gesicht hinter ihr her. Als er Anstalten macht, sich aus der Bettdecke zu schälen, wehre ich ab.

»Kannst du behalten.«

»Alice. Jetzt beruhige dich doch mal«, sagt er noch, bevor ich die Tür zuschlage.

Eine Sekunde später reiße ich sie wieder auf.

»Warum in meiner Wohnung?«

Er hat eine eigene. Warum vögelt er meine Freundin nicht da? In Bennetts Gesicht arbeitet es. »Wir waren in der Nähe«, druckst er herum. »Es war ... na ja ...«

Moment mal – heute ist Dienstag. »Bei dir ist die Putzfrau!«, platze ich heraus, und ein Blick in sein schuldbewusstes Gesicht macht mir klar, dass ich ins Schwarze getroffen habe. »Dein verdammter Ernst? Ich fass es nicht!«

Ich werfe die Tür wieder zu und registriere Bennetts Schlüssel im Schloss. Ich hätte ihm sagen können, dass es nicht ausreicht, ihn von innen stecken zu lassen, doch natürlich hat er nie danach gefragt.

Ein paar Sekunden noch stehe ich da, bevor ich zurück ins Schlafzimmer gehe, dort Mindys BH und Bennetts Schuhe entdecke und die Tür so behutsam schließe, als wolle ich die drei nicht stören. Dann gehe ich ins Wohnzimmer, rolle mich auf dem Sofa zusammen und ziehe mir trotz sommerlicher Höchsttemperaturen eine Wolldecke über den Kopf.

———

Bennett schläft also mit Mindy, und deshalb habe ich jetzt nicht nur einen weiteren Ex-Freund, sondern auch eine weitere Ex-

Freundin. Vor Bennett wurden nämlich bereits Gabriel zu meinem Ex-Freund und Stella zu meiner Ex-Freundin, aber immerhin haben die beiden mir das nicht nackt klargemacht. Stattdessen haben sie mir bei einem Abendessen eröffnet, dass sie sich leider ineinander verliebt hätten.

»Na ja, was heißt *leider*?«, hat Stella dann noch gesagt und Gabriel dabei angelächelt. »Was kann man schon dagegen tun, wenn man sich verliebt?«

Es war alles sehr ruhig und sehr vernünftig und lange nicht so verschwitzt wie heute, aber ich habe das verdammte Essen damals trotzdem sehr abrupt beendet. Gabriel war sich Tage später nicht zu blöd, mir die Rechnung der Reinigung zukommen zu lassen, und ich habe ihm daraufhin eine Rechnung für das Essen geschickt. Meine Rechnung war höher, und ich habe dazugeschrieben, dass ich auf der Differenz bestehe, wenn er es noch einmal wagen sollte, sich bei mir zu melden.

Ich meine, was bin ich? Eine Art Datingportal? Verabrede dich mit der falschen Frau und triff dabei die richtige?

Und jetzt also Bennett. Nach beinahe drei gemeinsamen Jahren.

Ich zupfe an der Decke herum, bis ich eine trockene Stelle finde, um mir die Nase abzuwischen.

Bennett ist ... Bennett war ... Ich dachte wirklich, es sei etwas Ernstes zwischen uns. Ich dachte, alles sei nur noch eine Frage der Zeit – ich habe sogar schon eine Liste geschrieben, mit 10 Dingen, die bei meiner Hochzeit auf keinen Fall fehlen dürfen! Vielleicht hätte ich unter Punkt eins statt des allerschönsten Brautkleids der Welt den Bräutigam aufführen sollen.

Mindy steht auch auf dieser Liste. Zusammen mit Zara. Als Brautjungfer.

Gott. Ich bin so unsagbar blöd.

Mein Telefon klingelt. Ich schließe die Augen und lasse es klingeln. Wenn es Bennett ist, will ich nicht hören, was er zu sagen hat, und der Rest der Welt ist mir gerade egal.

Als ich die Augen wieder öffne, dauert es ein paar benommene Sekunden, in denen ich mich frage, warum ich in diesem feuchtwarmen Kokon liege, bevor das Bild von Bennett und Mindy aufleuchtet und Mindys Hinterteil zu wippen beginnt.

Ein Gewicht scheint sich auf mich herabzusenken, und weil ich Luft brauche und außerdem demnächst in meinem eigenen Schweiß ertrinken werde, strecke ich den Kopf unter der Decke hervor. Vor dem Fenster beginnt es, dämmerig zu werden, doch noch ist es hell genug, um die angebrochene Packung Jalapeño-Chips zu erkennen, die auf dem Tisch vor dem Sofa liegt, direkt neben einer aufgeschlagenen *Men's Health*.

Ich hasse Jalapeño-Chips. Und ich hasse die *Men's Health*.

Mit einem Ruck schlage ich die Decke zurück. Ich kann das Zeug nicht schon wieder Mrs. Daniels vor die Tür werfen, aber ich kann es in den Mülleimer befördern. Und genau dort landen auch Bennetts extrascharfer Ketchup, seine widerliche Barbecue-Soße, seine Proteinjoghurts und die eingelegten Oliven, die ich nur für ihn gekauft habe.

Das Dröhnen der Schranktüren hallt noch in der Wohnung nach, als ich mir mit der Mülltüte in der Hand das Bad vornehme. Bennetts Zahnbürste, Bennetts Kamm, Bennetts Rasierapparat, dazu noch sein Haargel, seine Gesichtscreme und sein bescheuerter Nagelknipser.

Mit einer neuen Tüte bewaffnet nähere ich mich dem Schlafzimmer und atme mehrere Male tief ein und wieder aus. Zuerst Bennetts Schuhe. Dann Mindys BH. Mit spitzen Fingern pflücke ich das Teil von der Nachttischlampe. Es folgen Bennetts Shirts sowie seine Socken und Unterhosen aus dem Kleiderschrank, bevor ich noch das Bettlaken von der Matratze reiße und die beiden Kissen von ihren Bezügen befreie.

Nach kurzem Überlegen stopfe ich auch die Kissen in den Beutel. Will ich mein Gesicht in etwas schmiegen, in das Bennett und Mindy hineingestöhnt haben? Nein, definitiv nicht. Die zweite Tüte lässt sich kaum noch zuschnüren, doch darum kümmere ich mich später.

Jetzt die Matratze. Sie passt in keine Tüte, aber sie muss raus. Ich werde auf dem Sofa schlafen und mir eine neue kaufen.

Ich wuchte sie in die Höhe, lasse sie aber sofort wieder fallen. Verdammt, warum ist die so schwer? Und sperrig obendrein. Entschlossen zerre ich sie vom Lattenrost und schleife sie zur Tür – dann fällt mein Blick auf das Fenster.

Also gut, zwei Möglichkeiten: Entweder ich laviere das Ungetüm über zwei Stockwerke hinweg im engen Treppenhaus nach unten, oder aber ich werfe es einfach vom Schlafzimmer aus auf die Straße.

Ich steige über die Matratze hinweg zur Fensterbank, stelle den Ficus von dort auf den Boden und sehe nach unten. Sie würde auf dem Gehsteig vor den schwarzen Mülltüten landen, die sich am Straßenrand türmen. Anschließend könnte ich hinuntergehen, um sie gegen das schmiedeeiserne Geländer neben dem Treppenaufgang zu lehnen, und ich wette, noch vor morgen früh wäre sie weg. Meine Wohnung befindet sich in einem der Brownstones in der 84th Street, einer ruhigen Seitenstraße zwischen dem Broadway und der Amsterdam Avenue, und in dieser Sekunde lässt nur eine ältere Dame ihren Hund auf der gegenüberliegenden Seite am Stamm eines Baumes schnuppern.

Also. Raus damit.

Ich schiebe das Fenster nach oben, so weit es eben geht, und stoße als Nächstes die Matratze durchs Zimmer. Beim Aufrichten trampele ich um ein Haar meinen armen Ficus nieder. Mit der Schulter hindere ich die Matratze daran, sich wieder langzulegen, während ich den Blumentopf sicherheitshalber mit dem Fuß außer Reichweite befördere. Dann wuchte ich die Matratze gegen die Fensteröffnung, wo sie sich oben, unten, links und rechts verkantet, quetsche und drücke so lange, bis sie ihren Widerstand endlich aufgibt und ich mich am Fensterrahmen festhalten muss, um nicht hinterherzusegeln.

»WHAT THE ...!«, höre ich, dann einen Aufschrei.

O nein.

Für einen Moment halte ich entsetzt die Luft an, bevor ich mich vorbeuge, um nach unten zu sehen.

Meine Matratze liegt auf dem Gehweg, so weit immerhin ist mein Plan aufgegangen. Nur dass sie sich bewegt, das hätte nicht passieren dürfen. O nein, o nein. O verdammt! Bei diesem Anblick tritt selbst der Gedanke an Bennett für den Moment in den Hintergrund.

So schnell bin ich noch nie in meinem Leben die Treppen

hinuntergestürzt. Als ich die Haustür aufreiße und die Stufen zur Straße runterlaufe, steht ein Mann neben meiner Matratze und hält sich den Kopf, als befürchte er, es könne noch etwas hinterherkommen. Seine dunkelblonden Haare stehen zerzaust in alle Richtungen ab, doch soweit ich es auf den ersten Blick feststellen kann, scheint sein Hals stabil, und Blut tropft ihm auch nicht in die Augen. Gott sei Dank.

Wütend funkelt er mich an. »Ist das deine?«

»Es tut mir leid«, stammele ich. »Das tut mir wirklich schrecklich leid!«

»Bist du noch zu retten? Du kannst das Ding doch nicht einfach aus dem Fenster werfen!«

»Stimmt. Natürlich, ich weiß auch nicht, wie das passieren konnte – soll ich einen Krankenwagen rufen?«

Gerade noch hat er Luft geholt, jetzt hält er inne, und seine Hand, mit der er seine Haare noch mehr durcheinandergebracht hat, sinkt herab. »Du weißt nicht, wie das passieren konnte?«

»Nein. Also – doch, natürlich weiß ich, wie es passieren konnte, aber ... Es war eine Art Notfall.«

»Ein Notfall?« Verblüfft mustert er erst die Matratze und dann mich. »Hat sie dich angegriffen?«

»Indirekt«, erwidere ich, weil ich einem wildfremden Typen ganz sicher nicht auf die Nase binden werde, dass diese Matratze noch wenige Stunden zuvor unter meinem Ex-Freund und meiner Ex-Freundin lag.

»Indirekt«, wiederholt er, und ein Grinsen taucht in seinen Mundwinkeln auf.

»Genau. Es war ... quasi Notwehr, aber es tut mir trotzdem leid, dass sie dir auf den Kopf gefallen ist.«

»Na ja, so gesehen bin ich froh, dass du nicht mit deinem Kühlschrank gekämpft hast.« Noch einmal wuschelt er sich durch die Haare. »Sind alle deine Sachen so unberechenbar?«

»Manchmal der Rauchmelder.«

Er lacht auf. »Ich habe einen heimtückischen Staubsaugerroboter. Wir könnten eine Selbsthilfegruppe gründen.«

Damit, dass ich heute noch einmal lächeln würde, hätte ich nicht gerechnet. Als ich mich zur Matratze hinunterbeuge, hilft er mir, sie aufzurichten und zur Seite zu tragen.

»Danke«, sage ich. Und noch einmal: »Es tut mir wirklich leid. Ich hoffe, du bekommst keine Kopfschmerzen.«

»Moment mal«, sagt er, als ich mich umdrehe, um wieder ins Haus zu gehen. »Du kannst mich doch jetzt nicht so einfach hier stehenlassen.«

Kann ich nicht?

»Das war immerhin eine ganze Matratze, die mir da auf den Kopf gekracht ist – vielleicht gibt es Folgeschäden.«

Skeptisch betrachte ich ihn von oben bis unten. »Dann vielleicht doch ein Krankenwagen?«, schlage ich vor. »Oder reicht ein Kamm?«

»Also, ich muss schon sagen.« Er verschränkt die Arme, und jetzt grinst er richtig. »Erst die eigene Matratze nicht im Griff haben, und dann machst du dich auch noch über meine Frisur lustig – die du auf dem Gewissen hast.«

Ich grinse zurück, wenn auch nur kurz. »Was wäre denn deiner Meinung nach angemessen?«, frage ich und verschränke die Arme ebenfalls.

»Du erkundigst dich demnächst mal bei einem Drink, wie's mir geht. Vielleicht im *Mr. Sniffles*?«

Ein Drink im *Mr. Sniffles*. Das ist eine Bar einen Block weiter. Sie gehört Hazel Arrowsmith, und ich bin häufiger dort. Mr. Sniffles heißt ihr Hund, der so riesig ist, dass er die meisten von Hazels Gästen locker überragt, wenn er sie zur Begrüßung anspringt.

»Ich habe dir immerhin beim Tragen geholfen«, erinnert der Kerl mich jetzt und tätschelt dabei meine Ex-Matratze. »*Und* ich habe tatsächlich ein bisschen Kopfweh.«

»Okay, ein Drink.« Ein Drink, kein Date. Der Wiedergutmachung wegen. »Wann?«

»Samstagabend? Halb neun?«

»Okay.«

»Soll ich dich abholen?«

»Ich weiß, wo es ist, danke.«

»Gut. Ich heiße übrigens Lennon. Lennon Sullivan.«

Er streckt mir die Hand hin, die ich nach einigem Zögern ergreife.

»Alice«, sage ich.

»Alice. Ich freu mich sehr. Bringst du deinen Rauchmelder mit?«

Fast hätte ich aufgelacht. »Ich glaube nicht.«

»Gut, dann lass ich meinen Staubsaugerroboter auch zu Hause.«

Was genau mache ich hier eigentlich? »Also dann, Lennon, bis Samstag.«

»Bis Samstag, Alice. Hat mich gefreut, dich kennenzulernen.«

Weil er keine Anstalten macht zu gehen, bin ich es, die jetzt die Stufen zum Eingang hinaufsteigt. Kurz bevor die Tür zufällt, sehe ich mich noch einmal um. Er steht immer noch da, eine Hand auf der Matratze, und das Letzte, das mir auffällt, ist sein wirklich sympathisches Grinsen.

———

Erst in meiner Wohnung holt mich beim Anblick meines matratzenlosen Betts und der beiden Müllsäcke das Gefühl wieder ein, das mich vorhin aufs Sofa und unter die Decke getrieben hat.

Nach ein paar halbherzigen Versuchen gebe ich es auf, den Beutel mit den Kopfkissen zuknoten zu wollen, und schleppe erst ihn und anschließend den anderen die Treppen hinunter in den Innenhof, wo der Hausmeister sich darum kümmern wird. Vielleicht liegt das ganze Zeug bereits morgen früh gut verschnürt in einem schwarzen Müllsack an der Straße. Dann müsste ich mir nur noch jegliche Bennett-Erinnerung aus dem Hirn ätzen.

Ich setze mich aufs Sofa und verschränke die Hände in meinem Schoß. Irgendwo draußen sind heulende Sirenen zu hören, doch hier drin scheint es stiller als gewöhnlich. Dabei hat Bennett ja nicht einmal richtig bei mir gewohnt. Und jetzt wird er auch niemals bei mir wohnen. Wird nicht mehr kurz vorbeischauen, nie wieder warme Bagel vom besten Deli an der Ecke mitbringen, nie wieder meinen Nacken massieren und nie wieder morgens um sieben das Fenster aufreißen und beim Entgegenschlagen schwülwarmer New Yorker Luft, die ins Zimmer quillt, verkünden, es sei das ideale Wetter für eine Joggingrunde im Central Park. Okay, diesen Satz werde ich nicht vermissen.

Aber ich werde es vermissen, wie er mich an sich zog, seine überraschend weiche Stimme, nachdem wir miteinander geschlafen haben, und wie er manchmal *Sweetheart* sagte. *Sweetsweetdoublesweetheart.*

Ich habe mich ihm so verbunden gefühlt – wie oft habe ich mir unsere gemeinsame Zukunft ausgemalt, und hat er nicht neulich erst fallen lassen, er könne sich ein Leben ohne mich gar nicht mehr vorstellen? Das war der Zeitpunkt, ab dem ich darüber nachgedacht habe, ob wir nicht bereit für den nächsten Schritt seien, für immer und ewig und so weiter. Und jetzt ist alles kaputt.

Bevor mir schon wieder die Tränen kommen, stehe ich lieber auf. Vielleicht sollte ich mir etwas zu essen machen. Als ich vor gefühlt hundert Jahren nach Hause gekommen bin, hatte ich jedenfalls noch Hunger.

Eine Weile starre ich in den geöffneten Kühlschrank und denke darüber nach, wie Bennett immer davorstand und herummeckerte, es sei mal wieder nichts Leckeres zu essen da. Einmal hat er mich damit so aufgeregt, dass ich die Kühlschranktür zuschlug, während sein mauliger Kopf noch drinnen war. Danach war Ruhe, zumindest für eine Weile.

Warum erinnert mein Hirn mich ausgerechnet daran? Selbstschutz vermutlich.

Ich schließe den Kühlschrank wieder, ohne etwas herausgenommen zu haben. Keine Ahnung, was ich will.

Makkaroni mit Tomatensoße? Eine mit Kreuzkümmel, Koriander und Kardamom auf Indisch getrimmte Nudelsuppe? Will ich mich vielleicht betrinken, bis Mindys Wipphintern endlich aus meinem Kopf verschwindet?

Ein Schauder lässt mich die Schultern hochziehen.

Ich will einen Brownie vom Coffeeshop in der 78th Street. Einen klebrigen, schokoladigen Brownie mit fettglänzender Glasur, der so süß ist, dass mir die Tränen kommen. Vor Glück! Vor Glück werden mir die Tränen kommen! Fick dich doch, Bennett, ich entscheide immer noch selbst, worüber ich heule.

Ich sitze gerade in der Diele auf dem Boden und bin in meine Schuhe geschlüpft, als es klingelt. Das wird doch nicht ... Wenn er es ist, lass ich ihn nicht rein!

»Ja?«, rufe ich.

»Alice?« Zaras Stimme. »Ist alles okay mit dir?«

Ich öffne die Tür, und meine beste Freundin stürmt herein.

»Ich habe angerufen! Ungefähr tausend Mal! Wieso gehst du nicht ans Telefon?«

»Ich habe geschlafen.«

»Und wie siehst du überhaupt aus?« Zara tritt einen Schritt zurück, um mich im schwachen Licht der Deckenlampe besser mustern zu können. »Hast du geweint?«

Ich werfe einen Blick in den Spiegel neben den Garderobenhaken. Verschmierte Wimperntusche und Kajal lassen mich wirken, als müsse ich eigentlich Cooper mit Nachnamen heißen. Dazu passen dann sogar meine Haare, die mir strähnig am Kopf kleben, und meine zerknitterte Bluse. Ganz kurz schießt mir der Gedanke durch den Kopf, was Lennon wohl über meinen Aufzug gedacht haben muss.

»Vielleicht habe ich geweint«, seufze ich. »Ein bisschen.«

»Aber warum denn? Was ist los?« Zara greift nach meinen Händen.

Wortlos führe ich sie ins Schlafzimmer.

»Dann ist das deine Matratze, die da unten auf der Straße steht? Wie ist die da hingekommen?«

»Ich habe sie aus dem Fenster geworfen.«

»Warum?«

»Weil Bennett Mindy darauf gevögelt hat.«

Ich sage das sehr stoisch, sehr tapfer, und nur die Tatsache, dass ich aussehe wie ein Waschbär, trübt diesen heldenhaften Moment.

»Was?« Zara reißt die Augen auf. »Er hat was? Was für ein Arsch!«

»Schon, oder?« Das kam jetzt etwas kläglich, und ich räuspere mich schnell.

»Dieser verdammte Mistkerl! Dieser elende Bastard! Du hast ihn in deiner eigenen Wohnung erwischt, wie er mit Mindy ... Moment, mit Mindy?«

Ich nicke, zu mehr bin ich nicht in der Lage.

»O nein, doch nicht mit Mindy!«

Ich nicke immer noch.

»Ich mach Kaffee.«

Zara schleift mich in die Küche, und dort hocke ich trostlos am Tisch, während sie die Kaffeemaschine zum Röcheln bringt.

»Du hast ihn rausgeschmissen, hoffe ich?« Sie stellt eine Tasse vor mich und setzt sich mir gegenüber.

»Beide. Ich habe beide rausgeschmissen.«

»Ich fass es nicht, dass es Mindy war.«

Ich auch nicht. Ich kenne Mindy, seit sie vor zweieinhalb Jahren hierhergezogen ist, um an der Martha Graham Dance Company zu studieren. Sie hat mir mal erzählt, sie könne es sich nicht vorstellen, einen Freund zu haben, der kein Tänzer sei. Gut, Bennett war ja auch *mein* Freund, nicht ihrer.

»Willst du darüber reden?«

»Lieber nicht.« Mindy wippt schon wieder.

»Hilft es, wenn ich ihn beschimpfe?«

»Nicht sehr.«

»Ach, Alice.« Über den Tisch hinweg legt Zara eine Hand auf meinen Arm. »Bennett ist so ein Idiot. Und das wird ihm auch noch früh genug auffallen.«

»Ist mir egal. Also, es ist mir eigentlich nicht egal, aber ich fang ganz bestimmt nicht noch mal was mit ihm an.«

»Auf keinen Fall! Einen solchen Typen brauchst du nicht. Und dann auch noch in deiner Wohnung! Er hätte dazu wenigstens in seine eigene gehen können!«

»Da war die Putzfrau.«

»Bitte?«

Zara reißt schon wieder die Augen auf, aber diesmal nicht, weil sie so schockiert wäre. Sie atmet tief durch die Nase ein und presst die Lippen zusammen. Ihre Schultern beginnen zu zittern, und der Griff um meinen Arm verstärkt sich.

»Also, das ist doch …«, sagt sie mit belegter Stimme, und dann muss ich lachen, und auch Zara prustet los.

»Hat er das etwa gesagt? Weil seine Putzfrau …?«

Ich nicke schon wieder, während ich mir mit dem Ärmel übers Gesicht wische und so sehr lache, dass es beinahe ein Heulen ist.

Als wir aufhören zu lachen, schmerzt mein Bauch, und ich fühle mich erschöpft und traurig und ein ganz klein wenig befreit.

»Brauchst du ein paar Tage Urlaub?«, fragt Zara. »Tobey und ich kommen auch eine Weile ohne dich zurecht.«

»Nein, bloß nicht. Sonst sitze ich nur hier rum und stelle mir Bennett zusammen mit Mindy vor.«

Zara verzieht das Gesicht. »Nein, dann kommst du besser in den Laden.«

Zara ist nicht nur meine beste Freundin, sie ist auch meine und Tobeys Chefin. Ihr gehört das *Unicorns, Starships & Bugs*, ein wahrgewordener Kinderbuchtraum am Broadway. Zwischen einem Schuhgeschäft und einer Bank gelegen, würde der Buchladen durch den riesigen Drachen im Schaufenster selbst dann noch herausstechen, wenn keine bunten Käfer über seine dunkelgrüne Vertäfelung krabbeln würden – es vergeht kein Tag, an dem nicht Touristen davor stehen bleiben, um ihn zu fotografieren. Innen ist der Laden eine einzige Leseecke. Zwischen den Regalen und Tischen gibt es Sessel und große Kissen, und wenn alles belegt ist oder man es bequemer findet, setzt man sich einfach auf den honigfarbenen Holzboden und blättert dort in den Büchern herum. Einige sind mittlerweile schon so abgegriffen, dass Zara immer ein neues Exemplar aus dem Lager holt, wenn jemand es kaufen will. Manchmal bestehen die Leute dann trotzdem auf dem zerfledderten Buch, wie diese eine Frau, die sagte, sie würde nun seit fast zwei Monaten jeden Mittwochnachmittag nach der Musikspielgruppe ihrem Sohn *It's okay to be different* vorlesen, und es fühle sich ohnehin schon so an, als gehöre es ihnen.

Zara ist der festen Überzeugung, dass gute Kinderbücher die Welt retten können. Würden zum Beispiel alle Menschen in jungen Jahren die grundlegende Botschaft von *It's okay to be dif-*

ferent verinnerlichen, meint sie, gäbe es definitiv weniger Probleme auf der Welt.

Ich stimme ihr grundsätzlich in allem zu, allerdings glaube ich auch, dass sie sich mit dem *Unicorns, Starships & Bugs* nicht zuletzt den heimlichen Traum erfüllt hat, ihr ganzes Leben lang Kinderbücher lesen zu dürfen, ohne sich dafür rechtfertigen zu müssen. Aber na ja – darin sind wir uns wohl ähnlich. Ich besaß einen Bibliotheksausweis, noch bevor ich den Kindergarten besuchte, und habe mir selbst das Lesen beigebracht. Nicht dass ich Grandma allzu lange hätte bitten müssen, mir vorzulesen. Granny und ich in dem dunkelroten Samtsessel, ich auf ihrem Schoß und auf meinem ein Abenteuer von Winnie-the-Pooh, gehört zu meinen schönsten Erinnerungen. Mittlerweile steht der Sessel in meiner Wohnung.

»Gibt es irgendetwas anderes, das ich für dich tun kann?«, fragt Zara jetzt.

»Im Moment nicht, aber es ist schön, dass du vorbeigekommen bist.«

»Ich habe mir Sorgen gemacht. Willst du heute Nacht vielleicht lieber bei mir schlafen?«

Ich denke an den nackten Lattenrost im Schlafzimmer und an die verschwitzte Wolldecke auf dem Sofa, und dann muss ich noch einmal an den nackten und verschwitzten Bennett denken und seufze. »Das ist eine gute Idee, glaube ich.«

»Dann komm. Pack was für ein paar Nächte zusammen und lass uns gehen. Ich habe noch Tacos im Kühlschrank.«

10 Dinge,
die ohne Männer mehr Spaß machen

1. Spazierengehen im Park (nicht rennen!)
2. Alles mit Kultur
3. Serien-Binge-Watching
4. Essen, was ich mag (KEINE Thunfisch-Zwiebel-Sandwiches 💀)
5. Eine ganze Woche lang jeden Abend nur lesen
6. Musik hören (laut) und mitsingen (auch laut)
7. Reisen
8. Mit Freundinnen telefonieren, mich mit Freundinnen treffen, mit Freundinnen Spaß haben
9. Auf dem Dach liegen und die Sterne anschauen
10. Mit Walen tauchen

Kapitel 2

Ich bleibe bis Freitag bei Zara, und in dieser Zeit ruft Bennett gefühlt hundertmal an und hinterlässt ebenso viele Nachrichten, die ich allesamt lösche.

»Hör dir doch wenigstens eine an«, sagt Zara.

»Wieso denn?«

»Damit wir uns darüber aufregen können.«

So gern ich ihr diesen Gefallen täte – meine äußere Gelassenheit ist brüchig, und ich habe keine Ahnung, was Bennetts Stimme in mir auslösen würde.

Als ich Freitagvormittag zum ersten Mal wieder bei meiner Wohnung vorbeischaue, ist die Matratze weg, und vor meiner Wohnungstür steht ein schlapper Strauß Rosen in einer senfgelben Vase. Mrs. Daniels von gegenüber beeilt sich, in den Hausflur zu trippeln.

»Ich habe die Blumen ins Wasser gestellt«, sagt sie. »So schöne Rosen – ich dachte, bevor sie verwelken ...«

»Das war wirklich nett von Ihnen«, erwidere ich. »Vielen Dank. Möchten Sie die Rosen vielleicht haben?«

»Ach nein, die hat der nette, junge Mann doch für Sie vorbeigebracht.«

Der nette, junge Mann, der mit meiner Freundin schläft und eigentlich wissen sollte, dass ich keine Schnittblumen mag.

»Ich habe eine Rosenallergie.«

»Oh. Na, das ist aber schade.« Mrs. Daniels lässt sich von mir ihre Vase in die Hände drücken. »Die schönen Blumen ... Er hat hier auch auf Sie gewartet.«

Ich werfe einen unbehaglichen Blick die Treppe hinunter.

»Wann denn?«

»Ich glaube ... gestern. Und vorgestern auch. Vielleicht kommt er ja heute wieder?«

Hoffentlich nicht. Käme er in diesem Moment die Treppen hinauf, könnte ich nicht ausschließen, dass all meine guten Vorsätze, ihn aus meinem Leben zu verbannen, in sich zusammenstürzen würden. Ich vermisse ihn, vermisse das, was ich in uns habe sehen wollen – wie kann etwas, das vor wenigen Tagen noch genau richtig schien, plötzlich so vollkommen in Trümmern liegen? Es fühlt sich irreal an, so als müsste ich in meinem Leben nur ein paar Seiten zurückschlagen, und alles wäre wieder in Ordnung.

»Geht's Ihnen denn gut?«, fragt Mrs. Daniels, die nicht nur eine sehr freundliche ältere Nachbarin ist, sondern auch eine sehr neugierige, und holt mich damit aus meinen Gedanken.

»Ja, mir geht's hervorragend.«

Das scheint Mrs. Daniels mir nicht abzukaufen, zweifelnd neigt sie den Kopf. »Es wird sich schon alles wieder einrenken«, sagt sie. »Mein George – Gott hab ihn selig – mein George und ich haben auch oft gestritten, als wir noch jung waren. Das ist ganz normal. Und so schöne rote Rosen ...«

»Aber haben Sie George auch mal nackt mit Ihrer Freundin erwischt?«, platzt es aus mir heraus.

»Was?« Jetzt werden Mrs. Daniels' blaue Augen eulenrund.

»Nein! Also – nein. Oh, das ist … also, das ist …« Sie mustert die Vase mit einem Blick, der Schlimmes befürchten lässt.

»Aber die schönen Blumen können ja nichts dafür«, beeile ich mich zu beschwichtigen und bereue schon, ins Detail gegangen zu sein.

»Nein. Das stimmt.« Ein kummervolles Nicken begleitet diese Worte. »Die schönen Rosen. Aber ich muss trotzdem sagen …« Sie kommt zwei Trippelschritte näher und beugt sich vor. »Es gibt gewisse Dinge – da sollte jede Frau sich gut überlegen, ob sie sie verzeihen will.«

Damit hat sie vollkommen recht.

In meiner Wohnung öffne ich sämtliche Fenster, und erst als ich das Gefühl habe, dass jedes einzelne Luftmolekül ausgetauscht worden ist, schließe ich sie wieder.

Außerdem inspiziere ich meinen Kühlschrank und die Küchenschränke, und während die Klimaanlage sich ächzend ins Zeug legt, um die aufgewärmten Zimmer wieder herunterzukühlen, gehe ich einkaufen.

Danach reicht die Zeit sogar noch für ein Avocado-Tomaten-Gurken-Sandwich, und ich gebe mein Bestes, mich darüber zu freuen, dass ich für Bennett kein Thunfisch-Zwiebel-Sandwich belegen muss. Das werde ich auch nie wieder tun, für keinen Mann dieser Erde.

Keine Thunfisch-Zwiebel-Sandwiches mehr und keine Anchovis auf der Pizza. Und in Restaurants werde ich den Kellnerinnen zukünftig immer ein großzügiges Trinkgeld hinterlassen, auch wenn ich mal etwas länger auf das Essen warten muss.

Überhaupt werde ich ab sofort lauter Dinge tun, die ich

schon viel zu lange nicht mehr getan habe. Weil Bennett keine Lust dazu hatte oder weil sie mit ihm nicht mehr so viel Spaß gemacht haben. Dinge, die ohne Männer eigentlich sowieso viel lustiger sind.

Ich hole das Buch hervor, in das ich all meine Listen schreibe. Grandma hat es mir geschenkt, kurz vor ihrem Tod. Als sie es mir gab, wussten wir beide nicht, dass es ihr letztes Geschenk an mich sein würde. Sie hat das Buch selbst gestaltet, mit getrockneten Blüten aus ihrem Garten, und ich wollte unbedingt, dass es von innen so wunderschön wird wie von außen – es sollte mich an sie erinnern. Lange hatte ich überlegt, wofür ich es verwenden will, bis ich eines Abends meine erste Liste verfasste.

10 Dinge, für die ich dankbar bin.

Ich hatte in einem Ratgeber gelesen, dass es inneren Frieden bringe, sich diese Dinge bewusst zu machen, aber was ich vor allem feststellte, war, dass es mir inneren Frieden schenkte, Listen zu schreiben. Sie gaben meinem Leben etwas zurück, das mit Grandmas Tod ein Stück verloren gegangen war: eine Form von Struktur, einen Überblick über das, was wichtig war. Wenn ich in dieses Buch schrieb, fühlte ich mich Granny nahe und ihrer besonderen Gabe, den kleinen Dingen im Alltag eine Bedeutung zukommen zu lassen. Es war, als könne ich ihre Stimme hören.

Und so lautete der erste Punkt auf meiner ersten Liste: *Ich bin dankbar, dass Granny mein Leben so lange begleitet hat.*

Mittlerweile sind es dreiundsechzig Listen, und ich bin sicher, Granny hätte bei der vierundsechzigsten gelächelt.

10 Dinge, die ohne Männer mehr Spaß machen.

Ein wenig zuversichtlicher als noch vor wenigen Minuten lege ich kurz darauf den Stift beiseite und stecke das Buch ein, um die Liste Zara zu zeigen. Zum Schluss bestelle ich noch online eine neue Matratze und zwei Kopfkissen, und dann habe ich es auf einmal eilig, ins *Unicorns, Starships & Bugs* zu kommen, bevor am Ende tatsächlich noch Bennett vor meiner Tür auftaucht. Es ist eine Sache, seine Anrufe zu ignorieren und seine Nachrichten zu löschen – wie ich reagieren werde, sobald ich ihn das erste Mal wiedersehe, kann ich nicht einschätzen. Am Ende verzeihe ich ihm noch.

———

»Du musst es visualisieren«, sagt Zara, als ich ihr von dieser Sorge erzähle. »Du musst richtig vor dir sehen, wie du Bennett eiskalt abblitzen lässt.«

Zara, Tobey und ich stehen im Laden hinter dem Verkaufstresen und überprüfen die heute eingetroffenen Bücher. Während Tobey eine Kiste öffnet und einen Stapel *Dragons love Tacos* herausholt, stelle ich mir den reuigen Bennett vor und wie ich mich kühl von ihm abwende. Dann allerdings bricht Bennett in meiner Phantasie reumütig weinend zusammen, und ich kann meine Phantasie-Alice nicht davon abhalten, ihn in den Arm zu nehmen.

»Ich habe eine Liste geschrieben«, sage ich in dem Versuch, fürs Erste gar nicht mehr an Bennett zu denken. »Mit lauter Sachen, die ohne Männer mehr Spaß machen.«

»Eine Anti-Männer-Liste?« Tobey legt die Bücher zur Seite, die er gerade ausgepackt hat. »Zeig her.«

»Keine Anti-Männer-Liste, mehr so etwas wie … es ist einfach eine … na gut, vielleicht ist es doch eine Art Anti-Männer-Liste.«

Das bringt mir ein breites Grinsen von Tobey ein. Auch Zara tritt zu uns, und während die beiden lesen, sehe ich über ihre Schulter.

»Also, ich weiß nicht«, sagt Zara. »Wieso sollte es denn schöner sein, allein auf einem Dach zu liegen und sich die Sterne anzuschauen? Findest du nicht, es wäre viel romantischer, es mit jemandem zusammen zu tun?«

»Vielleicht will ich es ja gar nicht romantisch, sondern einfach nur ruhig und friedlich. Ohne dass jemand die ganze Zeit von seinem harten Arbeitstag redet oder sich plötzlich so romantisch fühlt, dass er lieber ins Bett gehen will.«

Tobey tippt auf einen anderen Punkt. »Aber allein verreisen? Wirklich? Das ist doch langweilig.«

»Nein, es wäre entspannt«, betone ich. »Weil ich dann nämlich nicht zehn Sehenswürdigkeiten am Tag abklappern müsste. Es geht darum, einfach mal nur Dinge zu machen, die *ich* will.«

»Dann solltest du aber den Titel ändern. In *10 Dinge, die ohne* Bennett *viel mehr Spaß machen*«, sagt Tobey, und Zara nickt.

»Wie auch immer.« Ich stecke das Buch zurück in meine Tasche. »Auf jeden Fall gibt es jede Menge Dinge, die man prima ohne Männer tun kann, und ich werde sie alle tun. Alle! Und ich werde dabei so viel Spaß haben, dass ich mich davon werde erholen müssen.«

»Darf ich beim Serien-Binge-Watching mitmachen?«, fragt Zara.

»Du darfst überall mitmachen. Und du auch«, wende ich mich an Tobey. »Für dich mache ich eine Ausnahme.«

»Sie sieht mich nicht als Mann«, sagt Tobey und legt sich theatralisch die Hand auf die Brust.

Ich verpasse ihm einen Stoß in die Seite. Es ist schier unmöglich, Tobey, der fünfmal in der Woche Kraft- und Ausdauertraining betreibt, nicht als Inbegriff sogenannter Männlichkeit zu sehen. Ich habe einige Frauen in Verdacht, sich die Kinder ihrer Freundinnen auszuleihen, nur um einen Grund zu haben, regelmäßig bei uns vorbei- und ihn anzuschauen. Allerdings ist Tobey seit über einem Jahr mit Matt zusammen, auch wenn er das im Allgemeinen nicht an die große Glocke hängt. Selbst Zara und ich haben erst davon erfahren, als Matt eines Tages plötzlich im Laden auftauchte, fast genauso riesig wie Tobey und mit Oberarmen, die einen zweiten Blick wert waren. Vielleicht sogar einen dritten.

»Hi«, hat er sich damals vorgestellt, »ich bin Matt, ein guter Freund eures Mitarbeiters hier.«

Und während ich noch über die eigenartige Betonung dieses Satzes nachdachte, beugte er sich über den Tresen und wuschelte Tobey durch die Haare.

Das Ganze hatte mit Sicherheit Folgen, und Tobeys Gesichtsausdruck nach zu urteilen, keine guten.

»Ich will einfach nicht auf meine Sexualität reduziert werden«, erklärte er später, und Zara und ich haben es sofort kapiert und verständnisvoll genickt.

»Ich glaube nicht, dass dieser Matt ein Typ ist, der Tobey ewig durchgehen lässt, dass er es mit Berührungen in der Öffentlichkeit nicht so hat«, sagte Zara allerdings abends, als wir bei einem Italiener gerade wagenradgroße Pizzas in Angriff nahmen, und dem stimme ich zu.

Jetzt tätschele ich beruhigend Tobeys Unterarm. »Ich sehe dich als Freund«, beruhige ich ihn.

»Okay, das kann ich gelten lassen.« Er wendet sich einer Kundin zu, die an den Tresen herangetreten ist. »Kann ich Ihnen helfen?«

»Ich suche ein Buch für meine Nichte. Sie ist dreizehn. Und sie mag ... Romantasy? Das gibt es doch, oder? Vielleicht haben Sie eine Empfehlung für mich?«

»Na klar.« Tobey schlängelt sich an Zara und mir vorbei.

»Ich finde, deine Liste hört sich gut an«, sagt Zara. »Du dürftest übrigens auch gern mal mit mir ins Fitnessstudio gehen.«

»Ins Fitnessstudio?« Gerade wollte ich mich wieder den neuen Büchern zuwenden, jetzt jedoch starre ich Zara entgeistert an. »Hast du Tobey schon gefragt?«

»Nein, ich frage dich. Heute Abend ist zum Beispiel Cardio Dance – Tobey sehe ich da eher nicht, aber dir würde es bestimmt gefallen. Du könntest damit gleich Punkt acht auf deiner Liste abhaken.«

»Bei Punkt acht hatte ich mehr an Kino gedacht.«

Sie zuckt mit den Schultern. »Überleg's dir.«

»Ich habe nicht mal Sportklamotten dabei.«

»Du kannst doch einfach etwas früher gehen und sie noch holen.«

Als Zara das letzte Mal zu mir gesagt hat, ich könne ruhig etwas früher gehen, habe ich Bennett mit Mindy erwischt. Das scheint ihr in diesem Moment auch einzufallen, denn sie wirft mir ein mitfühlendes Lächeln zu. »Na ja, oder vielleicht ein andermal.«

»Nein, weißt du was? Ich komme mit.«

Besser Cardio Dance als heute Abend allein auf dem Sofa sitzen. Es reicht, wenn ich ab morgen Spaß haben werde wie verrückt.

»Echt jetzt? Super!«, ruft Zara, und dann wird ihr Lächeln plötzlich ein bisschen leuchtender und ihre Haltung ein bisschen aufrechter.

Ich folge ihrem Blick und sehe gerade noch, wie sich die Ladentür hinter Fred Baker schließt.

»Hi, Fred!«

Zara winkt ihm zu, und er lächelt höflich, hebt die Hand um einige Zentimeter und beugt sich dann über den Büchertisch mit den Neuerscheinungen.

Fred ist ein harter Brocken, obwohl er in seinen Shirts mit Nerd-Aufdrucken eigentlich ganz harmlos wirkt. In einem der seltenen Momente, in denen er mehr von sich gab als *Hi* und *Bye*, hat er Zara gegenüber erwähnt, dass er als Englischlehrer an der Henderson Elementary School arbeitet und zuständig für die Schulbibliothek ist. Mehr jedoch hat sie bisher nicht aus ihm herausbekommen, denn genauso lange, wie Zara schon für seine wunderschönen Hände, seine immer etwas ungebändigten, dichten Haare und seine Stimme – »O Gott, Alice, diese Stimme!« – schwärmt, hat er jeden weiteren ihrer Versuche umschifft, ihn in ein Gespräch zu verwickeln.

Zara fährt sich schnell noch einmal mit allen Fingern durch ihre dunkelbraunen Locken, dann greift sie sich wahllos einige Bücher vom Tresen und steuert damit den Tisch mit den Neuerscheinungen an. Heute trägt Fred ein verwaschenes Ghostbusters-Shirt, und er tritt mit einem Buch in der Hand ein paar Schritte beiseite, während Zara einen Platz freiräumt und ihn dabei auf ein neues Restaurant in der Columbus Avenue anspricht.

»Warst du schon dort?«, höre ich sie fragen. »Sie sollen da unglaublich leckere Dosas machen.«

»Nein, bisher noch nicht«, sagt Fred.

»Ich liebe Dosas.« Darauf erwidert Fred nichts, weshalb Zara hinzufügt: »Und du?«

Fred sieht auf, einen Finger zwischen die Buchseiten geklemmt. »Doch, ich auch«, sagt er, lächelt unverbindlich und widmet sich wieder seiner Lektüre.

»Vielleicht treffen wir uns dort ja mal zufällig«, wagt Zara sich einen Schritt weiter vor.

»Das wäre wirklich ein Zufall.« Fred legt das Buch zurück. Kurz sieht es so aus, als wolle er noch etwas sagen, dann jedoch nickt er nur knapp und geht ein paar Schritte weiter zu einem der Bücherregale.

Nicht mehr ganz so fröhlich wie noch vor einigen Minuten kehrt Zara zum Tresen zurück, wo ich inzwischen die Kartons flach gedrückt habe.

»Übernimm du ihn«, sagt sie halblaut und schichtet dabei die Pappen übereinander. »Vielleicht will er ja lieber mit dir ausgehen. Ich bin im Lager.« Sie steckt ein Teppichmesser in ihre hintere Jeanstasche und balanciert den Stapel an mir vorbei.

»Ich glaube ja, der will mit niemandem ausgehen«, sagt Tobey halblaut. Gerade hat er der Frau, die nach einem Buch für ihre Nichte gesucht hat, noch einen schönen Tag gewünscht. Jetzt stellt er sich mit verschränkten Armen neben mich. »Der will sich hier einfach nur in Ruhe umschauen.«

Ich nicke. Auch ich würde darauf tippen, dass Fred zu den Menschen gehört, die es lieben, stundenlang in Buchhandlungen herumzustöbern, und es hassen, dabei unterbrochen zu werden.

»Kann ich dir irgendwie helfen?«, frage ich ihn trotzdem nach ein paar Minuten.

»Danke, ich seh mich nur um.«

Tja.

Für Fred zu schwärmen ist definitiv eine frustrierende Geschichte, und Zara ist deshalb den ganzen Nachmittag über in gedämpfter Stimmung.

»Was soll ich denn noch tun, damit er auf mich aufmerksam wird?«, beklagt sie sich. »Ich bin nett, ich bin freundlich, ich habe ein verdammtes *Ich bin Groot*-T-Shirt getragen – warum will er nicht mit mir Dosas essen gehen?«

»Warum fragst du ihn nicht einfach selbst, statt darauf zu warten, dass er es tut?«

»Alice.« Zara verdreht die Augen. »Vorhin habe ich mich ihm quasi in einem Dosafladen gewickelt angeboten – viel deutlicher kann man nicht werden.«

Das stimmt allerdings.

»Vielleicht ist er ja schon vergeben. Hak diesen Typen doch endlich ab, Zara«, sagt Tobey und spricht damit aus, was ich mir auch schon einige Male gedacht habe. Wenn ich Zara allerdings richtig einschätze, hat diesen Punkt noch längst nicht erreicht.

»Ja, vielleicht sollte ich das tun«, erwidert sie daher zu meiner Überraschung, bevor sie sich einer Frau zuwendet, die mit mehreren Büchern an die Kasse getreten ist.

»Hi«, sagt sie, dreht sich dann aber noch einmal zu uns um. »Oder vielleicht mag er einfach lieber Pizza.«

———

»Also dann, bis gleich!«, ruft Zara, als ich mich auf den Weg nach Hause mache, um meine Jogginghose zu suchen. Das letzte Mal hatte ich sie an, während ich frühmorgens neben Bennett hergekeucht bin – die Sonne war noch nicht einmal richtig aufgegangen –, und ich hoffe, ich finde das Teil jetzt im Kleiderschrank und nicht stinkend ganz unten im Wäschekorb.

Wäre ich Bennett, müsste ich mir deshalb keine Gedanken machen. Er besitzt tausend Sporthosen. Hosen zum Laufen, Hosen zum Tennisspielen, Radlerhosen, Fußballhosen, Badehosen – ich glaube, er besitzt mehr Sporthosen als ich Sockenpaare.

Ich jedoch habe nur eine einzige Jogginghose, und ich gebe zu, dass ich sie, bevor ich Bennett kennenlernte, überwiegend getragen habe, um es mir auf dem Sofa gemütlich zu machen – ja, so eine bin ich eigentlich.

Zu meinem Glück ist sie gewaschen. Ich ziehe sie direkt an und dazu ein weißes T-Shirt. Ein kurzer Blick in den Spiegel – sieht doch supersportlich aus. Ich könnte fast zu Hause bleiben, weil ich mich in diesem Outfit fühle, als hätte ich bereits Sport *gemacht* – aber das geht natürlich nicht, Zara wäre zu Recht enttäuscht. Also packe ich Trainingsschuhe, ein Handtuch und ein Wechselshirt in meine Tasche und laufe los.

Unmittelbar nach dem Betreten des Studios muss ich feststellen, dass schlabberige Jogginghosen sich hier auf der Beliebtheitsskala weit abgeschlagen befinden. Netterweise erklärt mir die ultrafitte Frau mit den beeindruckenden Bauchmuskeln am Empfang trotzdem, wo die Cardio-Dance-Stunde stattfindet, und ich hoffe, dass Zara sich für ihre Aschenputtel-Jogginghosen-Freundin nicht allzu sehr genieren wird.

Die Stunde hat bereits begonnen. Etwa dreißig Frauen folgen den Anweisungen der Trainerin mit Headset und springen auf lilafarbenen Treppchen herum. Ein wenig eingeschüchtert halte ich vom Rand aus nach Zara Ausschau.

»Alice, hier!«, übertönt ihre Stimme die Elektropopmusik, und ich beeile mich, mir ebenfalls eines der Treppchen von der Seite zu nehmen und mich damit zu Zara durchzuschlängeln.

»Hi«, ruft sie, ohne sich im Treppchenhüpfen zu unterbrechen.

»Hallo.«

Hastig bringe ich mich in Position und stelle dabei fest, dass unter Zaras Treppchen eine dünne Gummimatte liegt. Die habe ich übersehen, aber es wird ja wohl auch ohne funktionieren. Gleich bei meinem ersten Hopser schießt die Treppe allerdings einen halben Meter vor und kollidiert mit den Achillessehnen einer Frau in türkisfarbenen Leggings.

»Autsch!«, ruft die und wirft mir einen bösen Blick zu.

»Entschuldigung!«, murmele ich beschämt, ziehe mein Treppchen zurück und gehe mir eine Gummimatte holen.

In der nächsten Dreiviertelstunde bemühe ich mich wirklich, mit den anderen mitzuhalten, allerdings passiert es mehr als einmal, dass ich mich nach minutenlangen fehlerhaften Bewegungsfolgen endlich dem allgemeinen Rhythmus angepasst habe, und die Trainerin sich ausgerechnet dann etwas Neues überlegt. Jeder scheint das bereits im Vorfeld zu ahnen, nur ich strecke mich, während die anderen plötzlich den Kopf zwischen den Knien haben.

Die letzten zehn Minuten sehe ich mir im Spiegel beim Sitzen zu und schleppe mich anschließend mit dem Gefühl zum Umkleideraum, jede Menge Kalorien verbrannt und ziemlich viel an Würde verloren zu haben.

»Und?«, fragt Zara. »Wie hat's dir gefallen?«

»Super«, sage ich und zerre mir das durchgeschwitzte Shirt über den Kopf. »Das mache ich ab sofort jedes Jahr.«

Zara grinst. »Ach, komm. Du hast dich doch ganz wacker geschlagen.«

»Kann sein, aber die Frau vor uns hatte Angst vor meinem Treppchen.«

Mit Zaras Lachen im Ohr verkrieche ich mich in einer der Duschkabinen, und dort stehe ich, bis meine Beine sich nicht mehr wie Luftschlangen anfühlen.

»Morgen Abend könntest du beim Power Yoga Workout mitmachen«, sagt Zara, als ich wieder herauskomme. »Vielleicht ist das ja eher etwas für dich – da gibt's keine Stepper.«

»Macht man das mit Sofas?«

»Nein. Aber es spricht sicher nichts dagegen, wenn du dir eins mitbringst.«

»In diesem Fall denke ich darüber nach.«

Ich schnüre mir gerade die Schuhe zu, als mir etwas einfällt. »Zara, ich habe morgen Abend gar keine Zeit.«

»Wieso nicht?«

»Ich treffe mich mit dem Typen, dem meine Matratze auf den Kopf gefallen ist.«

Zara unterbricht sich darin, ihr Handtuch zusammenzufalten. »Könntest du diesen Satz wohl bitte noch einmal wiederholen?«

Es dauert nicht lange, Zara alles zu erklären, und als ich fertig bin, schultert sie ihre Tasche und hakt sich bei mir unter.

»Warum erzählst du das erst jetzt?«

»Ich habe einfach nicht mehr daran gedacht.«

»Du hättest fast jemanden mit deiner Matratze umgebracht – so etwas vergisst man doch nicht.«

»Kommt wohl auf die Umstände an.«

Wir treten auf die Straße, und obwohl es bereits nach zehn ist, empfängt uns feuchtschwüle Hitze, die auch am späten Abend noch immer zwischen den Häuserblöcken hängt. Trotzdem ist sehr viel mehr los als in den brütend heißen Mittagsstunden, wobei die meisten Leute sich vermutlich gerade auf dem Weg von einem Restaurant nach Hause oder in eine Bar befinden dürften. Den New Yorker Sommer genießt man am besten am Wasser, in einem Park – oder in einem klimatisierten Raum.

»Lass uns noch was trinken gehen«, schlägt Zara vor. »Ich will Details.«

»Sehr viel mehr Details gibt es nicht. Er hat es überlebt, und wenn ich mich morgen bei ihm erkundigt habe, wie es ihm geht, werde ich ihn nie wiedersehen.«

»Das glaubst du doch wohl selbst nicht.« Zara weicht ein paar Touristen aus, die treuherzig vor einer roten Ampel stehen bleiben. »Wieso sollte er auf einem Date mit dir bestehen, wenn er dich nicht wiedersehen will?«

»Es ist ein Treffen, kein Date. Und du vergisst die Tatsache, dass ich mich gerade erst von Bennett getrennt habe. Ich habe mich überhaupt nur deshalb darauf eingelassen, weil ich noch völlig neben mir stand. Wir werden uns ein bisschen unterhalten, es wird nett sein, und das war's. Das Letzte, worauf ich Lust habe, ist irgendein Typ, mit dem alles wieder von vorn losgeht.«

»Klar.« Zara hält mir die Tür zu einer Bar auf, vor deren Fenstern Tische stehen. »Wir gehen rein, oder?«

»Auf jeden Fall. Ich zerfließe.«

Pianomusik und beschwingtes Gelächter empfängt uns, doch es ist nicht so voll, wie ich es befürchtet habe. Wir setzen uns an den Tresen, und nachdem zwei Drinks vor uns stehen – Strawberry Daiquiri für Zara, Pina Colada für mich –, beugt Zara sich erwartungsvoll vor.

»Also«, sagt sie, »wie sieht er aus?«

»Zara!«

»Was?« Zara lacht. »Jetzt sag nicht, das hast du auch vergessen.«

»So genau habe ich ihn mir gar nicht angesehen«, behaupte ich, und als wolle mein Hirn mir das Gegenteil beweisen, taucht dieser Lennon mitsamt seinem Grinsen vor mir auf.

»Er sah ganz normal aus, nicht weiter auffällig«, sage ich trotzdem. »Ein bisschen größer als ich, dunkelblonde Haare, und Gott sei Dank saß sein Kopf nicht schief.«

»Augenfarbe?«

»Woher soll ich das denn wissen? So nahe sind wir uns nicht gekommen.«

»Nach morgen Abend weißt du es vielleicht.«

»Ganz bestimmt nicht«, erwidere ich und trinke einen Schluck.

»Du hast übrigens Glück, dass deine Matratze nicht auf Mrs. Daniels gelandet ist«, stellt Zara fest.

»O Gott, ja.« Allein bei dem Gedanken daran krampft mein Magen sich erschrocken zusammen. »Es war eine selten blöde Aktion.«

»Na ja, ich kann schon verstehen, dass du das Ding loswerden wolltest.«

»Trotzdem.« Ich trinke einen größeren Schluck und fühle mich schrecklich unverantwortlich.

»Hast du eigentlich seitdem noch mal mit Bennett gesprochen?«

»Nein. Und das habe ich auch nicht vor.«

»Ruft er noch an?«

»Ja. Und jedes Mal habe ich das Gefühl, ich müsste rangehen, damit er mir sagen kann, dass alles irgendwie ganz anders war, irgendein bescheuertes Missverständnis, und dann wird mir jedes Mal wieder klar, dass es einfach nichts gibt, was er sagen könnte, um dieses Vorher-Gefühl wiederherzustellen, verstehst du? Dieses Gefühl, dass wir zusammengehören und dass alles darauf hinausläuft, irgendwann nach einer gemeinsamen Wohnung zu suchen und ...«

Ich atme aus. Ich dachte, ich werde mit diesem Mann alt. Aber das kann ich nicht einmal Zara gegenüber aussprechen.

»Ich versteh dich«, sagt sie.

»Lass uns nicht weiter über Bennett reden, okay? Das deprimiert mich. Was ist mit Fred? Gibst du ihn auf, oder versuchst du es wirklich mit Pizza?«

»Das Thema Fred deprimiert *mich*.« Zara nippt an ihrem Daiquiri. »Wann genau triffst du dich morgen mit diesem Lennon?«

»Also gut, wir reden überhaupt nicht über Männer, okay? Nicht über Bennett, nicht über Fred, nicht über Lennon – wir werden uns ja auch mal einen Abend lang über etwas ganz anderes unterhalten können, oder?«

»Klar.«

»Gut.«

Ich angele nach meinem Strohhalm, Zara wischt mit dem Finger über ihr beschlagenes Glas. Die Gespräche der Menschen um uns herum bilden zusammen mit den Pianoklängen ein angenehmes Hintergrundgeräusch.

Zara räuspert sich. »Der Barkeeper hat schöne Unterarme, findest du nicht?«

Ich starre sie an, und Zara fragt: »Was denn?«

10 Dinge,
die einen guten Start in den Tag garantieren

1. Ganz von selbst aufwachen (kein Wecker, kein Hochleistungssex)
2. Im Bett bleiben, bis auch der letzte Rest Müdigkeit sich verflüchtigt hat, und dem Gezwitscher der Vögel lauschen (notfalls auf YouTube zurückgreifen)
3. Von Vogelgezwitscher auf Musik umschalten
4. Duschen, lange
5. Lieblingsklamotten
6. Kaffee
7. Noch warme, knusprige, wunderschön goldbraun glänzende Croissants vom besten Deli an der Ecke (oder wenigstens Toast)
8. Ein paar Seiten lesen
9. Ein zweiter Kaffee
10. Aufstehen, sich strecken und dem Tag mit einem Lächeln begegnen (wahlweise mit einem Tritt, man muss da flexibel bleiben)

Kapitel 3

Am Samstagmorgen liege ich auf dem Sofa, und zum Gezwitscher eines unsichtbaren YouTube-Vogelkonzerts begrüße ich jeden meiner Körperteile einzeln. Man startet angeblich sehr viel energiegeladener in den Tag, wenn man das tut. Ich habe vergessen, woher ich das weiß – vermutlich aus irgendeiner Zeitschrift im Wartezimmer meiner Frauenärztin –, aber letztlich spielt das ja auch keine Rolle. Es auszuprobieren, kann nicht schaden.

Guten Morgen, Fußzehen. Guten Morgen, Füße. Guten Morgen, ihr Knie.

Hätte ich auch noch die Waden erwähnen müssen? Was ist mit den Schienbeinen? Oder den Fersen?

Wie auch immer. Es geht ja mehr ums Prinzip, schätze ich, und nicht darum, alles zu benennen, zu dem mir der dazugehörende Name einfällt.

Ich begrüße meine Oberschenkel und arbeite mich hoch, schlafe zwischen Schultern und Nacken noch einmal ein und mache dann etwas wahllos weiter mit dem Hals und dem Unterkiefer. Erst als ich bei der Schädeldecke angekommen bin, fallen mir meine Arme ein, die sich sofort vernachlässigt fühlen, weil ich sogar meine Wangenknochen begrüßt habe, nur sie nicht.

Guten Morgen, Hände, Unterarme, Ellbogen, Oberarme. Kurz denke ich darüber nach, das Ganze auf jeden einzelnen Finger auszuweiten, bevor mein Hirn erklärt, jetzt werde es albern. Also schlage ich das Laken zurück und stelle mir dabei vor, wie mein linker Daumen leise *Unfair* murmelt.

David Lynch hätte heute Morgen mit Sicherheit seine helle Freude an mir.

Eine Weile noch stehe ich mit bloßen Füßen auf den angewärmten Sonnenflecken vor dem Fenster, bevor ich mit meinem Lieblingskleid im Badezimmer verschwinde. Heute werde ich den ersten Punkt meiner vielversprechenden Mehr-Spaß-ohne-Männer-Liste angehen: ein Spaziergang durch den Park, nur ich und das Leben. Ich werde echten Vögeln lauschen und den Muskelkater aus der Hölle ignorieren, den mir meine Cardio-Dance-Einlage von gestern eingebracht hat. Vielleicht nehme ich ein Buch mit und lese ein wenig.

Kurz darauf vereint sich das Rauschen der Klimaanlage mit dem Gebrumm der Kaffeemaschine, eine Kombination, die fast an das Prasseln eines Kaminfeuers heranreicht, und es duftet nach Kaffee und Toast. Während ich in meiner Tasse herumrühre, nimmt eine neue Liste in meinem Kopf Gestalt an: *Die 10 angenehmsten Geräusche der Welt.* Ich bin bei Punkt vier – Katzenschnurren –, da knallt es plötzlich, und eine Stichflamme schießt aus dem Toaster.

Mein Kaffee ergießt sich über den Küchentisch, und der Stuhl kracht zu Boden, als ich aufspringe, um das Kabel aus der Steckdose zu reißen. Das hält den Toaster nicht vom Brennen ab, doch immerhin werde ich nicht von einem Stromschlag dahingerafft. Mein Blick flackert zur Kaffeekanne – blöde Idee –, bevor ich meine größte Edelstahlschüssel aus dem Schrank reiße und sie über den Toaster stülpe.

Können Toaster explodieren?

Sicherheitshalber weiche ich bis zur Tür zurück und behalte das Geschehen von dort aus im Blick. Minutenlang passiert nicht mehr, als dass Kaffee auf den Boden tropft.

Obwohl ich beinahe sicher bin, die Gefahr gebannt zu haben, sorgt ein letzter Rest Zweifel dafür, dass ich mich äußerst vorsichtig an meine Edelstahlschüssel heranpirsche. In einem Film würde sie in der Sekunde Richtung Decke abheben, in der ich mich ihr mit einem Küchentuch nähere, doch im echten Leben passiert nicht viel mehr, als dass sich mir der traurige Anblick meines rußgeschwärzten Toasters und zweier verbrannter Toastscheiben bietet. Ruhe in Frieden. Wir hatten eine schöne Zeit zusammen.

Mitunter neige ich dazu, unbelebten Dingen eine Persönlichkeit zuzuschreiben, weshalb der plötzliche Tod meines Toasters dem bisherigen Morgen einen empfindlichen Dämpfer verpasst. Tag für Tag stand er mir treu und ergeben zu Diensten und war damit um einiges loyaler als zum Beispiel Bennett. An den ich eigentlich nicht schon wieder denken wollte.

Geknickt packe ich den Toaster in eine Tüte, um ihn am nächsten Recycling Day auf die Straße zu stellen. Dann wische ich den Kaffee auf und kippe Cornflakes in eine Schale. Ich werde heute trotzdem im Park spazieren gehen. Mein Toaster hätte es so gewollt.

Als ich auf die Straße trete, umhüllt mich die Luft wie warmes Badewasser, und ich bin dankbar für die Wolken, die sich gelegentlich vor die Sonne schieben. Die Stadt liegt unter einer

Dunstglocke aus Abgasen und dem Gestank von Mülltüten, und als ich den Central Park erreiche, atme ich nach wenigen Minuten befreit auf. Mit Bennett bin ich morgens oft den Bridle Path entlanggelaufen, zumindest teilweise, denn während er den kompletten Park umrundete, nahm ich meistens auf halber Strecke eine Abkürzung zurück zum Ausgangspunkt.

Jetzt jedoch schlendere ich unter den Bäumen dahin, beobachte dicke, graue Eichhörnchen und denke darüber nach, wie leicht das Leben doch sein kann, wenn man es in seinem eigenen Tempo angeht.

Für diesen Gedanken feiere ich mich selbst, weil er so wunderbar reflektiert ist, beinahe weise. Vor nicht einmal einer Woche hat Bennett mich mit Mindy betrogen, und hier bin ich, denke klugen Kram und habe die ganze Geschichte quasi schon überwunden. Für einen Moment schließe ich die Augen hinter der Sonnenbrille und atme tief durch, fühle die warmen Sonnenstrahlen auf meiner Haut, fühle das *Leben*, und dann öffne ich die Augen wieder und sehe hinter einigen kinderwagenschiebenden Nannys Bennett, der mit einer Frau – nicht Mindy – lachend auf mich zukommt. Gut sieht er aus. Seinen üblichen teuren Anzug hat er heute gegen eine lässige graue Hose und ein weißes T-Shirt getauscht, und er hat einen Arm um die Schultern der Frau gelegt. Zum Ausweichen ist es zu spät, obwohl ich in dieser Sekunde gern wie eines der Eichhörnchen über den Zaun hechten und einen Stamm hinaufflitzen würde, um mich zwischen den Blättern zu verstecken.

Bennetts Lächeln verkrampft ein wenig, als er mich ebenfalls entdeckt. Für einen Moment scheint es, als wolle er einfach an mir vorbeigehen, dann jedoch bleibt er stehen. Sein Arm sinkt hinab, was ihm einen irritierten Blick seiner Begleitung einträgt.

»Hi«, sagt er. »Na, das ist eine Überraschung.«

Ja. Tolle Überraschung. Frag mich, wie's mir geht, und ich springe dir aus dem Stand ins Gesicht, du verdammter Betrüger. Ich hoffe, ich lächle ebenfalls, garantieren kann ich es nicht.

»Also, ähm ... das ist Alice«, sagt Bennett und fährt sich über den Drei-Tage-Bart. »Und das ist Rebecca. Rebecca und ich sind ... ähm ... gute Freunde.«

Rebecca ist um einiges größer als ich. Ihre schlanken, wohlgeformten Beine scheinen mir bis zur Brust zu reichen. Über Bennetts Aussage wirkt sie nicht weiter erstaunt. Vielleicht sind sie wirklich nur gute Freunde?

Blödsinn. Erstens läuft man mit guten Freunden nicht so herum wie Bennett mit dieser Rebecca, und zweitens müsste ich sie dann ja wohl kennen. Oder wie soll ich es einschätzen, dass ich Bennetts *gute Freundin* in fast drei gemeinsamen Jahren noch nie zu Gesicht bekommen habe?

»Hi«, sagt Rebecca jetzt und grinst ein wenig zu breit. »Du bist also Alice.«

Ich bin *also* Alice?

Bennett windet sich sichtlich. »Ja, dann«, sagt er, »wir müssen jetzt ...«

»Stimmt, ich bin also Alice«, unterbreche ich ihn und halte Rebecca die Hand hin. Sie ist verdutzt genug, um sie zu ergreifen. »Ich bin Bennetts Ex-Freundin, aber das weißt du ja sicher. Und ihr zwei intensiviert eure gute Freundschaft also gerade ein wenig?«

»Wir ...«, beginnt Rebecca und sieht schnell zu Bennett.

»Das ist okay, ehrlich.« Ich habe Rebeccas Hand noch nicht wieder losgelassen und tätschele sie jetzt. »Ich wünsche euch alles Glück dieser Erde. Mit jemanden wie Bennett kann es nur wundervoll werden. Ach, Bennett, wo ich dich gerade sehe ...« Ich lasse Rebeccas Hand los. »Deine gute Freundin Mindy hat ihren BH vergessen, nachdem du dich vor einigen Tagen in meiner Wohnung mit ihr getroffen hast. Wann war das noch gleich? Letzten Montag? Sagst du ihr bitte, dass ich ihn in den Müll geworfen habe, ja?«

Jetzt guckt Rebecca nicht mehr ganz so fröhlich.

»Alice«, sagt Bennett, bemüht, ihrem Blick auszuweichen. »War das jetzt nötig?«

»Du hast recht, das hätte ich ihr auch selbst sagen können, aber weißt du, wir werden uns wohl nicht mehr so oft sehen.« Lächeln. Weiterlächeln. »Schönen Tag noch euch beiden. Hat mich *wirklich* gefreut, dich kennenzulernen, Rebecca. Bennett hat nämlich noch überhaupt nichts von dir erzählt.«

Mit einem Nicken wende ich mich zum Gehen, aufrecht und ohne Eile und froh um meine Sonnenbrille. Erst nach einigen Minuten drehe ich mich um, und als ich weder Bennett noch Rebecca irgendwo entdecken kann, nehme ich die Brille ab und wische mir über die Augen. Das war sie also, die erste Begegnung danach. Dafür, dass Bennett noch gestern flehentliche Nachrichten auf meiner Mailbox hinterlassen hat, sah er nicht im Mindesten so aus, als täte ihm irgendetwas leid.

»Taschentuch?«, fragt mich eine Frau mit beeindruckendem Afro und bleibt neben mir stehen.

»Danke«, erwidere ich und zupfe eins aus der dargebotenen Packung. »Geht schon wieder.«

»Er ist es mit Sicherheit nicht wert«, sagt sie und geht weiter.

Nein, das ist er nicht, da hat sie recht. Jemand, der drei Frauen in nicht einmal einer Woche verarscht, ist es definitiv nicht wert, dass ich um ihn heule, also könnte es jetzt gefälligst auch mal aufhören, so verflucht wehzutun.

Ich putze mir die Nase, werfe das Taschentuch in einen Abfalleimer und straffe die Schultern. Okay, reißt euch alle zusammen. Auch du, Herz.

Vielleicht hätte ich heute doch lieber einen Toaster-Trauertag einlegen sollen. Vielleicht hat mein Toaster sich geopfert, um mir ein Zeichen zu geben. Geh nicht. Verbringe deinen freien Tag lieber auf dem Sofa, aber verdammt – ich schlafe darauf, ich kann nicht auch noch den ganzen Tag darauf sitzen.

Auf das Treffen mit dem Typen, der mir unter die Matratze geraten ist, habe ich nach dem Zusammenstoß mit Bennett dennoch keine Lust, und hätte ich eine Telefonnummer, würde ich absagen. Denn natürlich hat Zara recht: Die Wahrscheinlichkeit, dass er darin eine Art Vorspiel sieht, nach dem man zu *Noch einen Kaffee?* übergehen kann, ist hoch.

Trotzdem bringe ich es nicht über mich, ihn einfach zu versetzen, aber es sollte direkt beim ersten Blick klar werden, dass das Ganze eine pure Höflichkeitsaktion ist. Weil ich nun mal ein netter Mensch bin. Wobei diese blöde Situation im Park mich wünschen lässt, ich wäre nicht ganz so nett. Dann wäre nämlich auch ein Profikiller eine Option.

Das Outfit für einen Wir-treffen-uns-völlig-unverbindlich-Abend sieht folgendermaßen aus: kein aufwendiges Make-up, nur wasserfeste Wimperntusche. Bei diesem Wetter würde alles andere ohnehin zerlaufen. Dazu ein fröhliches Blümchenkleid, nicht zu kurz, nicht zu eng, nicht zu tief ausgeschnitten. Es schreit förmlich *Oh my god, don't you dare!* Dazu Sandalen und einen Jutebeutel, in dem ich meinen Kleinkram versenke. Wenn Männer eine Frau mit Jutebeutel sehen, wissen sie gleich, was läuft – nämlich nichts.

Solcherart gerüstet mache ich mich auf den Weg zu Hazels Bar.

Das *Mr. Sniffles* ist nicht besonders groß und auch kein Touristen-Hotspot. Es werden dort weder Szenedrinks noch ausgefallene Snacks geboten, und der einzige VIP, der sich in dem Laden blicken lassen würde, wäre vermutlich Keanu Reeves. Es gibt sechs abgewetzte Barhocker (mehr passen nicht an den Tresen), und mit seinen plüschigen Sitzecken besitzt es den Charme eines abgeliebten Teddys.

Mr. Sniffles höchstselbst erhebt sich zu meiner Begrüßung von seinem Platz neben der Eingangstür. Ich habe gelernt, ihn sofort hinter den Ohren zu kraulen, bevor er Hundesabber auf mir verteilen kann. Sniffles sackt in sich zusammen und wirft sich auf den Rücken, wofür er nicht nur gefühlt den kompletten Eingangsbereich benötigt.

»Alice«, begrüßt mich Hazel. »Schön, dich zu sehen. Wie geht's Bennett?«

»Dem geht's prima.« Ich richte mich wieder auf, was mir einen vorwurfsvollen Hundeblick einträgt.

»Kommt er auch noch?«

»Kann sein, dass er noch kommt, aber wenn, hätte das nichts mit mir zu tun.«

Hazel hält in der Bewegung inne, dann reckt sie das Kinn vor. »Hattet ihr Streit?«

»Nein, es ist aus.« Ich setze mich an den Tresen und lasse einen Platz frei zwischen mir und dem alten Mr. Jones, der eigentlich immer dort sitzt und über seinem Bier meditiert. »Ein Wasser für mich, bitte.«

Diese Bestellung quittiert Hazel mit dem Heben einer gezupften Augenbraue. Eine halbe Minute später stellt sie ein Wasser mit Zitronenscheibe und ein Schnapsglas vor mich. »Der Tequila geht aufs Haus«, sagt sie. »Seit wann?«

»Seit Montag. Aber es ist schon okay. Ich habe Bennett heute im Park getroffen und wollte ihm nicht in die Kniescheiben schießen.« Jedenfalls nicht sofort.

»Hast du es beendet?«

»Nicht wirklich. Oder vielleicht doch. Er hat es quasi zuerst beendet, indem er sich mit einer Freundin von mir hat erwischen lassen.« Das Lächeln, das ich diesen Worten hinterherschicken will, misslingt, stattdessen kippe ich den Schnaps hinunter.

Hazel murmelt etwas Grimmiges, laut genug, um mich damit zu trösten. Dann stellt sie ein zweites Schnapsglas vor mich. »Und jetzt bist du hier, um dich zu betrinken?«

»Ich hatte ein Wasser bestellt.«

»Aber getrunken hast du bisher nur den Tequila.«

»Weil ich höflich bin. Und nett.«

»Wenn du dich nicht betrinken willst, warum bist du dann hier?«

»Weil ich höflich bin. Und nett«, wiederhole ich. »Und weil ich jemandem versehentlich eine Matratze auf den Kopf geworfen habe.«

Die Tatsache, dass Hazel nicht im Mindesten schockiert wirkt, zeugt von ihren vielen Jahren als Barbesitzerin.

»Das verspricht ein interessanter Abend zu werden«, sagt sie.

»Nein, alles völlig harmlos. Es ist nur irgendein Typ, wir trinken was zusammen, und das war's.«

Hazel nickt nur, als wisse sie es besser. In der Regel weiß Hazel tatsächlich sehr vieles besser. Sie ist eine große Frau mit rot gefärbtem, auftoupiertem Haar, irgendwo zwischen fünfundvierzig und fünfundsechzig Jahren, und wenn sie beginnt, einem zuzuhören, kann man meistens nicht mehr aufhören zu reden. Was das Treffen mit Lennon betrifft, irrt sie sich jedoch, und den Beweis dafür werde ich erbringen, indem ich in einer halben Stunde wieder gehe.

Vielleicht gehe ich sogar früher, er sollte nämlich eigentlich schon da sein.

»Oh, hi, Lennon«, sagt Hazel in diesem Moment, und ein Poltern ist zu hören. Mr. Sniffles hat sich einmal mehr auf den Rücken geworfen. »Lässt du dich mal wieder blicken.«

Ich drehe mich zur Tür, wo Lennon in diesem Moment in die Knie geht, um Mr. Sniffles zu streicheln, und halte kurz die Luft an. Okay, ich meine – ich *hätte* ihn wiedererkannt, aber ich muss es wohl der Aufregung unserer ersten Begegnung zuschreiben, dass sein Bild in meinem Kopf nicht mehr besonders genau ausfiel. Ein paar Strähnen seiner dunkelblonden Haare fallen ihm in die Stirn, während er Sniffles' Bauch krault, er trägt ein weißes Hemd, die Ärmel lässig hochgeschoben, und als er aufblickt und mich ansieht, bereue ich einen kurzen Moment, mich für das Blümchenkleid entschieden zu haben.

»Hi, Hazel«, sagt er. »Hallo, Alice.«

»Ach, du triffst dich mit *Lennon*?«, sagt Hazel so unfassbar beiläufig, dass ich in einer Übersprungshandlung den zweiten Tequila trinke und mit einem Hustenanfall kämpfe, als Lennon an die Theke tritt.

»Was darf's für dich sein?«, fragt Hazel.

Er wirft einen Blick auf mein Glas. »Dasselbe bitte.«

»Ein Wasser also?«

»Das ist Wasser?« Lennon zuckt mit den Schultern und setzt sich neben mich. »Ja, warum nicht.«

Hazel verdreht die Augen und bückt sich, um den Kühlschrank zu öffnen.

»Entschuldige, dass du warten musstest«, sagt Lennon. »Ich hatte schon die Sorge, du könntest gegangen sein.«

Noch immer liegt ein Lächeln auf seinen Lippen, und seine Stimme löst ein zartes Kribbeln in mir aus. Wäre ich bei unserem ersten Treffen nicht mit ganz anderen Dingen beschäftigt gewesen, wäre mir das alles mit Sicherheit aufgefallen – und säße ich dann hier? Sicherheitshalber vermutlich nicht.

Ich räuspere mich. »Du bist ganze sieben Minuten zu spät. Das wäre zu streng.«

»Ich wäre pünktlich gewesen, aber die Tochter meiner Nachbarin kletterte auf der Feuertreppe herum. Sie ist erst fünf.«

»Wie ist ihr denn das gelungen?«

»Ich nehme an, ihre Mutter ist in diesem Moment dabei, es herauszufinden. Eigentlich ist alles gesichert, aber Kayla ist clever. Sie spazierte an meinem Schlafzimmerfenster vorbei, als ich dabei war, mich anzuziehen, und meinte, ihr Papa hätte aber Haare auf der Brust.«

Ich lache auf. »Hoffentlich bekommt sie keinen großen Ärger deswegen.«

»Unwahrscheinlich, ihre Eltern lassen ihr einiges durchgehen. Danke«, sagt er zu Hazel, die ein Wasser mit Zitrone und einen Tequila vor ihn stellt.

»Der geht aufs Haus«, sagt sie.

Lennon sieht auf mein leeres Schnapsglas. »Muss ich den allein trinken?«

»Natürlich nicht.« Hazel füllt mein Glas auf, bevor ich Einwände erheben kann. »Cheers.«

Also gut. Hazel kuppelt gern, aber heute Abend bemüht sie sich umsonst. Kribbeln hin oder her – ich bin definitiv nicht hier, um mich eine knappe Woche nach dem Aus meiner Beziehung mit Bennett in etwas Neues zu stürzen, das steht fest.

Lennon jedoch lacht. »Also dann«, sagt er und prostet mir mit seinem Wasser zu. »Schön, dass du da bist.«

Ich hebe mein Glas ebenfalls. »Was macht dein Kopf?« Das Wichtigste gleich mal zuerst.

»Dem geht's hervorragend. Nett, dass du fragst. Manchmal wache ich nachts noch schreiend auf, aber der Arzt meint, das gibt sich. Oh – hey, Sniffles.«

Sniffles hat seinen riesigen Kopf auf Lennons Oberschenkel abgelegt und starrt hingebungsvoll zu ihm hoch. Unter seinen Lefzen breiten sich feuchte Flecken auf der hellen Bermudashorts aus.

»Das wollte ich eigentlich vermeiden«, sagt Lennon resigniert, krault Mr. Sniffles aber trotzdem. »Ich hab's noch nie geschafft, hier ohne Sabberflecken rauszugehen.«

»Dann ist vielleicht Sniffles an deinen Albträumen schuld.«

»Perfide. Du versuchst, deinen Matratzenanschlag auf den armen Sniffles abzuwälzen. Der würde so etwas nie tun, oder, Sniffles? Oder? Guter Hund.«

Sniffles grunzt zustimmend, und ich muss lachen.

»Okay, sorry, Sniffles«, sage ich. »Dein einziges Verbrechen sind Schleimfäden.«

»Mr. Sniffles!«, ruft Hazel streng, die gerade an der Zapfsäule am Ende der Theke steht.

Der Hund zieht seinen Kopf von Lennons Bein und trollt sich auf seinen Platz.

»Ich habe nur Schleimfäden gehört – war er schon wieder bei dir, Lennon?«

»Ja, aber ist nicht so tragisch.«

Wir mustern beide die handtellergroße nasse Stelle auf seinem Oberschenkel.

»Ich habe nach einem Zusammentreffen mit Sniffles schon schlimmer ausgesehen«, sagt Lennon. »Wie war dein Tag bisher?«

»Gut«, erwidere ich automatisch, bevor mir meine Begegnung mit Bennett wieder einfällt. »Größtenteils.«

»Größtenteils?«

»Heute morgen ist mein Toaster explodiert«, erkläre ich ausweichend.

»Noch ein Anschlag! Hast du ihn aus dem Fenster geschmissen?«

»Natürlich.' Und mit dem Typen, dem er auf den Kopf fiel, treffe ich mich am nächsten Samstag.«

Lennon lacht laut auf. »Auch eine Art, Leute kennenzulernen. Ich gebe zu, jetzt bin ich doch froh, dass es nur eine Matratze war.«

Ich erwidere sein Grinsen. »Okay, und was hast du heute gemacht?«

»Eine Kindergruppe davon abgehalten, ein Dinosaurier-skelett auseinanderzunehmen.«

»Bitte?«

»Ich arbeite im Museum of Natural History. Ich bin dort so eine Art Event Manager. Es hat einen komplizierteren Titel, der mehr hermacht, aber darauf läuft es hinaus.«

»Klingt spannend«, sage ich und meine es ernst. »Ich liebe das Museum of Natural History.«

»Ich auch.«

»Früher war ich oft mit meiner Grandma da. Es gab zwei Dinge, die ich jedes Mal sehen wollte.«

»Lass mich raten – das eine ist der Blauwal?«

Ich nicke. »Schon mal richtig. Dorthin sind wir immer zuerst gegangen.«

Bei dem Gedanken an das lebensgroße Blauwalmodell, das in einer riesigen Halle über den Köpfen der Besucher hängt, erfasst mich ein angenehm nostalgischer Schauer. Wann war ich eigentlich zum letzten Mal da?

»Und das zweite – irgendein Tierskelett?«

»Nein, das zweite war ein Diorama mit amerikanischen Ureinwohnern. Wir saßen immer davor auf dem Boden, und Granny hat für sie gesprochen.«

»Sie hat für die Ureinwohner gesprochen?«

Als kleines Mädchen war es für mich das Größte, mich mit einer der schwarzhaarigen Frauen, die in einem Tipi saßen, zu unterhalten oder mit dem ernst aussehenden Krieger, der in der Mitte des Dioramas stand. Dass es Granny war, die den lebensgroßen Figuren eine Stimme gab, vergaß ich jedes Mal vollkommen.

»Was für eine schöne Idee, Kindern einen Bezug zur Geschichte zu vermitteln«, sagt Lennon. »Eine solche Grandma hätte ich auch gern gehabt.«

»Sie war toll.« Ein Anflug von Wehmut überkommt mich. Ich wünschte, ich müsste von ihr nicht in der Vergangenheit sprechen.

Lennon greift nach seinem Tequila, der noch immer auf dem Tresen steht. »Auf deine Grandma«, sagt er und tippt mit seinem Glas gegen meines.

Mit einem Lächeln erhebe ich mein Glas ebenfalls.

»Was macht man so als Event-Manager?«, frage ich, nachdem das Brennen in meiner Kehle nachgelassen hat. »Klingt nach ziemlich viel Organisation.«

»Klingt nicht nur so. Ich sitze häufiger in meinem Büro, als mir lieb ist. Aber manchmal laufe ich durchs Museum und sehe mir an, was ich so auf die Beine stelle.«

»Und scheuchst Kinder von Dinoskeletten weg.«

»Genau. Oder erkläre Leuten, warum die blinden Höhlensalmler in der Sonderausstellung ihre Augen nicht spontan zurückentwickeln, nur weil sie sich in einem Raum mit Deckenbeleuchtung befinden.«

Ich lache auf. »Nicht wirklich, oder?«

Lennon verzieht das Gesicht. »Frag nicht. Was machst du, wenn du nicht gerade Dinge aus dem Fenster wirfst?«

»Ich arbeite im *Unicorns, Starships & Bugs*. Das ist ein Kinderbuchladen am Broadway.«

»Den kenne ich – das ist doch der mit dem Drachen im Schaufenster, oder?«

»Ja, den hat Zara bei eBay ersteigert. Zara ist meine Chefin. Der Drache heißt Geoffrey. Man kann ihn prima mit Büchern dekorieren, aber ich muss ihn auch oft vor Kindern retten – er ist nämlich nur aus Pappmachee und hält nicht viel aus.«

»Dann kennst du also dieses Gefühl, loszurennen und dabei zu hoffen, dass man es noch rechtzeitig schafft.«

»Ziemlich gut, ja.«

»Wobei die Erwachsenen noch schlimmer sind. Einmal hat ein Mann versucht, einen Benzinkanister ins Museum zu schmuggeln. Er wollte die Saurierhalle niederbrennen, weil die Knochen ein Werk des Teufels seien. Der Typ war sehr überzeugt vom Adam-und-Eva-Konzept.« Lennon trinkt sein Wasser und winkt Hazel zu. »Kann ich noch ein Bud Light haben, bitte?«

»Und für mich einen Gin Tonic«, sage ich.

»Endlich fällt euch auf, dass ihr euch in einer Bar befindet«, merkt Hazel an.

Verspätet kommt mir der Gedanke, dass ein Gin Tonic nach drei Tequilas vielleicht etwas zu viel des Guten sein könnte. Egal. Ich werde ihn einfach langsam trinken.

»Wir hatten im Buchladen mal einen Mann, der sich über den Regenbogenfisch aufgeregt hat. Er dachte, der Fisch sei schwul, das fand er wohl verwerflich.«

Lennon toppt diese Geschichte mit einer Mutter, die ihren

Kindern den animierten Vulkanausbruch nur deshalb zeigen wollte, damit die Kleinen wüssten, was sie erwartet, wenn sie nicht täglich in der Bibel lesen, ich kontere mit einem Windelwechsel auf dem Tisch mit den Neuerscheinungen, und er erzählt von einem Mann, der in einen präkolumbianischen Tonkrug gepinkelt hat, weil ihm der Weg zu den Toiletten zu weit war. Keine Ahnung, wann ich zum letzten Mal so viel gelacht habe.

»Das Museum scheint seltsame Leute anzuziehen«, sage ich, und hätte mich um ein Haar zurückgelehnt, bevor mir zum Glück rechtzeitig wieder einfällt, dass ich mich auf einem Barhocker befinde.

»Wollen wir uns setzen?«, fragt Lennon. »Da hinten ist was frei.«

»Okay.«

Wir ziehen mit unseren Gläsern an einen Tisch neben der defekten Jukebox, die Hazel schon seit Ewigkeiten reparieren lassen will. Mr. Sniffles steht auf, schlurft zu uns herüber und rollt sich mit einem zufriedenen Seufzen zu Lennons Füßen zusammen. Mein Blick bleibt für einen Moment an seinen Beinen hängen – an Lennons Beinen, nicht an denen von Mr. Sniffles. Sie sehen ziemlich durchtrainiert aus. Die Cardio-Dance-Stunde hätte Lennon garantiert komplett durchgehalten.

»Du treibst viel Sport, oder?«

»Es geht«, erwidert er. »Ich nehme es mir zumindest immer wieder vor.«

»Was ist dir direkt nach dem Aufstehen lieber: Frühstück oder Joggen?«

»Frühstück.«

Ich nicke wohlwollend.

»Das war offenbar die richtige Antwort«, stellt Lennon fest, und einer seiner Mundwinkel hebt sich. Ich mag sein Grinsen. Es hat etwas ... Herausforderndes.

»Wofür habe ich mich damit qualifiziert?«, will er wissen und mustert mich mit einem Ausdruck, bei dem ich mich unwillkürlich vorbeuge, während tief in mir drin ein paar Funken aufstieben. Grün. Seine Augen sind graugrün, ein sehr schönes Graugrün.

»Weißt du«, beginne ich und registriere, dass sich der Abstand zwischen uns zu verringern scheint. Wohin ist eigentlich mein ursprünglicher Plan verschwunden, nach einem Drink wieder nach Hause zu gehen? »Ich habe eine Liste geschrieben, mit lauter Dingen, die ohne Männer mehr Spaß machen.«

»Eine Liste?« Lennons Brauen wandern in die Höhe.

»Es ist eine Art Challenge.«

»Okay. Was steht alles drauf?«

Gute Frage. Blöd, dass mir das für den Moment leider entfallen ist. Wenn er mich aber auch die ganze Zeit so anguckt.

»Zum Beispiel ein Spaziergang im Park. Und ... und ... lesen.«

Ich wünschte, er würde das nicht machen. Auf diese Art grinsen, bei der sich nur eine Seite seines Mundes leicht verzieht. Es bildet sich dann ein hauchzartes Grübchen in seiner Wange, man muss schon sehr genau hinsehen, um es zu bemerken, und was spricht eigentlich noch gleich gegen einen Kaffee?

Stopp.

Notausgang, Alice.

»Okay, es ist so«, platze ich heraus. »Vor einigen Tagen habe ich meinen Freund mit einer Freundin erwischt. In meinem Bett.«

Etwas verändert sich in Lennons Gesicht. »Die Matratze«, sagt er und lehnt sich zurück.

»Genau.«

Der plötzliche Abstand zwischen uns macht es viel leichter, mich ebenfalls wieder aufrecht hinzusetzen. Lieber Himmel. Der Gin Tonic war ein Fehler. Oder die drei Tequila davor, ich bin nicht sicher.

»Jedenfalls habe ich vor, in nächster Zeit alle Punkte meiner Liste abzuarbeiten. Um mich einfach wieder selbst zu finden.«

Habe ich das gerade tatsächlich gesagt? Ich hätte lieber beim Wasser bleiben sollen.

Lennon tut mir den Gefallen, nicht zu lachen. »Verstehe ich vollkommen«, sagt er.

»Okay, dann ...« Ich räuspere mich. »Musst du jetzt vermutlich langsam gehen, was?«

»Eigentlich nicht. Oder soll ich?«

Verwirrt schüttele ich den Kopf. »Nein, also ... Ich würde sagen, jetzt, wo das geklärt ist ...«

»... bleibe ich einfach noch«, beendet er meinen Satz, und ich bin nicht sicher, ob es schon wieder am Tequila liegt, dass in seinen Worten sehr viel mehr mitzuschwingen scheint, als ich gerade zu fassen bekomme.

10 Dinge,
die helfen, wenn man verkatert ist

1. Licht vermeiden
2. Lärm vermeiden
3. Sonnenbrille
4. Ingwertee
5. Stirn und Schläfen mit Pfefferminzöl einreiben
6. Grüne Smoothies (sofern einem davon nicht schlecht wird)
7. Bewegung (ganz sachte)
8. Kopfschmerztabletten (viele)
9. Literweise Wasser
10. Eine Anti-Kater-Schläfenmassage (hilft nicht besonders, aber man hat das gute Gefühl, wirklich alles zu tun)

Kapitel 4

Würde ich in diesem Augenblick den Versuch unternehmen, meinem Kopf einen wunderschönen guten Morgen zu wünschen, ich bin sicher, er würde leidend die Augen verdrehen und anschließend explodieren. Fürs Erste beschränke ich mich deshalb darauf, still dazuliegen und die Augen geschlossen zu halten, während die Nachbeben des Handyalarms in meinem Schädel abklingen.

O Gott.

Halten wir fest: Drei Tequila und zwei Gin Tonic an einem Abend sind im Allgemeinen ohnehin keine besonders kluge Idee. In meinem speziellen Fall, als jemand, der bereits nach zwei Gläsern Wein in denkbar bester Laune ist, ist es sogar ausgesprochen bescheuert, fast möchte man sagen, idiotisch.

Langsam rolle ich mich auf die Seite, verharre ein paar Sekunden mit gesenktem Blick, bis der aufkommende Schwindel sich wieder verzogen hat, und taste dann nach meinem Handy, das ich vor ein paar Minuten versehentlich zu Boden befördert habe. Halb neun. Ausgehend von der Tatsache, dass ich um kurz vor zehn im Laden sein muss, ist es schon ziemlich spät. Dafür, dass ich erst gegen Viertel nach drei aufs Sofa gefallen bin, ist es allerdings noch verdammt früh.

Nachdem Hazel gestern irgendwann demonstrativ zu gähnen begann, hat Lennon mich netterweise noch nach Hause begleitet. Dort angekommen, unterhielten wir uns gerade darüber, wie wir den Unabhängigkeitstag verbracht haben. Ich stand mit Zara am East River im Regen, und wir haben nur hin und wieder einen Blick zwischen den tief hängenden Wolken hindurch auf das Feuerwerk erhaschen können. Mit einer Wunderkerze in jeder Hand wären wir nur geringfügig schlechter bedient gewesen. Lennon dagegen schwärmt von den Farben und Effekten – er hat das Spektakel im Fernsehen verfolgt, und das warf als Nächstes die Frage auf, ob man bei CNN auf das Feuerwerk aus einem der vergangenen Jahre zurückgegriffen habe.

»Es war ein schöner Abend«, hat Lennon irgendwann gesagt, nachdem wir uns schließlich voneinander verabschiedeten, und meine Gedanken bleiben für ein paar Sekunden an dieser Erinnerung hängen, bevor ich sie entschlossen zur Seite schiebe. Es war wirklich ein schöner Abend, jetzt allerdings stammt mein Kater direkt aus der Hölle. Weiß gar nicht, ob man das noch Kater nennen kann – fühlt sich mehr nach Säbelzahntiger an.

Kurz spiele ich mit dem Gedanken, Tobey anzurufen, um ihn zu fragen, ob er heute für mich einspringen kann, dann setze ich nacheinander die Füße auf den Boden und schlurfe ins Bad. Tobey hat sonntags frei, und ich werde ihn nicht aus dem Bett reißen, nur weil ich es gestern Abend mit den Drinks übertrieben habe. Ich greife nach der Zahnbürste und richte mich vorsichtig auf. Mein Spiegelbild und ich sind wenig begeistert voneinander. Bennett würde sagen: *Na, heute Morgen mal wieder spontan um vierzig Jahre gealtert?*

Geh weg, Bennett. Ich habe dich rausgeschmissen, also halte dich fern.

Wenig später habe ich geduscht, mir die Zähne geputzt und einen Tee mit frischem Ingwer aufgebrüht – allein bei dem Gedanken an etwas anderes wird mir schon flau zumute –, und noch ein wenig später schließe ich die Haustür hinter mir und rücke meine Sonnenbrille zurecht.

Normalerweise besorge ich mir morgens auf dem Weg zum Laden einen Mega-Mango-Smoothie mit extra Energy-Booster bei *Jamba*, heute allerdings schwappt bereits der Ingwertee bedrohlich in meinen Eingeweiden. Kurz überlege ich, eine Station mit der Subway zu fahren, entscheide mich dann jedoch für Pest statt Cholera und ziehe die grelle Sonne der röhrenden U-Bahn vor.

Dem kleinen Fußmarsch den Broadway entlang ist wohl zu verdanken, dass ich mich fast wieder wie ein normaler Mensch fühle, als ich in meiner Tasche nach dem Schlüssel suche und die Ladentür öffne. Jedenfalls solange ich die Sonnenbrille aufbehalte und hastige Bewegungen vermeide.

Abgesehen davon, dass im Laufe des Vormittags ein kleiner Junge wissen will, ob ich eine Agentin sei, bleibt mein Zustand unkommentiert, bis Zara den Laden betritt.

»Na?«, sagt sie. »Du siehst nach einer wilden Nacht aus.«

»Eigentlich sehe ich nur nach zu viel Alkohol aus.«

Die Frau im eleganten Hosenanzug, die mir gerade ihre Kreditkarte auf den Tresen gelegt hat, wirkt, als wolle sie dem Mädchen neben ihr am liebsten die Ohren zuhalten. Ihretwegen kann ich vermutlich Sonnenbrillen tragen, wann auch immer mir der Sinn danach steht, Anspielungen auf Sex & Drugs allerdings sind eindeutig unerwünscht. Rock 'n' Roll mag sie vermutlich auch nicht.

Zara lächelt entschuldigend. »Einen schönen Tag noch«, ruft sie, als die Frau mit dem Mädchen an der Hand zur Tür hinausmarschiert. Dann verstaut sie ihre Tasche im Büro und kehrt zu mir zurück. »Erzähl. Wie war dein Treffen mit Lennon gestern Abend?«

»Gut.«

»Gut? Was heißt gut? Phänomenal gut? Oder mehr so ganz nett gut?«

»Ich hatte Spaß.«

»So, so«, sagt Zara ein wenig anzüglich.

»Nicht diese Art von Spaß – wir haben uns gut unterhalten«, korrigiere ich. »Lennon ist ein wirklich netter Kerl.« Und er sieht viel zu gut aus, aber das behalte ich lieber für mich.

»Ein netter Kerl, aha.« Zara verschränkt die Arme und mustert mich, während ich die Abholfächer durchgehe.

»Hier sollten wir mal anrufen.« Ich halte ein Buch in die Höhe. »Das liegt schon seit über einer Woche bei uns.«

»Wie lange hat euer Treffen gedauert?«

»Ich weiß nicht – ein paar Stunden. Hazel hat uns irgendwann rausgeschmissen.«

»Und dann?«

»Kam er noch mit zu mir ...«

»Ahaaa.«

»... und wir saßen noch eine Weile auf der Treppe vor der Haustür, bis er gegangen ist.«

»Hast du ihn zum Abschied geküsst?«

»Nein.«

»Wieso nicht?«

»Zara.« Ich unterbreche mich darin, die bestellten Bücher zu überprüfen. »Ich habe derzeit wirklich keine Lust auf irgendetwas Neues.«

Und auch nicht die Energie. Oder den Mut.

»Es muss ja nicht gleich etwas Festes daraus werden. Es reicht, wenn er dich ein wenig von Bennett ablenkt, oder?«

»Ich habe auch keine Lust auf irgendetwas Unverbindliches – und wieso sollte er mich von Bennett ablenken müssen?«

»Weil du noch immer ständig kontrollierst, ob er dir eine neue Nachricht geschrieben hat, zum Beispiel?«

Natürlich hat sie das bemerkt.

»Ich halte mich lieber an meine Liste. Fürs Erste war's das mit mir und den Männern.«

»Das heißt, ihr habt euch nicht noch einmal verabredet?«

»Genau das heißt es. Es war ein schöner Abend, ich habe mich wunderbar unterhalten, und fertig.«

Eine ältere Frau tritt an den Tresen. »Hallo. Ich suche nach einem Buch für meine Enkelin.«

»Wie alt ist sie denn?«, frage ich.

»Sie wird nächste Woche vier.«

Ich führe sie zu unserer Ecke für die Jüngsten, wo es sich zwei Mädchen in einem der Knautschkissen gemütlich gemacht haben und über einem Wimmelbuch die Köpfe zusammenstecken.

»Gibt es etwas, das Ihre Enkelin besonders gern mag?«

»Sie tanzt gern. Und sie liebt Monstertrucks.«

»Tanzen und Monstertrucks. Okay, dann wollen wir doch mal sehen ...«

Das ist mal eine Herausforderung, und ich bin ein bisschen stolz auf mich, als die Dame kurz darauf mit einer *Unicorns, Starships & Bugs*-Tüte in der Hand den Laden verlässt, in der sich ein Malbuch mit Monstertrucks und Ballerinas befindet. Ich räume die Bücher zurück in die Regale, die ich außerdem noch für sie herausgesucht habe. Was für eine Frau wohl mal aus einem kleinen Mädchen wird, das riesige Lkw und rosa Tutus liebt?

Als ich zum Tresen zurückkehre, fragt Zara:»Welche Augenfarbe hat Lennon?«

»Graugrün.«

»Aha.«

Zara schenkt mir ein Grinsen, das sich am ehesten mit dem Vermerk *Selbstzufrieden* abheften ließe, dann wendet sie sich einer Kundin zu.»Hi, suchen Sie etwas Bestimmtes?«

Den restlichen Tag über schweifen meine Gedanken immer wieder zu Lennon und zum vergangenen Abend zurück, was nur in zweiter Linie daran liegt, dass ich viel zu lange darüber nachdenke, was ich auf Zaras vielsagendes *Aha* hätte erwidern können. Denn natürlich hat es auch damit zu tun, dass es ein wirklich nettes Treffen war, witzig und so weiter, und ja, Lennon ist mir sympathisch. Sehr sogar. Unter anderen Umständen hätte ich ziemlich sicher durchaus Interesse daran, ihn näher kennenzulernen. Aktuell jedoch ist der Zeitpunkt denkbar ungünstig. Zunächst einmal muss ich Bennett aus meinem Kopf exorzieren und mich als Single wieder neu kennenlernen. Bei diesem Gedanken angekommen, halte ich inne. Es wäre schön, er würde etwas weniger nach der Ratgeberspalte einer Frauenzeitschrift und dafür mehr nach einer uralten buddhistischen Weisheit klingen. Allerdings setzen sich uralte Weisheiten nur höchst selten mit dem Seelenleben von Frauen auseinander, und als ich diese Erkenntnis Zara mitteile, erklärt sie, das läge daran, dass uralte Weisheiten in der Regel von uralten Männern verfasst wurden und Ratgeberspalten im Vergleich dazu wahrscheinlich gar nicht so schlecht abschneiden.

Am späten Nachmittag habe ich mich meiner Sonnenbrille entledigt und bin dabei, Ordnung in ein paar Bücherregale zu bringen, während Zara um Geoffrey herumturnt und einige Neuerscheinungen im Schaufenster auslegt.

»Was steht denn für heute auf deiner Anti-Männer-Liste?«, fragt sie.

»Es ist keine Anti-Männer-Liste.«

Sie wedelt mit der Hand. »Wie auch immer du sie nennen willst.«

»Ich bin noch nicht sicher. Vielleicht starte ich mit meiner Lesewoche.« Ein paar ruhige Abende wären bestimmt nicht verkehrt.

»Ernsthaft? Du willst eine Woche lang jeden Abend allein zu Hause sitzen und lesen?«

»Warum denn nicht? Es gibt eine Menge Bücher, in die ich schon lange endlich mal reinschauen will. Ich werde lesen und Tee trinken und einfach ein bisschen runterkommen.«

Und das Handy werde ich dabei sicherheitshalber ausschalten.

»Auch noch Tee. Bei dieser Hitze.«

»Vielleicht mache ich mir auch einen Eiskaffee – auf jeden Fall wird es ruhig und gemütlich.«

»Ich könnte dir noch einen Schaukelstuhl organisieren.«

»Tu das. Und eine Katze, bitte.«

Zara lacht. »Hast du übrigens gesehen, dass Macy's diesen Wettbewerb wieder ausgeschrieben haben? *Your favourite happy store?*«, fragt sie dann. »Scheint letztes Mal wohl gut gelaufen zu sein.«

»Diesmal sollten wir mitmachen.«

Zara wirft einen kritischen Blick auf die Auslage, dann dreht sie sich zu mir um. »Klar, warum nicht? Aber gewinnen wird garantiert wieder einer dieser Läden, die genügend Geld haben, um jede Menge Werbung zu machen und ihre Schaufenster in wöchentlich wechselnde Publikumsmagnete zu verwandeln. Letztes Jahr war es Prada, oder? Hatten die nicht sogar Sarah Jessica Parker engagiert?«

Das stimmt. Gegen einen solchen Laden haben wir nicht die geringste Chance. Dabei braucht Prada mit Sicherheit weder das Preisgeld von 50 000 Dollar noch die zweiwöchige Verkaufsfläche, die Macy's den Gewinnern in Aussicht stellt. Ich bin nicht sicher, weil Pradas Preissegment ein paar Nummern zu hoch für mich ist, aber ich wette, sie sind bei Macy's ohnehin dauervertreten.

In diesem Moment öffnet sich die Ladentür. Überrascht starre ich Lennon an, der sich umsieht und mich im nächsten Moment ebenfalls entdeckt. Das Lächeln auf seinem Gesicht vertieft sich, und das Kribbeln von gestern Abend kehrt unmittelbar zurück. O nein. Aber warum ...?

»Hi.« Er kommt auf mich zu. »Bin ich zu früh?«

»Zu früh?« Ich durchforste mein Hirn nach etwas, in das sich diese Frage einordnen ließe. Wieso denn zu früh? Zu früh für was? Sind wir etwa verabredet?

»Hallo.« Lennon hebt die Hand in Zaras Richtung, die gerade an Geoffrey vorbei aus dem Schaufenster klettert, und wendet sich wieder mir zu. »Du hast gesagt, ihr schließt am Sonntag früher. Ich habe nachgesehen – fünf Uhr stimmt doch, oder nicht?«

»Doch ... Doch, das stimmt.«

»Hi.« Zara stellt sich neben mich und strahlt Lennon so begeistert an wie sonst nur Fred. »Du musst Lennon sein. Ich bin Zara.«

Sie wirft mir einen Blick zu, in dem deutlich zu lesen steht: *Hast du mir nicht erzählt, du hättest dich nicht noch einmal mit ihm verabredet?*, und das dachte ich ja auch. Angestrengt versuche ich, mich daran zu erinnern, wie Lennon und ich uns gestern voneinander verabschiedet haben. Fielen die Worte: *Bis morgen?*

»... musst nicht auf Alice warten«, dringt Zaras Stimme an mein Ohr. »Ihr könnt ruhig schon los.« Sie nimmt mir das Buch aus der Hand, das ich gerade ins Regal stellen wollte.

»Na dann – gehen wir?« Lennon sagt das so erwartungsvoll, dass ich verwirrt den Kopf schüttele.

»Ähm ... ich muss noch meine Tasche holen, Moment.«

Zara folgt mir ins Büro hinein. »O Gott, was ist das denn für einer? Du hast nicht erwähnt, dass er so gut aussieht! Und wie war das? Von wegen, euer Treffen gestern Abend war eine einmalige Sache?«

»Also ...«

Drei Tequila, zwei Gin Tonic, summt mein Hirn vor sich hin.

Was ist mir noch alles entfallen? Am Ende haben wir uns doch geküsst – aber nein, so etwas vergisst man nicht! Hoffe ich jedenfalls.

»Worauf wartest du denn?« Zara drückt mir meine Tasche in die Hand. »Na los, hab einen schönen Abend!«

»Zara ... Das ist einfach keine gute Idee.«

»Wieso nicht? Hast du ihn dir einmal genauer angeguckt? Er ist eine zehn von zehn, ach was, eine zwölf von zehn! Ich wette, gestern Nacht hast du das auch noch gedacht, sonst wäre er ja jetzt nicht hier.«

»Ich weiß nicht mehr so genau, was ich alles gedacht habe«, gebe ich ein wenig verzweifelt zu. »Aber nur, weil er gut aussieht, muss ich doch nicht gleich meine ganze Planung über den Haufen werfen. Bennett sieht auch gut aus.«

»Aber Bennett ist ein Arsch.«

»Als ich ihn zum ersten Mal getroffen habe, fiel das nicht auf.«

»Du denkst doch nicht wirklich, dass ...« Zara unterbricht sich, dann nickt sie, wenn auch zögernd. »Na gut, vielleicht hast du recht. Was willst du ihm jetzt sagen?«

»Die Wahrheit: dass ich leider keine Zeit habe.« Entschlossen marschiere ich los.

Lennon blättert mittlerweile in einem Maisy-Mouse-Buch, und irgendwie macht es etwas mit mir, ihn mit einem Kinderbuch in der Hand zu sehen – ein Mann, der sich Kinderbücher genauer ansieht, ich meine ...

Als ich näher komme, blickt er auf. »Diese Bücher habe ich völlig vergessen. Dabei musste meine Mutter mir *Maisy goes camping* ungefähr eine Million Mal vorlesen.«

Das hat Granny ebenfalls getan. Mir Maisy Mouse vorgelesen.

»Dann erinnerst du dich bestimmt auch an das hier, oder?«
Ich ziehe *Maisy goes to the museum* hervor.

»Na klar – *first everyone wanted to see the dinosaur.*«
In seine letzten Worte falle ich ein. »Das habe ich geliebt.«

»Obwohl du im Museum ja immer zuerst den Blauwal sehen wolltest.«

Das hat er sich gemerkt. Verflixt, er ist noch keine zehn Minuten hier und hat schon wieder so viele Pluspunkte gesammelt, dass ich Zaras Vorschlag, mich mit ihm von Bennett abzulenken, plötzlich nicht mehr ganz so abwegig finde.

Von Maisy kommen wir zu Clifford the Big Red Dog, blättern anschließend durch die Abenteuer von Polo, einer ganz wunderbar phantasievollen Reihe, die völlig zu Unrecht in kaum einem Buchladen mehr zu finden ist, und haben uns mit einigen Charlie-und-Lola-Büchern auf dem Boden niedergelassen, als Zara sich zum Gehen anschickt.

»Viel Spaß noch«, ruft sie. »Das hier kommt deiner ursprünglichen Abendplanung ja immerhin ziemlich nahe.« Sie zieht eine Grimasse, als sie ihren Fehler bemerkt. »Ich meine ... also das, was du geplant hättest, wenn du heute nicht verabredet wärst. Bis morgen! Ich schließe ab, damit keiner mehr reinkommt.« Sie winkt und verlässt hastig den Laden.

Lennon klappt grinsend *I will not ever never eat a tomato* zu. »Deine ursprüngliche Abendplanung? Du hattest also gar nicht vor, dich hier mit mir durch die Bücher unserer Kindheit zu lesen?«

»Nicht direkt.«

Ich suche nach Worten, die nicht ganz so hart klingen wie: Genau genommen kann ich mich nicht daran erinnern, dass wir uns noch einmal verabredet haben.

In Lennons Blick erscheinen ein paar Fragezeichen. »Eigentlich wollte ich vorschlagen, einen Spaziergang am Hudson zu machen und dort etwas zu essen, aber irgendwie sagt mir mein Gefühl, deine ursprüngliche Abendplanung war eine ganz andere.«

»Lennon, es ist so ... Um ehrlich zu sein, habe ich nicht mit dir gerechnet.«

»Ach so?« Er hebt die Augenbrauen. »Moment, bedeutet das, ich habe dich falsch verstanden, als ich gestern gefragt habe, ob wir uns noch einmal treffen, und du meintest, sonntags würdet ihr früher schließen?«

Ein Bild steigt in mir auf. Ich stehe mit Lennon vor der Haustür, das Licht der Straßenlaterne fällt auf sein Gesicht. Jetzt weiß ich es wieder. Er hat mich angelächelt, und dieses Lächeln war ... es war ... Es war ein irgendwie besonderer Moment, und der Gedanke, ihn wiederzusehen, hat sich gut angefühlt.

Für die Antwort auf die Frage, warum mein Hirn im Anschluss nichts Besseres zu tun hatte, als Lennon über Nacht ganz nach hinten zu schieben, brauche ich allerdings kein Psychologiestudium.

Betreten beginne ich damit, die Bücher aufeinanderzustapeln, die verstreut um uns herumliegen. »Es tut mir leid. Ich wollte ... ich dachte ...« *Ach, verdammt, Schluss damit.* »Ich habe unsere Verabredung völlig vergessen. Entschuldige.«

»Okay.« Zu meiner Erleichterung wirkt Lennon mehr ratlos als gekränkt. »Und jetzt hast du schon etwas anderes vor?«

Ich ringe mit mir. Würde ich nicht noch immer ständig kontrollieren, ob Bennett sich gemeldet hat – wobei es mir sowohl einen Stich versetzt, wenn ich eine Nachricht von ihm finde, die ich wegklicke, als auch wenn es nichts zum Wegklicken gibt –, würde ich jetzt einfach Nein sagen. Nein, ich habe eigentlich nichts anderes vor. Aber nach Gabriel hat es nur etwas mehr als einen Monat gedauert, bis ich Bennett kennenlernte. Ich habe mich Hals über Kopf in ihn verliebt, und man sieht ja, was daraus geworden ist. Bis letzte Woche dachte ich noch, zwischen uns liefe alles wirklich gut, aber das hat er offenbar ganz anders empfunden. Für einen Moment ist da wieder dieses Engegefühl in meiner Brust, und ich strecke den Rücken durch.

»Habe ich tatsächlich«, bestätige ich Lennons Frage und bemühe mich, jeglichen bedauernden Unterton aus meiner Stimme herauszuhalten. »Sorry. Es tut mir leid, dass du umsonst gekommen bist.«

»Ach, na ja. *Charlie and Lola* kannte ich noch nicht – Kayla wird es lieben.« Lennon reicht mir das Buch, das er noch immer in der Hand hält. »Darf ich es mitnehmen, oder ist die Kasse schon zu?«

»Nein, kein Problem.«

Er folgt mir zum Tresen, wo ich das Buch in eine Tüte stecke.

»Ich rechne es einfach morgen ab. Kayla ist das Mädchen, das auf Feuertreppen herumklettert, oder?«

»Genau.« Lennon nimmt die Tüte in Empfang. »Wie sieht deine Abendplanung für heute denn nun eigentlich aus? Sag nicht, du triffst dich jetzt schon früher mit dem Typen, der deinen Toaster abgekriegt hat.«

»Nein, ich werde lesen.«

Diesmal hebt Lennon nur eine Braue. »Autsch. Das schmerzt nun doch etwas«, sagt er und bringt mich damit wieder zum Lächeln.

»Es ist ein Punkt auf meiner Liste. Ich habe dir davon erzählt.«

»Ich erinnere mich – deine Spaß-ohne-Männer-Liste.«

»Genau die«, erwidere ich. »Nimm es mir bitte nicht übel, es war ein sehr schöner Abend gestern. Aber wir sollten es besser dabei belassen.«

»Hm.« Lennon nickt bedächtig. »Dürfte ich diese Liste vielleicht mal sehen?«

»Klar.« Ich habe meine Tasche auf den Tresen gestellt. Jetzt krame ich Grannys Buch daraus hervor und schlage die entsprechende Seite auf. »Hier, bitte.«

Lennon verzieht keine Miene, während er liest. »Okay – was ist mit Punkt acht?«

Punkt acht. *Mit Freundinnen telefonieren, mich mit Freundinnen treffen, mit Freundinnen Spaß haben.*

»Was soll damit sein?«

»All das wäre ja auch mit Freunden möglich. Also – wenn es keine Ohne-Männer-Liste wäre.«

»Es ist aber eine.«

»In Ordnung. Gut, also wie wäre es damit: Du gehst jetzt nach Hause ...«

Er macht eine Pause, und ich nicke.

»... um zu *lesen* ...«

Amüsiert beiße ich mir auf die Unterlippe.

»... und ich begleite dich ein Stück den Hudson entlang.«

»Ich wusste gar nicht, dass der Hudson neuerdings den Broadway entlangfließt.«

»Es wäre vielleicht ein kleiner Umweg.«

»Es wäre ein ziemlich deutlicher Umweg.«

»Wenn wir über die 83th laufen, kommen wir an einem Softeiswagen vorbei. Ich lade dich ein. Auf eine extragroße Waffel.«

»Lennon ...«

»Mit Zuckerstreusel.«

Vor meinem inneren Auge erscheint ein cremig weißes Softeis mit bunten Streuseln.

»Ich habe schon ewig kein Eis mit Zuckerstreusel mehr gegessen.«

»Dann wird es Zeit, findest du nicht?«

Ein paar Sekunden noch versuche ich, mich auf meine Stimme der Vernunft zu konzentrieren, die in diesem Moment allerdings rückgratlos die Kombination Lennon/Hudson/Zuckerstreuseleis anschmachtet.

Ach, was soll's. Es ist der perfekte Sommerabend für einen Spaziergang am Hudson, und mit meiner Lesewoche kann ich auch etwas später noch beginnen.

»Okay, also gut.«

Das Lächeln, das daraufhin in seinem Gesicht erscheint, lässt mein Herz ein wenig dahinschmelzen.

»Warte kurz, ich muss nur noch die Alarmanlage einschalten.«

In meinem Kopf guckt Zara schon wieder vielsagend, während ich ein weiteres Mal nach hinten eile, und es gelingt mir nicht ganz, ihr Grinsen aus meinen Gedanken zu vertreiben. *Es ist nicht so, wie du denkst*, erkläre ich ihr und mir selbst ebenfalls.

*Aber ich muss mich wegen Bennett ja nicht um jeden Spaß bringen,
oder?*

—

Wir reden. Wir reden über aktuelle Ausstellungen im MoMA
und über ein Restaurant am Times Square, das ausschließlich
vegane Rohkostgerichte anbietet, die laut Lennon so gut sind,
dass es sogar die astronomischen Preise rechtfertige. Wir reden über die Unmöglichkeit, ein Taxi zu bekommen, wenn man
dringend eines braucht, und stellen fest, dass wir beide lieber die
Subway nutzen. Wir reden über neue Bücher und über die Filme,
die wir zuletzt im Kino gesehen haben, und wir reden darüber,
dass Lennons Mutter der größte Beatles-Fan aller Zeiten ist.

»Deshalb also Lennon?«, frage ich.

»Mein zweiter Vorname ist Paul. Ich schätze, das beantwor-
tet die Frage. Und ich habe auch noch einen Bruder.«

»Lass mich raten – heißt er George Ringo?«

»Nein, Elvis.«

Gelegentlich weichen wir Radfahrern, Joggern oder Inline-
skatern aus, die Luft ist erfüllt vom Gekreische der Möwen,
von lachenden Menschen und von dem Verkehrslärm, der vom
Henry Hudson Parkway zu uns herüberweht. In einem Café
lassen wir uns Hummus, Pitabrot und zwei Flaschen Wasser
einpacken und wandern damit aufs Pier 1 hinaus, wo wir uns
auf den fest montierten Drahtstühlen niederlassen.

»Hat deine Nachbarin eigentlich herausgefunden, wie ihre
Tochter auf die Feuerleiter kam?«

»Kayla hat ein Fensterschloss geknackt.«

»Wie bitte? Sagtest du nicht, sie sei erst fünf?«

»Ja. Und ich glaube, ich sagte auch, sie sei clever.« Sein Grinsen verblasst ein wenig, als er hinzufügt: »Sie ist sehr ... risikofreudig. Ich glaube, das liegt daran, dass ihre Eltern sich große Mühe geben, sie vor allem zu beschützen.«

»Das klingt, als seien sie ein wenig überfürsorglich.«

»Es klingt nicht nur so. Allerdings haben sie auch einen guten Grund – Kayla hat einen Herzfehler, sie sollte sich nicht überanstrengen.«

Bestürzt sehe ich Lennon an. »Kann man irgendetwas tun?«

»Man könnte sie operieren. Ihre Chancen würden dadurch deutlich steigen. Allerdings ist eine solche OP sehr teuer. Soweit ich weiß, sparen ihre Eltern schon eine ganze Weile darauf, aber ...«

Er spricht nicht weiter, und ich frage nicht nach. Wie grausam. Alles in mir zieht sich bei dem Gedanken zusammen, wie es Kaylas Eltern gehen muss und Kayla selbst ... Wie viel begreift man mit nur fünf Jahren?

Eine Weile sitzen wir da und schweigen, dann steht Lennon auf. »Hast du Lust auf ein Blaubeermuffin?«

»Ja, warum nicht?« Ich erwidere sein kleines Lächeln.

Nachdem Lennon mit zwei Blaubeermuffins vom Café zurückkehrt, nehmen wir vorsichtig unsere Unterhaltung wieder auf. Als die Sonne sich der Skyline von New Jersey auf der anderen Seite des Hudsons nähert, erzähle ich gerade, wie ich Zara kennengelernt habe.

»Ich war mit einem Freund in einer Karaokebar, und sie hat dort gesungen. Oder zumindest hat sie es versucht – und zwar *Bohemian Rhapsody*.«

»Oh.«

Ja, oh. Ein über fünf Minuten langer Song, und es war schon bei *Is this the real life* klar, dass es furchtbar werden würde. Allein bei der Erinnerung daran muss ich lächeln. Obwohl einige Leute riefen, sie solle aufhören, hat Zara es tapfer durchgezogen. Irgendwann konnte ich es dann nicht mehr ertragen, weshalb ich aufgestanden bin und mitgesungen habe. Mit Sicherheit klang es bei mir nicht besser, aber plötzlich fielen immer mehr Leute ein, und bei *Thunderbolt and lightning* sang die ganze Bar.

»Danach hat Zara mir einen Cocktail ausgegeben, und wir haben beschlossen, beste Freundinnen zu sein.«

»Das klingt ja richtig romantisch.«

»Ja, war es.« Ich seufze zufrieden.

Im Gegensatz zu meinen romantischen Versuchen mit Männern ist und bleibt meine Freundschaft zu Zara etwas Besonderes. Wir sind füreinander da und das ganz ohne die Dramen, die Beziehungen im Allgemeinen mit sich bringen. Weil eine Freundschaft eben etwas sehr viel Beständigeres ist. Man sollte viel mehr auf Freundschaften setzen.

Langsam füllt sich der Himmel mit Farben, während die Sonne als glühend orangeroter Ball in New Jerseys Häuserschluchten hinabtaucht. Sie verleiht Lennons leicht gebräunten Armen einen goldenen Ton, und ich dränge den Impuls zurück, mit den Fingerspitzen darüberzugleiten, um herauszufinden, wie sich seine Haut anfühlen würde. Das wäre definitiv zu viel an Sommerabendleichtigkeit.

»Ich sollte langsam gehen«, sage ich.

In Lennons Augen liegt derselbe Ausdruck, der mich letzte Nacht dazu verleitet hat, ihn wiedersehen zu wollen. Nur kann ich es diesmal nicht auf drei vorangegangene Tequilas schieben.

Ich wende mich ab, nehme die Plastiktüte und werfe die leere Hummusbox, die Muffinpapierchen und die Wasserflaschen hinein. Als ich aufstehe, erhebt Lennon sich ebenfalls.

»Gut, also ...« Ich bemühe mich, an seinem Mund vorbeizusehen. »Ich wünsche dir noch einen schönen Abend.«

»Danke, den wünsche ich dir auch – viel Spaß beim Lesen.« Er schiebt die Hände in die Taschen seiner Jeans. »Falls Kayla das Buch gefällt, darf ich dann eigentlich vorbeikommen und mir von dir noch eins empfehlen lassen?«

»Sicher, ich ...« Kurz presse ich die Lippen zusammen. »Glaubst du eigentlich, dass Männer und Frauen einfach nur gute Freunde sein können?«

»Natürlich.«

Natürlich. Und er hat keine Sekunde darüber nachgedacht. Von einem Augenblick auf den anderen scheint alles plötzlich sehr viel weniger kompliziert.

»Okay, dann – ich hoffe, Kayla gefällt das Buch.« Ich trete einen Schritt zurück.

»Das hoffe ich auch.«

Lennon sieht mich an, bis ich mich umdrehe und über den Pier zur Promenade laufe, und als ich an dessen Ende noch einmal einen Blick zurückwerfe, hebt er einen Arm und winkt.

10 Filme & Serien, die man gesehen haben muss

1. The Greatest Showman
2. Stolz und Vorurteil
3. Jessica Jones
4. Alle Filme mit Timothée Chalamet (wegen Timothée Chalamet)
5. Thelma & Louise
6. This is going to hurt
7. La La Land
8. The Big Bang Theory
9. Sherlock
10. Alles, was einen zum Lachen bringt, obwohl man nicht in bester Stimmung ist, weil der Ex tatsächlich aufgehört hat, ständig Nachrichten zu schicken

Kapitel 5

»Du hast ihm nicht ernsthaft diese Frage gestellt?«

Zara lässt ihre Kuchengabel sinken und starrt mich an, als hätte ich zugegeben, Lennon gestern auf dem Pier auf Knien einen Antrag gemacht zu haben.

»Na ja – doch.«

Auf meinem Teller liegt ein großes Stück Chocolate Fudge Cake, das so lecker ist, dass ich gleich weinen werde, wenn ich es gegessen habe. Oder ich bestelle einfach noch ein Stück, mal sehen. Daneben steht eine Tasse Matcha, und gerade eben habe ich mich noch ansatzweise im Reinen mit mir und der Welt gefühlt.

»Warum hätte ich das denn nicht tun sollen?«

»Alice – weil eben ...« Für den Moment scheinen Zara die Worte zu fehlen. Stattdessen gestikuliert sie mit ihrer Kuchengabel in der Luft herum. »Ob Männer und Frauen nur Freunde sein können? So etwas fragt man einen Mann einfach nicht.«

»Ich finde, das ist eine völlig normale Frage. Wir sind zwei erwachsene Menschen, ich wollte keine Missverständnisse aufkommen lassen, und ...«

»Ihr seid schon so gut wie zusammen.«

»... Lennon hat ... was? Wie kommst du denn jetzt darauf?«

»In jeder echten Liebesgeschichte kommen sie zusammen,

wenn sie sich gegenseitig erklären, dass sie nur Freunde sein wollen.« Zara bestätigt ihre eigene Aussage mit einem Nicken. »Sieht mein Leben für dich aktuell nach einer Liebesgeschichte aus? Ich habe Bennett gerade erst beim Fremdgehen mit Mindy erwischt.«

»Das sind sogar optimale Voraussetzungen für eine Liebesgeschichte«, erklärt Zara ungerührt. »Und dann kommst du mit dem Mann zusammen, den du vor lauter Kummer um ein Haar mit deiner Matratze erschlagen hättest – eigentlich ist das ziemlich romantisch, wenn ich so darüber nachdenke.«

»Es war nicht romantisch«, murmele ich noch immer etwas schuldbewusst beim Gedanken an Lennons fassungslosen Blick. »Ganz und gar nicht. Und wenn es wirklich Mrs. Daniels gewesen wäre ...«

»Es war aber nicht Mrs. Daniels.« Zara trinkt einen Schluck von ihrem Chai, dann beugt sie sich vor. »Es war der gut aussehende Lennon. Und jetzt hast du dich ihm quasi in die Arme geworfen.«

»Übertreib mal nicht. Es war nur eine harmlose Frage. Ich bezweifle, dass er das so sieht wie du.«

Wir sitzen im *Little Cake*, wie an jedem Montagvormittag, dem Café mit dem süßesten Namen der Welt und den großartigsten Kuchen auf der Upper West Side. Es ist eine Tradition, die damit begonnen hat, dass Zara verheult hinten im Lager zwischen Retourenkisten saß, weil Jerry, ihr damaliger Freund, nach gerade mal knapp fünf gemeinsamen Monaten erklärt hatte, sie nehme ihm jede Luft zum Atmen – er brauche Freiraum, um auf sich und sein Leben klarzukommen, es habe aber nichts mit einer anderen zu tun. Nachdem Tobey damals mehrere Male zur Kasse und wieder zurück gesprungen war, schob er uns auf die Straße und erklärte, er werde sich im Laden um alles kümmern, wir könnten uns ruhig Zeit lassen. Er hat es nicht so mit weinenden Frauen. Mit weinenden Männern übrigens auch nicht. Was das betrifft, entspricht er nicht im Mindesten dem Klischee des empathischen schwulen Kerls, das ich bis zu diesem Tag mit mir herumgetragen hatte. Wobei: Tobey *ist* einfühlsam. Er steht nur nicht darauf, sich mit emotionalen Dingen vor den Augen anderer Leute auseinanderzusetzen.

An diesem Tag schleppte ich Zara hierher, und jede von uns hatte zwei Stück Strawberry Cheesecake gegessen, bevor wir zu dem Ergebnis kamen, dass noch nichts verloren sei. Die ganze Woche über hielt Zara sich tapfer, fest entschlossen, Jerry seinen blöden Freiraum zuzugestehen und auf keinen Fall zu klammern, indem sie auch nur ein einziges Mal bei ihm angerufen und sich danach erkundigt hätte, wie weit er mit seinen Überlegungen mittlerweile sei (ich habe sie dafür sehr bewundert). Am nächsten Montag allerdings schickte Jerry ihr eine Nachricht, in der stand, dass es doch mit einer Frau zusammenhinge und er sich darüber klar geworden sei, lieber der Freund von irgendeiner Jessica statt der Freund von Zara sein zu wollen.

Diesmal schmiss Tobey uns sofort raus, nachdem er Zara mehrere Sekunden an seine Brust gedrückt und ihr unbeholfen den Hinterkopf gestreichelt hatte, und wir bekämpften Zaras Kummer mit Sticky Date Cake, bis sie wenigstens ein bisschen wütend auf Jerry war.

Immerhin fanden wir dank ihm heraus, dass eine Woche sehr viel besser beginnt, wenn man sie mit Kuchen und Kaffee einläutet (Chai und Matcha funktionieren auch). Jerry war zwar Geschichte (ein hässliches Kapitel), aber den gemeinsamen Montagmorgen im *Little Cake* haben wir beibehalten. Wenn das Leben dir Zitronen gibt, mach Lemon Cake daraus, quasi.

»Wann seht ihr euch also wieder?«, will Zara jetzt wissen.

»Ich weiß es nicht. Darüber haben wir nicht gesprochen.«

»Aber ihr seht euch wieder, oder?«

»Wahrscheinlich schon. Könnte ich mir jedenfalls vorstellen.« Ich sage das sehr unbekümmert, während gleichzeitig die Hoffnung in mir aufflackert, Kayla werde mit Charlie und Lola etwas anfangen können, damit Lennon sich weitere Empfehlungen von mir abholen kann.

»Hast du denn seine Nummer?« Zara schiebt ihren leeren Teller von sich, und ich beeile mich, mit meinem Kuchen hinterherzukommen, statt unsinniges Zeug zu denken.

»Nein. Und er hat auch nicht meine. Es ist wirklich nicht das, was du darin sehen willst, Zara. Hör auf, mehr hineinlegen zu wollen.«

»Natürlich.«

Nur Zara kann auf eine Art *Natürlich* sagen, die in etwa auf Folgendes hinausläuft: *Wir wissen beide, dass du dir da etwas vormachst, aber ich bin deine Freundin, und deshalb bestehe ich nicht auf dem, was offensichtlich ist.*

»Okay, also gut – unter anderen Umständen würde ich darüber nachdenken, mit Lennon etwas anzufangen. Aber ich will nicht schon wieder in irgendetwas reinstolpern, nur weil jemand unglaublich charmant ist und Humor hat und … und …«

»Extrem gut aussieht«, wirft Zara hilfsbereit ein.

»Ja, meinetwegen, das auch. Nur ist es eben nicht gerade lange her, dass ich Bennett aus meiner Wohnung geworfen habe, und der war all das auch.«

»Bennett hat keinen Humor.«

»Mag sein, aber darum geht es ja nicht.«

»Sondern? Worum geht es?«

»Es geht darum, dass ich jemanden zur Abwechslung einfach erst einmal kennenlernen will, bevor ich es gleich wieder Beziehung nenne. Und wer weiß, vielleicht funktioniert es mit Lennon auf einer freundschaftlichen Ebene sogar ganz wunderbar. Es ist etwas ungewohnt, ja, aber warum es nicht einmal so versuchen?«

Zara mustert mich prüfend. »Du meinst das wirklich ernst, oder?«

»Absolut.«

»Okay.« Sie hebt beide Hände. »Okay, dann sage ich dazu nichts mehr. Meldet sich Bennett eigentlich noch?«

»Das letzte Mal hat er mir am Donnerstag eine Nachricht geschrieben.«

Die Tatsache, dass ich unmittelbar mit einem genauen Wochentag aufwarten kann, trägt mir einen mitfühlenden Blick ein.

»Vor vier Tagen. Dann kapiert er es wohl endlich, und du kannst aufhören, länger über ihn nachzudenken.«

»Ja«, bestätige ich schwunglos.

Zara legt über den Tisch hinweg eine Hand auf meinen Arm. »Er hat es nicht verdient, dass du auch nur noch einen einzigen Gedanken an ihn verschwendest, okay? Das weißt du doch?«

»Sicher.«

»Brauchst du noch ein Stück Kuchen?«

»Nein. Lass uns lieber gehen, bevor im Laden so viel los ist, dass Tobey ins Rotieren kommt.«

Das ist an einem Montagvormittag so gut wie ausgeschlossen, aber ich will nicht in Versuchung geraten, mich allzu ausführlich darin zu ergehen, dass Bennetts ausbleibende Nachrichten mich tatsächlich deprimieren. Nach so kurzer Zeit hat er das Ganze schon abgehakt. Ob er jetzt mit dieser Rebecca zusammen ist? Auch wenn ich ihn gar nicht wiederhaben will, ist es doch frustrierend festzustellen, dass er ganz offenbar weitaus weniger Gefühle für mich hatte als ich für ihn.

»Weißt du noch, wie er Weihnachten herumsaß und kein einziges Spiel mitspielen wollte?«, fragt Zara, nachdem ich ihr auf dem Weg zum Laden diesen Gedanken anvertraut habe.

»Er ist einfach kein Typ für so was. War er noch nie. Immerhin hat er sich dafür um die Getränke gekümmert.«

»Ja, *sein* Glas war immer voll, das stimmt. Und er ist an deinem Geburtstag früher gegangen.«

»Er hatte einen wichtigen ...«

»An deinem Geburtstag, Alice. Allein die Tatsache, dass er da einen Termin für den Abend ausgemacht hat, war das Hinterletzte.«

»Na ja, du weißt doch, wie es bei ihm läuft. Und er ist dann ja später wiedergekommen.«

»Das hattest du erzählt, ja. Irgendwann nach halb zwei, als wir alle schon weg waren.«

Ich erinnere mich an meinen letzten Geburtstag nur ungern. Wegen dieses blöden Termins haben Bennett und ich uns gleich zweimal gestritten. Einmal, als er mir davon erzählte, und dann noch einmal, als er nachts wieder vor meiner Tür stand. Bennett arbeitet für Ketchum Inc., eine erfolgreiche PR-Agentur in der 6th Avenue, und dass ich keinerlei Verständnis für Kunden aufbrachte, die ihn um neun Uhr abends zu sich bestellen, verstand wiederum Bennett nicht.

»Ich weiß, so etwas sagt man nicht, wenn alles noch ganz frisch ist, aber Alice, ehrlich ...«, Zara stupst mich sanft mit dem Ellbogen an, »Bennett ist ein Egoist. Und du hast es lange genug mit ihm ausgehalten.«

Sie hat ja recht. Ist nicht so, dass mir das nicht klar wäre. Mein Hirn müsste nur endlich diesen einen Schritt weitergehen und die traurige Wahrheit nicht nur akzeptieren, sondern endlich auch mal ein paar andere Gefühle dazu generieren. Nachsichtige Verachtung zum Beispiel wäre schön. Statt unregelmäßige Wellen von Unglück und Selbstzweifel.

Als ich hinter Zara das *Unicorns, Starships & Bugs* betrete, fasse ich einen Entschluss. Das muss aufhören. Heute Abend werde ich mir etwas zu essen bestellen, am besten die Soulfood-Bowl vom Inder mit gebackenem Tofu und Süßkartoffeln – allein der Gedanke daran hat etwas Beruhigendes. Und dann werde ich meine Lesewoche einläuten, mit der ich schon gestern hätte beginnen wollen. In andere Welten einzutauchen ist doppelt reizvoll, wenn die Realität zu wünschen übrig lässt, und auf dem kleinen Tisch neben meinem Lesessel habe ich mir bereits einige Bücher zurechtgelegt. Vielleicht verschiebe ich den Krimi noch ein wenig, obwohl ich mir den eigentlich schon lange habe vornehmen wollen, und lese stattdessen mal wieder *Little Women*. Ich meine – gibt es etwas Tröstlicheres als *Little Women*? Ich glaube nicht.

Auch wenn sich in diesem Moment zugegebenermaßen die Vorstellung, den Abend mit Betty und ihren Schwestern zu verbringen, neben Streuseleis und einem Spaziergang am Hudson ein winziges bisschen abgeschlagen wiederfindet.

Zara wirft mir einen Blick zu und lächelt, als könne sie Gedanken lesen.

Es ist Donnerstagnachmittag, und ich bin gerade damit beschäftigt, ein kleines Malheur zu beseitigen. So etwas geschieht zwar eher selten, doch wenn plötzlich in einer ganz bestimmten Tonlage ein Vorname durch den Laden schallt, weiß man, dass man den Putzeimer holen sollte.

Heute ist es eine Amanda im rosa Röckchen und weißen Crocs, die durch den erschrockenen Aufschrei ihrer Mutter aus ihrer Versunkenheit beim Betrachten eines Pop-up-Buchs geholt wurde.

»Es tut mir unendlich leid«, beteuert Amandas Mutter zum ungefähr zehnten Mal, während ich den Lappen auswringe und ebenfalls zum zehnten Mal: »Das ist doch kein Problem«, erwidere. Dann sehe ich auf einmal hinter ihr Lennon zur Tür hereinkommen, und mein Herz vollführt einen Doppelsalto. An seiner Seite läuft ein kleines Mädchen mit dunklen Ponyfransen und einem rot-weiß gepunkteten Sommerkleid – ich wette, das ist Kayla.

»So etwas ist ihr wirklich noch nie passiert«, sagt Amandas Mutter.

»Bitte?« Ich erinnere mich an den Lappen in meiner Hand.

»Es ist wirklich nicht schlimm, machen Sie sich keine Gedanken darüber.«

Ich schnappe mir den Eimer und eile an Zara vorbei nach hinten zur Toilette. Als ich wiederkomme, stehen Lennon und Kayla vor dem Regal, in dem sich die Bücher von Lauren Child befinden, und blättern in *Whoops! But it wasn't me.* Zara macht sich an einem Büchertisch nur ein paar Schritte weiter zu schaffen und gibt sich alle Mühe, beschäftigt zu tun.

»Hi.« Lennon wendet sich mir mit einem Grinsen zu. »Wir brauchen Nachschub.«

»Dann hat dir das Buch also gefallen?«, frage ich Kayla.

Sie strahlt mich an. »Ja! Und Mama hat gesagt, ich darf ein neues Buch kaufen, damit sie das andere nicht noch tausendmal vorlesen muss.«

»Dann lass mal sehen«, erwidere ich lachend. »Vielleicht gefällt dir ja auch das hier?«

Lennon wirft einen Blick auf den Titel. »*Don't let the pigeon drive the bus?*«

»Jedes Kind liebt *Don't let the pigeon drive the bus*«, erkläre ich und lasse mir von Kayla das Buch aus der Hand nehmen.

In den nächsten zwanzig Minuten begutachtet sie jede Menge Bücher, und weil sie sich nicht zwischen *Don't let the pigeon drive the bus* und *Elephants cannot dance* entscheiden kann, beschließt Lennon irgendwann, einfach beide zu nehmen.

An der Tür dreht er sich noch einmal um, während Kayla die Nase in ihre *Unicorns, Starships & Bugs*-Tüte steckt.

»Ich würde dich ja fragen, ob du heute Abend Zeit hast, aber du steckst noch immer mitten in deiner Lesewoche, richtig?«

Ich muss lächeln. »Stimmt.«

»Dann vielleicht ein andermal.«

Noch bevor sich die Tür ganz hinter den beiden geschlossen hat, taucht Zara neben mir auf. »Lesewoche? Und was war das gestern, als wir noch auf einen Sprung im *Mr. Sniffles* waren?«

»Ich habe danach noch gelesen«, erkläre ich würdevoll.

»Um kurz nach Mitternacht?«

»Drei Seiten.«

»Wer war das Mädchen, dass Lennon dabeihatte? Sie ist sehr süß.«

»Das war Kayla. Sie ist die Tochter seiner Nachbarin.« Meine gute Stimmung verblasst ein wenig. »Sie ist erst fünf, und sie hat einen Herzfehler.«

Zara sieht mich betroffen an, nachdem ich ihr erzählt habe, was ich von Lennon weiß. »Das ist ja schrecklich. Und die Eltern sparen auf diese OP? Heißt das, sie können sie sich nicht leisten, obwohl es anscheinend die einzige Chance für ihre Tochter ist?«

Ich nicke. »Das ist absurd, oder? Es gäbe eine Möglichkeit, ihr zu helfen, und es scheitert an so etwas Banalem wie Geld. Ich wünschte, ich könnte irgendetwas tun.«

»Vielleicht ... Wir könnten ein Fest veranstalten oder so etwas. Eine Spendenaktion, zu der jeder etwas mitbringt, um es zu versteigern. Oder ...« Zara unterbricht sich, weil eine Frau im pinkfarbenen Kostüm auf uns zukommt. »Hallo. Kann ich Ihnen helfen?«

Während ich die Bücher wieder aufräume, die ich für Kayla herausgesucht habe, denke ich über Zaras Worte nach. Man könnte auch um selbst gebackene Kuchen bitten und sie verkaufen. Oder ... Moment mal.

»Zara, der Macy's-Wettbewerb!«, rufe ich quer durch den Laden.

Zara, die noch immer neben der Frau in Pink steht, sieht mich fragend an.

»Wir gewinnen einfach den Macy's-Wettbewerb!«

50 000 Dollar. Ich muss Lennon fragen, ob er weiß, wie viel diese Operation eigentlich kosten würde, aber vielleicht wäre es ja zusammen mit dem, was Kaylas Eltern schon angespart haben, genug. Bestimmt wäre es das!

Kurz darauf kommt Zara zurück. »Den Macy's-Wettbewerb gewinnen wir nie.«

»Wieso nicht? Wir könnten Übernachtungen hier im Laden machen und Vorleserunden und diese Spendenaktion und ...«

»Übernachtungen und Vorlesen sind aber nichts im Vergleich zu Sarah Jessica Parker.«

»Uns fällt bestimmt noch mehr ein. Versuchen wir es zumindest, wir haben doch nichts zu verlieren. Stell dir doch mal vor, wir könnten damit wirklich etwas für Kayla tun.«

»Ich sag ja auch nicht, dass wir es nicht versuchen sollten, ich bin nur nicht sehr optimistisch. Aber ...«

Ich folge Zaras Blick über meine Schulter hinweg und sehe Fred vor einem der Büchertische stehen. Weißes T-Shirt, *Nap all day – sleep all night*. Zara schiebt ein paar Haarsträhnen hinters Ohr, dann bringt sie mehrere Bücherstapel wieder in Form und rückt einen Aufsteller zurecht.

»Willst du nicht hingehen?«, frage ich.

»Ach ... Ich denke, lieber nicht.« Nach einem letzten Blick in Freds Richtung wendet sie sich zum Tresen. »Ich werde mal ein paar Bestellungen durchgeben und dabei weiter über diesen Wettbewerb nachdenken.«

Während sie das tut, lässt sie Fred nicht aus den Augen, der von einem Tisch zum nächsten schlendert, bevor er eine Weile vor der Wand mit den Kinderbuch-Bestsellern stehen bleibt und schließlich mit zwei Büchern an die Kasse tritt.

Zara nimmt sie entgegen. »Gute Wahl – das hier habe ich selbst gelesen und fand es toll.«

»Ja? Für welches Alter wäre es denn schon geeignet?«

»Ich würde sagen, ab vierzehn. Falls du vorhast, es zusammen mit den Schülern und Schülerinnen in deiner Klasse zu bearbeiten, vielleicht sogar schon ab zwölf.«

»Es ist bisher nur für die Bibliothek gedacht, aber mal sehen.« Fred greift nach der Tüte, die Zara ihm über den Tresen hinweg reicht. »Danke.«

»Das Buch soll ja verfilmt werden. Mit Dylan O'Brien als Josh. Obwohl ich finde, er ist für diese Rolle ein bisschen zu alt.«

»Dylan O'Brien?«, wiederholt Fred, und es ist ihm anzusehen, dass er keine Ahnung hat, um wen es sich handelt.

»Er hat in *Maze Runner* mitgespielt.«

»Ah, okay.«

Er weiß es immer noch nicht.

»Ich habe die Filme damals im Kino gesehen«, sagt Zara. »O Gott, früher war ich ständig im Kino, aber inzwischen komme ich kaum noch dazu. Wann warst du zuletzt im Kino?«

»Ist schon eine Weile her, schätze ich.« Freds Blick flackert von Zara zur Tür und zurück.

»Hättest du nicht mal wieder Lust dazu?«, fragt Zara. »Vielleicht am Wochenende?«

Unwillkürlich halte ich den Atem an.

»Tja … Das würde ich gern, eigentlich ist das eine gute Idee, nur … Also, ich arbeite in letzter Zeit sehr viel. Aber irgendwann schaffe ich es sicher mal wieder.«

»Ah. Okay. Ja, klar.« Bei der Enttäuschung, die in Zaras Stimme mitschwingt, zieht sich mein Herz zusammen. »Gut, dann … Hab noch einen schönen Tag.«

»Vielen Dank, wünsche ich dir ebenfalls.« Mit einem letzten, fast schon schuldbewussten Lächeln verlässt Fred den Laden.

Das gibt's doch nicht. Wieso um alles in der Welt lässt er die arme Zara immer wieder abblitzen?

»Okay, das war's jetzt aber wirklich.« Zara lehnt sich gegen den Tresen. »Damit ist das Ganze endgültig für mich erledigt.«

»Zara, es tut mir leid.«

»Wie war das mit deiner Anti-Männer-Liste? Was stand da noch gleich alles drauf?«

»Es ist nicht wirklich eine Anti…« Ein Blick in Zaras Gesicht lässt mich derlei Feinheiten beiseiteschieben. »Wie wäre es am Samstag mit einem Serienabend? Statt Kino? Nur du und ich und eine Familien-Pizza.«

»Und Chips. Und Karamell-Popcorn.«

»Und Oreos.«

»Bin dabei. Ich bringe alles für Strawberry Daiquiris mit. Wir können noch einmal in Ruhe über diesen Wettbewerb reden, und dann will ich nur Serien sehen, in denen sich niemand küsst, damit das klar ist.«

———

Als Zara am Samstagabend klingelt, drängen sich auf dem Tisch im Wohnzimmer drei Schalen mit Chips – Paprika, Salz, Limette –, eine Schüssel Karamell-Popcorn, die versprochenen Oreos und eine Riesenpackung Reese's. Keine Ahnung, wo die Pizza noch Platz finden soll, die in den nächsten zwanzig Minuten geliefert wird – genau genommen wird es sogar eng für die beiden Strawberry Daiquiris, um die sich Zara direkt als Erstes in der Küche kümmert und für die sie neben Rum und Limetten auch noch frische Erdbeeren mitgebracht hat.

Mit einem Stößel bearbeitet sie einen Gefrierbeutel voller Eiswürfel. »Vorhin hat ein Mann ein Buch zurückgebracht, und rate, warum.«

Ich bin dabei, die gewaschenen Erdbeeren von ihren Stängeln zu befreien. »Wenn du schon so fragst, dann sicher nicht nur, weil er es nicht mochte.«

»Die Buchkante war ihm zu scharf.«

»Bitte?« Ich halte beim Zupfen inne. »Das habe ich jetzt nicht richtig verstanden, oder? Welche Kante?«

»Die Buchkante. An der Ecke könne sich seine Tochter verletzen, so spitz sei die.«

Eine Sekunde lang stelle ich mir sämtliche Bücher auf der Welt mit Eckenschützern vor. »Okay, das ist neu«, sage ich dann. »Das toppt sogar diese eine Frau, die jedes Buch mit Desinfektionsmittel eingesprüht hat, bevor ihre Tochter es in die Hand nehmen durfte.«

Zara lacht. »Nein, die toppt es nicht – hey, sie war sogar beleidigt, als du zu ihr gesagt hast, wir würden es nicht so gut finden, wenn all unsere Bücher nach Alkohol riechen.«

Allerdings war sie beleidigt. Sie hat mich angestarrt, als

wolle sie mir am liebsten ebenfalls eine Dosis *Purell* verpassen, bevor sie sich ihr Kind geschnappt hat und zur Tür hinausstolziert ist.

Es klingelt an der Haustür, und kurz darauf balanciere ich einen extragroßen Pizzakarton ins Wohnzimmer. Zara hat es sich bereits auf dem Sofa gemütlich gemacht, ihren Daiquiri in der Hand. »Ist Brokkoli drauf?«

»Auf deiner Hälfte sind Champignons, Brokkoli und Ananas. Ich kenne doch deine perversen Gelüste.« Der Einfachheit halber lege ich den Karton zwischen uns aufs Sofa. »Okay, also – der Macy's-Wettbewerb.«

Wir haben vereinbart, dass jede bis heute Abend eine Liste mit Ideen schreibt, und genau diese holen wir jetzt hervor. Zusätzlich zu den Übernachtungen, den Vorleserunden und einer potenziellen Spendenaktion haben wir beide Plakate und Flyer notiert, auf denen ein QR-Code direkt zu unserem Abstimmungs-Button bei Macy's führt, und während Zara einen Malwettbewerb vorschlägt – »Zeichne deine liebste Buchfigur« –, befindet sich auf meiner Liste noch der Punkt *Signierstunden* (*Lauren Child, Mo Willems, Jeff Kinney*).

»Jeff Kinney? Warum nicht gleich J. K. Rowling?«

»Weil sie ein paar sehr fragwürdige Ansichten vertritt.«

»Okay, ich würde sagen, wir starten erst einmal mit den Übernachtungen und dem Malwettbewerb.«

»Nein, wir müssen frühzeitig damit beginnen, die Verlage wegen Autorinnen und Autoren anzuschreiben, die bei uns lesen und ihre Bücher signieren würden.«

»Das Problem ist: Bekannte Namen sind teuer. Und wir wollen ja Geld sammeln und nicht ausgeben.«

»Es sollte natürlich gleich klar werden, dass wir nicht viel zahlen können, es aber um einen guten Zweck geht. Wir müssen Lennon übrigens fragen, ob das Ganze für Kaylas Eltern überhaupt in Ordnung ist.«

Eine knappe Stunde später ist der Pizzakarton leer, wir haben eine Liste mit all unseren Ideen angefertigt und – das Allerwichtigste – uns online bei Macy's als Teilnehmer registriert.

»Bisher stehen wir auf Platz 16 611«, sagt Zara.

»Wow, da machen aber viele mit. Hast du schon für uns abgestimmt?«

»Ja.«

Ich ziehe den Laptop zu mir und vote ebenfalls. »15 898.«

»Läuft ja großartig. Okay, alles Weitere dann morgen. Was gucken wir?«

Wir starten mit der letzten Staffel von *Stranger Things*, wechseln nach ein paar Folgen zu *Black Mirror,* und weil wir irgendwann dringend etwas weniger Verstörendes brauchen, schlägt Zara ihren Lieblingsfilm *La La Land* vor.

»Bist du sicher? Sie küssen sich da«, merke ich an.

»Aber es ist Ryan Gosling«, seufzt Zara. »Ich stelle mir einfach vor, ich sei Emma Stone.«

Als Ryan Gosling aka Sebastian und Emma Stone aka Mia zur magischen Stunde im Licht der untergehenden Abendsonne tanzen, seufzt sie ein weiteres Mal. »Findest du nicht, dass Fred ein bisschen aussieht wie Ryan Gosling?«

Ich sehe Ryan Gosling in einem T-Shirt mit der Aufschrift *This is my lucky red shirt* vor mir. »Ein kleines bisschen vielleicht.«

Auf dem Bildschirm wird weitergetanzt, doch Zara ist nicht mehr bei der Sache. Sie schaufelt sich eine Handvoll salziger

Chips in die Hand, dann küsst Seb Mia in der herzzerreißend schönen letzten Szene, und Zara seufzt ein drittes Mal. »Ich verstehe es einfach nicht«, sagt sie. »Was stimmt denn nicht mit mir? Wieso will er nicht mit mir ausgehen?«

»Vielleicht solltest du dich lieber fragen, was mit Fred Baker nicht stimmt«, erwidere ich. »Wenn er nicht vergeben ist, dann ist er vielleicht einfach asexuell.«

»Weil er sich nicht mit mir verabreden will, ist er asexuell?« Zara kichert, aber es klingt ein bisschen kläglich. »Das ist doch eher unwahrscheinlich.«

»Oder er ist schwul. Oder er hat sechs Geschwister, um die er sich kümmern muss, seit seine Mutter die Familie verlassen hat und der Vater daraufhin zum Säufer mutierte. Oder vielleicht hat er auch nur auf beiden Augen zwölf Dioptrien und ist zu eitel für eine Brille.«

Zara kichert wieder, jetzt etwas vergnügter, und leert ihren Daiquiri. »Oder er ist gar kein Englischlehrer, sondern eigentlich ein katholischer Priester und hat Enthaltsamkeit geschworen.«

»Alles möglich«, stimme ich zu und schwenke mein eigenes Glas. »Er könnte auch ein russischer Spion sein, und eigentlich heißt er gar nicht Fred Baker, sondern Fjodor Bolschakow. Ich meine, Fred Baker – das klingt doch wirklich nach einem Decknamen.«

»Jetzt, wo du es sagst.« Zara steht auf, um in der Küche neue Daiquiris zu mixen, und als sie wiederkommt, habe ich all unsere bisherigen Ideen in mein Listenbuch geschrieben. »Zehn Gründe, warum Fred nicht mit Zara ausgehen will«, lese ich vor. »Er könnte auch wissen, dass er nur noch wenige Wochen zu leben hat. Und netterweise will er in dieser Zeit nicht dein Herz brechen.«

»Das ist jetzt zu traurig«, sagt Zara ein wenig vorwurfsvoll, dann denkt sie kurz nach. »Es würde natürlich nicht stimmen. Die Ärzte hätten sich geirrt.«

»Oder deine Liebe zu ihm würde ihn heilen.«

»Noch besser«, erwidert Zara zufrieden. »Nur, was soll ich denn bloß machen, damit er seine letzten Wochen mit mir verbringen will?«

Dafür fangen wir eine neue Liste an. Sie zu füllen erweist sich jedoch als schwieriger, denn es scheint nichts zu geben, was Zara nicht schon ausprobiert hätte.

»Wir könnten euch beide über Nacht versehentlich im Laden einschließen.«

Zara hebt entzückt den Kopf, sackt jedoch unmittelbar wieder in sich zusammen. »Er würde einfach den Schlüsseldienst rufen.«

»Wir klauen vorher sein Handy.«

»Wird schwierig. Er hat eine Smartwatch.«

»Könnte ja sein, dass er den Schlüsseldienst plötzlich gar nicht mehr anrufen will.«

»Ach.« Noch mehr Chips. »Hast du gesehen, wie sehnsüchtig er heute die Tür angestarrt hat, als ich ihm mit meinem Kinovorschlag gekommen bin?«

Natürlich ist ihr das nicht entgangen. Ich schiebe den Pizzakarton zur Seite, um einen Arm um Zaras Schultern legen zu können. »Dann müssen wir es eben irgendwie hinkriegen, dass ihr gemeinsam auf einer einsamen Insel abstürzt.«

Dafür stößt Zara mir ihren Ellbogen in die Rippen. »Hast du

mir gerade gesagt, wenn ich die letzte Frau auf der Welt wäre, hätte ich vielleicht Chancen?«

»Nein«, rede ich mich raus. »Nur dass eben besonders harte Fälle besonders harte Maßnahmen erfordern.«

Zara erwidert mein Grinsen. »Okay, und wie finden wir raus, wann er in das Flugzeug steigt?«

»Wir brauchen einen Hacker«, schlage ich vor. »Der sich für uns in seinen Rechner einschleust.«

»Hm.« Zara zieht die Popcornschüssel auf ihren Schoß, dann lehnt sie sich wieder an mich. »Es muss doch auch weniger kompliziert gehen.«

Der Abspann zu *La la Land* verstummt, während wir darüber nachdenken. Auf unserer Liste finden sich schließlich neben der einsamen Insel auch noch die gemeinsame Teilnahme an *Love is blind* (sofort wieder verworfen, da es fast noch komplizierter zu bewerkstelligen wäre als der Flugzeugabsturz, und am Ende verlobt Zara sich versehentlich mit einem Marvin aus Kentucky), außerdem die Idee, Fred zum 1 000 000. Besucher im *Unicorns, Starships & Bugs* zu deklarieren und ihn ein Abendessen mit Zara in einem romantischen Restaurant gewinnen zu lassen (nach einigem Überlegen ebenfalls verworfen, da Zara Angst hat, Fred könne sie versetzen), und schließlich mein genialer Vorschlag, Fred um Nachhilfestunden zu bitten.

»Das könnte funktionieren«, sagt Zara. »Es stellt sich nur die Frage, worin der Englischlehrer einer Grundschule mir Nachhilfe geben könnte.«

»Behaupte einfach, du hättest nie richtig Lesen gelernt.«

»Mir gehört ein Buchladen, Alice.«

»Reine Kompensation. Du liest auch wirklich sehr langsam.«
Zara bewirft mich mit Popcorn, ganz kurz droht die Situation zu eskalieren, dann sind wir fertig mit Kichern, und Zara streckt die Beine durch. »Ich wüsste ja, worin ich mir von Fred Nachhilfestunden geben lassen würde.«

Ihr anzüglicher Unterton lässt keinen Zweifel daran aufkommen, was sie dabei im Sinn hat.

»Du hast keine Ahnung, ob er dafür überhaupt qualifiziert genug ist«, gebe ich zu bedenken und gehe in den Sofaritzen auf die Suche nach Popcorn.

»Ist er bestimmt.« Zara hält mir die Schüssel hin. »Aber er will ja nicht mal mit mir ins Kino gehen. Soll ich dir sagen, welcher Punkt auf der anderen Liste noch fehlt?«

»Welcher?«

»Fred steht einfach nicht auf mich.«

Könnte das tatsächlich sein? Dass Fred einfach nicht auf meine wunderschöne, kluge und witzige Freundin steht?

»Dann wäre er nicht nur mindestens blind, sondern auch noch blöd.«

Zara greift nach meiner Hand. »Ach, Alice. Heirate du mich. Alles wäre viel leichter, ehrlich.«

Ich denke an Bennett und Gabriel und Jerry und Fred und all die anderen Typen, die schon unsere Herzen gebrochen haben, und muss Zara recht geben.

10 Männer,
in die ich (unglücklich) verliebt war

1. Grandpa: Leider war er schon mit Granny verheiratet

2. David: Alles, was zwischen uns war, zerbrach, als er mich auf dem Spielplatz von der Schaukel schubste

3. Thomas: Ich schwebte im siebten Himmel, als er mir ein Zettelchen zuschob, auf dem er fragte, ob er mein Freund sein dürfe. Leider erschöpfte sich damit bereits sein Mut, denn von diesem Moment an tat er so, als kenne er mich nicht, obwohl ich JA angekreuzt hatte

4. Peter: Nach unserem ersten Kuss erklärte er mir, weiter werde er nicht gehen, denn Sex vor der Ehe sei für ihn tabu. Außerdem dürfe ich als seine Frau nicht arbeiten. Es hat dann nicht mehr so lange gehalten

5. Harry Styles: Keine Ahnung, warum aus uns nie etwas wurde

6. Michael: Als ich das erste Mal bei ihm übernachtete, trat er aus dem Badezimmer und trug einen Ganzkörperschlafanzug mit Knopfleiste und Bündchen. Aus Frottee. So konsequent bin ich noch nie in meinem Leben eingeschlafen

7. Derek: am anderen Ende der Skala, stand irgendwann in einem Leopardentanga vor mir. Auf mein hysterisches Gelächter hin zog er sich wieder um, leider bekam ich dieses Bild von ihm nie wieder aus meinem Kopf

8. Anthony: Zog zum Studieren nach Europa, weshalb wir uns sehr vernünftig trennten. Habe danach mehrere Wochen lang jede Nacht geweint

9. Gabriel: Fand seine wahre Liebe in meiner Freundin Stella. Mittlerweile sind sie verheiratet, obwohl er mir stets sehr überzeugt erklärte, die Ehe sei nichts anderes als ein Gefängnis

10. Bennett: Mindy. Muss ich mehr sagen?

Kapitel 6

Tobey ist sofort Feuer und Flamme von der Idee, in diesem Jahr den Macy's-Wettbewerb zu gewinnen, um mit dem Preisgeld Kaylas Operation zu bezahlen.

»Ein Street Festival«, sagt er. »Wir veranstalten ein Straßenfest!«

»Du willst ein Straßenfest, Alice setzt auf Jeff Kinney – ich bin immer noch dafür, zunächst einmal einen Malwettbewerb zu organisieren. Danach können wir immer noch den Bürgermeister anschreiben, um ihn zu bitten, den Broadway für uns zu sperren.«

»Pff.« Tobey zuckt mit den Schultern. »Think big, Zara.«

»Ich will euch ja nicht ausbremsen«, erklärt sie. »Aber meint ihr nicht, dass kleinere Aktionen Erfolg versprechender wären? Die werden dann immerhin wirklich stattfinden.«

»Ich habe Abrams Books heute Morgen schon angeschrieben«, erwidere ich. »Unter anderem.«

Zara lacht auf. »Na dann. Ich kündige das Ganze jetzt erst einmal in unserem Newsletter an.«

Die Gelegenheit, Lennon auf Kaylas Eltern anzusprechen, ergibt sich gleich am Nachmittag. Diesmal kommt er allein, und es ist Zara, die ihn zuerst entdeckt.

»Dein guter Freund Lennon ist gerade zur Tür hereingekommen«, sagt sie, und ich unterbreche mich darin, Bücher zu etikettieren, um ihn zu begrüßen.

»Hi. Brauchst du schon wieder Nachschub?«

»Nein, ich war nur zufällig in der Nähe.«

Wäre dieser Satz von Zara ausgesprochen worden, hätte sie das Wort *zufällig* mit Sicherheit betont, Lennon jedoch gelingt es, seine Aussage völlig unbefangen klingen zu lassen. Vielleicht, weil sie schlichtweg der Wahrheit entspricht.

»Du kommst genau richtig, es gibt nämlich Neuigkeiten«, erwidere ich in demselben unbeschwerten Ton, doch nachdem ich ihm von unseren Plänen erzählt habe, geschieht etwas Unerwartetes: Er zieht mich an sich.

Ich halte den Atem an. Für eine Sekunde schließe ich die Augen, werde weich in seinen Armen, fühle seinen Herzschlag unter dem dünnen Shirt. Im nächsten Moment tritt er wieder einen Schritt zurück.

»Okay, kann ich irgendetwas tun, um euch zu unterstützen?« Er räuspert sich. »Was hältst du davon, im Museum vorzulesen? Wir könnten Themen-Nachmittage veranstalten und dabei die Flyer für eure Buchhandlung auslegen.«

»Wir haben tatsächlich schon über Vorleserunden nachgedacht. Wenn sie im Museum stattfinden würden, wäre das natürlich noch einmal etwas Besonderes.«

»Ich frage nach, ob sich das organisieren ließe – ich sehe es schon vor mir: Dino-Bücher in der Eingangshalle, Science-Fiction im Planetarium oder der Regenbogenfisch in der Hall of Ocean Life.«

»Das ist eine großartige Idee.« Noch immer meine ich seine Wärme zu spüren. »Denkst du, Kaylas Eltern wären einverstanden, wenn wir öffentlich machen, wofür wir das Preisgeld spenden wollen?«

»Ich kann mir nicht vorstellen, warum sie etwas dagegen haben sollten.« Er zögert. »Danke, Alice.«

»Dafür musst du dich nicht bedanken – und ob wir es überhaupt schaffen, ist ja bislang alles andere als sicher.«

»Danke einfach dafür, dass du darüber nachgedacht hast und dass du ...«

»Ja?«, hake ich nach, als er nicht weiterspricht.

Ganz leicht schüttelt er den Kopf, doch in seinem Blick liegt etwas, bei dem es in mir sanft zu summen beginnt.

———

In den nächsten Wochen geben wir uns alle Mühe, auf der Macy's-Rangliste nach oben zu klettern. Der Malwettbewerb verpasst uns tatsächlich einen ordentlichen Schub, weshalb Zara tagelang mit einem etwas anstrengenden »*Ich hab's euch ja gesagt*«-Ausdruck im Gesicht herumläuft. Der Laden sieht mit all den Kunstwerken der Kinder allerdings wirklich umwerfend aus.

Die Idee, im *Unicorns, Starships & Bugs* Übernachtungen zu organisieren, verwerfen wir dagegen wieder. Um genügend Platz für mehr als eine Handvoll Kinder samt Eltern zu schaffen, müssten wir sämtliche Regale umstellen, und das ist den Aufwand nicht wert. Ähnlich fruchtlos verlaufen meine Bemühungen, einen Starautor oder eine Starautorin für uns zu gewinnen. Von den Verlagen, die ich angeschrieben habe, trudeln zwar erste Antworten ein, doch bisher handelt es sich ausnahmslos um Absagen. So kurzfristig lassen sich Termine mit meinen Wunschkandidaten offensichtlich nicht auf die Beine stellen.

Dafür schaut Lennon häufiger im *Unicorns, Starships & Bugs* vorbei, um über die Vorlesenachmittage im Museum of Natural History zu sprechen. Nachdem er von seiner Vorgesetzten eine Zusage dafür erhalten hat, diskutieren wir nach Ladenschluss über mögliche Themengebiete und suchen passende Bücher heraus. Dass er mich im Anschluss häufiger mal nach Hause begleitet, ergibt sich irgendwie, und als wir eines Abends vorher noch einen Abstecher ins *Mr. Sniffles* unternehmen, fühlt es sich so natürlich an, dass es mich überrascht. Es ist lange her, dass ich mich mit einem Menschen, der nicht Zara ist, so gut unterhalten habe. Mit Lennon scheine ich über einfach alles reden zu können, und es ist mir egal, wie vielsagend Zara mit dem Kopf wackelt, sobald die Rede auf ihn kommt. Es fühlt sich gut an, was sich da zwischen uns entwickelt, und ich beglückwünsche mich mehr als einmal dazu, der Versuchung widerstanden zu haben, in Lennon nur ein potenzielles nächstes Date zu sehen – so ist es definitiv tausendmal besser.

An einem Sonntagnachmittag sitzen wir am Strand von Coney Island, die nackten Füße im Sand vergraben, und teilen uns eine Portion knatschigweicher Pommes mit Ketchup. Lennon hat mich ausnahmsweise bereits um zwölf im Laden abgeholt, und Zara hatte so schlechte Laune, dass es sogar ihm aufgefallen ist.

»Sie versucht gerade, sich jemanden aus dem Kopf zu schlagen«, erkläre ich auf seine Frage hin. »Es wäre allerdings einfacher, wenn dieser jemand nicht mindestens einmal in der Woche vorbeikommen würde, um sich die Neuerscheinungen anzusehen.«

»Einmal pro Woche? Ein Bibliotheksausweis käme vermutlich günstiger.«

»Er ist Lehrer und verantwortlich für die Schulbibliothek der Henderson Elementary. Ich wette, er kennt sich mindestens genauso gut mit Kinder- und Jugendbüchern aus wie Zara oder ich.«

»Lehrer an der Henderson – aber er heißt nicht zufällig Fred Baker, oder?«

»Doch.« Überrascht sehe ich zu Lennon und kneife dabei die Augen zusammen, weil das Licht der Sonne am strahlendblauen Himmel mich blendet. »Genauso heißt er. Kennst du ihn etwa?«

»Fred kommt mindestens dreimal im Jahr mit einer Schulklasse zu uns ins Museum. Bisher haben wir es immer gerade so geschafft, dass es bei keinem dieser Ausflüge zu größeren Katastrophen kam. Und er ist also der Typ, den Zara sich aus dem Kopf schlagen will?«

»Ja.«

»So ein Zufall. Ein paar Mal waren wir sogar zusammen was trinken.«

Fred und Drinks? Irgendwie kann ich mir das nicht vorstellen.

»Wobei es für Fred keine Bar sein müsste«, ergänzt Lennon. »Er bestellt sowieso immer Sprite.«

Okay, jetzt passt es wieder.

Lennon lässt sich in den warmen Sand zurücksinken und verschränkt die Arme im Nacken. Seine Augen sind geschlossen, sein Shirt ist ein Stück nach oben gerutscht und gibt einen schmalen Streifen gebräunter Haut frei. Ich umfasse meine aufgestellten Knie und beobachte eine Frau, die mit einem Mädchen an der Hand den anrollenden Wellen hinterherläuft.

»Wie lange waren die beiden zusammen?«, fragt Lennon.

»Gar nicht.«

»Gar nicht? Warum will sie ihn dann vergessen?« Eine Hand über die Augen gelegt, sieht er zu mir hoch.

»Weil sie wirklich schon alles versucht hat, um ihn zu einem Date zu bewegen. Anscheinend ist er aber deutlich mehr an Büchern als an ihr interessiert.«

»Klar«, sagt Lennon.

»Klar?«, wiederhole ich. »Was meinst du mit *Klar*?«

»Ich habe mich schon gefragt, wie Fred es geschafft haben könnte, mit jemandem wie Zara zusammenzukommen.«

»Das musst du mir bitte erklären.«

Lennon stützt sich auf die Unterarme. »Sagen wir es so: Zara ist offen und gesellig und kommunikativ, und sie geht auf Leute zu. Und Fred – ist all das nicht.«

»Du meinst, er hat es nicht so mit Frauen?«

»Er hat es nicht so mit Leuten. Fred ist der schüchternste Mensch, den ich kenne. Er mag Kinder, aber unmittelbar vor den Elternabenden kriegt er Panikattacken, hat er mir mal erzählt.«

Fred Baker – schüchtern. Darauf wäre ich im Leben nicht gekommen. Plötzlich erscheint alles in einem völlig neuen Licht. Wenn Lennon recht hat und Fred der schüchternste Mensch der Welt ist, aber trotzdem so oft im *Unicorns, Starships & Bugs* vorbeischaut – kann das doch unmöglich nur an den

Neuerscheinungen liegen, oder? Hat Zara vielleicht doch eine Chance?

»Worüber denkst du nach?«, unterbricht Lennon meine Grübeleien. »Bist du noch bei Fred?«

»Und bei Zara. Wenn er wirklich schüchtern ist, ändert das alles. Wir haben eine Liste gemacht, aber das ist weder Zara noch mir eingefallen.« Dabei ist es so offensichtlich – jetzt, wo Lennon es ausgesprochen hat.

»Eine Liste?«

»Zehn Gründe, warum Fred nicht mit Zara ausgehen will.«

Lennon lacht leise. Er hat sich wieder in den Sand fallen lassen und die Augen geschlossen, und Letzteres führt dazu, dass ich es mir nicht verkneifen kann, ihn ein wenig länger anzusehen. Dass er jemand ist, bei dem Frauen – und manchmal auch Männer – bisweilen langsamer werden und ihm über die Schulter hinweg noch einen letzten Blick schenken, ist mir schon häufiger aufgefallen. Ist nicht so, dass ich das nicht nachvollziehen könnte. Würde ich in diesem Moment über seinen flachen Bauch streichen ...

Um mich in meinen eigenen Gedanken auszubremsen, lege ich mich neben ihn und schließe die Augen ebenfalls. Wir sind nur Freunde. Halt, was heißt hier *nur* – wir sind Freunde. Gute Freunde. Und genau so habe ich mir das gewünscht.

Ich frage mich, was Granny wohl von Lennon gehalten hätte.

»Ich mag deine Listen«, murmelt Lennon träge.

Stimmt, da waren wir. Bei Fred und den Listen.

»Meine Grandma hätte sie auch gemocht«, sage ich.

»Ihr standet euch sehr nahe, oder?«, fragt Lennon.

»Ja«, erwidere ich leise.

»Man hört es deiner Stimme an, wenn du sie erwähnst.«

Ich überlege ein paar Sekunden. »Meine Großeltern haben sich um mich gekümmert, nachdem meine Eltern bei einem Autounfall gestorben sind.«

Eine Weile bleibt es still. »Das tut mir leid«, sagt Lennon dann.

»Ich war noch ein Baby, gerade mal etwas älter als ein Jahr. Ich kann mich nicht an sie erinnern. Aber als Granny vor vier Jahren einen Hirnschlag hatte, das war schlimm. Auch wenn es ganz schnell ging.«

Lennon umfasst meine Hand, seine Finger sind ein bisschen sandig. »Und dein Großvater?«

»Er ist schon eine ganze Weile davor gestorben. Das hat Granny und mich damals noch näher zusammengebracht.« Der sanfte Druck von Lennons Hand ist tröstlich. »Darüber sollte man an einem so schönen Tag wohl nicht reden«, sage ich trotzdem.

»Wieso nicht?«

»Weil es die Stimmung ruiniert.«

Eine Weile lausche ich dem Lachen von Kindern und dem Rauschen der Wellen; Menschen unterhalten sich, und noch immer sind unsere Finger ineinander verflochten.

»Ich vermisse Elvis an schönen Tagen genauso sehr wie an jedem anderen Tag auch«, sagt Lennon. »Er war krank, das Ganze ist fast zehn Jahre her. Aber wenn er mir mal wieder plötzlich fehlt, reden wir über ihn, meine Eltern und ich. Es macht uns alle noch immer traurig, und ich glaube, diese Traurigkeit wird nie ganz verschwinden, aber es tut gut, an ihn zu denken und diese Gedanken mit anderen zu teilen.«

Elvis. Lennons Bruder.

»Ich dachte ... als du ihn mal erwähnt hast, da ...«

»Ja, ich weiß. Ich rede manchmal über ihn, als sei er noch da – ist er ja irgendwie auch noch. Für mich jedenfalls.« Vorsichtig taste ich mich an diesen Gedanken heran. Granny war einer der wichtigsten Menschen in meinem Leben. Sie mag vielleicht nicht mehr auf dieselbe Art für mich da sein, wie sie es jahrelang war, aber bisweilen fühlt es sich so an, als sei sie nicht fort. Nicht ganz von dieser Welt verschwunden. Ich habe immer versucht, dieses Gefühl zu verdrängen, es beiseitezuschieben und stattdessen mit der Realität klarzukommen, wie Bennett es mir riet, aber wieso muss ich das eigentlich?

Ich stelle mir vor, Granny säße neben mir, inmitten all dieser lärmenden und fröhlichen Menschen, mit ihrem großen Strohhut auf dem Kopf, Arme und Beine sorgfältig eingecremt.

»An den Wochenenden waren wir manchmal hier und haben gepicknickt.« Ich atme aus. »Meistens hatte sie Pancakes dabei. Wir haben Ahornsirup darüber gegossen, und ich habe mir die Hände in den Wellen gewaschen.« Gedanklich nehme ich Anlauf. »Sie ist die tollste Granny der Welt.«

»Und Elvis ist der beste Bruder, den man sich wünschen kann.«

Es klingt komisch, aber irgendwie schön. Ich drücke Lennons Hand und spüre der Träne nach, die über meine Schläfe rollt. Es ist okay.

—

Auf der Rückfahrt mit dem D-Train herrscht eine besondere Stimmung zwischen uns. Irgendwie friedlich und seltsam vertraut. Als wir uns an der Penn Station voneinander verabschieden, umarme ich Lennon, und erst auf dem Weg nach Hause fällt mir auf, dass ich nicht einmal darüber nachgedacht habe, ob eine Umarmung zwischen uns überhaupt angemessen wäre – es hat sich einfach richtig angefühlt.

»Ich hab's dir ja gleich gesagt«, stellt Zara fest, als ich ihr kurz darauf am Telefon von diesem Nachmittag erzähle, während ich mir etwas zu essen mache.

»Du verstehst das falsch – das zwischen Lennon und mir ist eher so ... wie zwischen uns beiden. Es geht tiefer, verstehst du?«

»Nicht wirklich. Inwiefern steht etwas Tiefergehendes denn einer ernsthaften Geschichte im Weg? Ist das nicht eher so was wie eine Grundvoraussetzung?«

»Es ist einfach auf einer anderen Ebene.« Und genau dort will ich bleiben.

»Okay, du musst es ja wissen.«

»Wie auch immer – eigentlich habe ich dich wegen einer anderen Sache angerufen.« Mit dem Telefon am Ohr wandere ich von der Küche ins Wohnzimmer, in der Hand einen Teller Nudeln mit Knoblauch und Olivenöl. »Unsere Fred-Liste – sie braucht einen Punkt elf.«

»Welche Liste meinst du? Wir hatten eine mit Gründen, warum er nicht auf mich steht, und dann hatten wir noch eine mit irgendwelchen Schnapsideen, weil wir diese traurige Tatsache einfach nicht wahrhaben wollten.«

»Ich meine die erste. Und du übertreibst.«

»Nicht wirklich.«

»Fred ist schüchtern.«

Ich habe Zeit, mir eine zweite Gabel Spaghetti aufzuwickeln, bevor Zara daraufhin etwas erwidert.

»Das glaubst du doch selbst nicht.«

»Ich glaube es nicht, ich weiß es. Lennon kennt Fred ...«

»Lennon kennt Fred?«

»... und er hat es mir gesagt.«

»Er hat behauptet, Fred sei schüchtern? Wieso redet ihr über Fred?«

»Weil Lennon mich gefragt hat, warum du heute so mies drauf warst, und ich habe ihm erzählt, dass du versuchst, über jemanden hinwegzukommen, und irgendwie ergab eins das andere, jedenfalls – Fred ist nicht desinteressiert, sondern schüchtern. Und das ändert alles, findest du nicht?«

Zara überlegt. »Er könnte auch beides sein. Schüchtern und desinteressiert. Und ich weiß nicht – auf mich hat er nie schüchtern gewirkt. Eher ... reserviert. Fast schon unnahbar.«

»Wenn Lennon aber recht hat, muss man es Fred vielleicht leichter machen.«

»Noch leichter? Was sollte ich deiner Meinung nach tun? Ein Schild hochhalten, auf dem steht: *Ich will ein Kind von dir?*«

»Das wäre eine Option. Ich würde dir aber empfehlen, etwas weniger direkt zu sein. Und bestimmt wäre es gut, wenn keine anderen Kunden im Laden wären, zumindest nicht direkt in der Nähe. Weniger Zuschauer, weniger Druck.«

»Also, ich weiß ja nicht. Klingt für mich alles nach dem komplizierten Teil einer Beziehung, nur eben ohne Beziehung.«

Das stimmt allerdings.

»Ich muss darüber nachdenken«, sagt Zara. »Vielleicht ist er ...«

An der Wohnungstür läutet es.

»Zara, Moment, es hat geklingelt.«

»Klar, ich warte.«

Vor der Tür steht Mrs. Daniels. In der Hand trägt sie eine Reisetasche, und neben ihr sitzt ihre Promenadenmischung Toto.

»Mrs. Daniels«, beginne ich, und nach einem genaueren Blick in ihr Gesicht: »Ist alles in Ordnung?«

»Sicher, sicher. Alles ist in bester Ordnung, es ist nur – ich muss zu meiner Schwester. Noch heute. Ihr Mann musste vorhin in die Klinik, und jetzt ist sie ganz allein, und sie ist doch letzte Woche erst gestürzt, und sie kann kaum laufen, und ...«

»Kommen Sie doch erst einmal rein«, unterbreche ich sie sanft und setze noch einmal das Telefon ans Ohr. »Zara? Ich rufe dich zurück, okay?«

»Hab's mitgekriegt, bis nachher.«

Augenblicke später sitzt Mrs. Daniels in meiner Küche, und ich koche Tee. Ihre Schwester heißt Patricia und ist sechsundsiebzig. Letzte Woche ist sie in ihrer Wohnung über eine Teppichkante gestolpert, was ihr einen Bänderriss beschert hat.

»Es hätte viel schlimmer kommen können«, sagt Mrs. Daniels, noch immer ziemlich aufgelöst. »Und jetzt ist ihr Robert in der Klinik, weil er vermutlich Gallensteine hat und furchtbare Schmerzen, und Patricia ist ganz allein, und ich fahre natürlich zu ihr, um sie zu unterstützen, das Problem ist nur – Trish hat eine Hundeallergie.«

Wir sehen beide zu Toto, der es sich neben dem Küchentisch bequem gemacht hat.

»Normalerweise kümmert sich meine Tochter Carol um Toto, wenn ich Trish besuche, aber im Moment ist Carol mit ihrer Familie auf den Bahamas.« Als Mrs. Daniels ihre Teetasse in Empfang nimmt, zittern ihre Hände, so aufgeregt ist sie. »Deshalb wollte ich Sie fragen … Ich weiß natürlich nicht, ob das überhaupt möglich ist … Sie sind ja auch berufstätig, aber wegen Toto …«

»Aber sicher kümmere ich mich um Toto«, unterbreche ich sie schnell. »Das mache ich gern.«

»Danke.« Die Erleichterung in ihrem Gesicht ist nicht zu übersehen. »Er ist auch wirklich ein guter Hund und bellt nicht und braucht eigentlich nur dreimal täglich sein Futter und morgens, mittags und abends einen kurzen Gang um den Block. Er ist nur nicht gern allein.«

»Gar kein Problem, das bekomme ich hin.«

Toto hebt den Kopf, als realisiere er gerade, dass es bei unserem Gespräch um ihn geht.

Mrs. Daniels beugt sich zu ihm. »Hast du zugehört, Toto? Natürlich hast du zugehört, du hörst doch immer zu, du kluger Hund. Hm? Bist du ein kluger Hund?« Sie richtet sich wieder auf. »Er versteht jedes Wort.«

Zwanzig Minuten später hat Mrs. Daniels ihren Tee getrunken, wir haben Telefonnummern ausgetauscht, und ich habe alles über Totos Vorlieben und Abneigungen erfahren. Anschließend schleppe ich einen Sack Hundefutter, Totos Matte, seinen Wasser- und seinen Futternapf sowie einen Korb mit Hundespielzeug in meine Wohnung.

»In spätestens drei Tagen bin ich wieder da«, versichert mir Mrs. Daniels an der Tür, nachdem sie das bereits Toto versprochen hat. »Robert wird morgen früh operiert. Und sobald er wieder zu Hause ist, fliege ich zurück. Toto wird bestimmt brav sein.«

»Bestimmt«, versichere ich. »Machen Sie sich keine Gedanken.«

Toto wedelt mit dem Schwanz und macht keine Anstalten, Mrs. Daniels zu folgen, als sie in den Hausflur tritt.

»Toto, sei brav, ja? Mach keine Dummheiten, hörst du?« Sie streichelt Toto über den Kopf und drückt anschließend meine Hand. »Vielen Dank! Ich weiß gar nicht, was ich ohne Ihre Hilfe machen würde. Ich melde mich, sobald ich angekommen bin.«

»Kümmern Sie sich in Ruhe um alles. Und gute Besserung für Patricia und Robert.«

»Danke. Wirklich, vielen Dank.«

Mrs. Daniels lächelt tapfer, schenkt Toto einen letzten Blick und wendet sich mit ihrer Tasche zum Gehen. Sicherheitshalber hake ich zwei Finger in Totos Halsband, doch der Hund sieht ihr nur schwanzwedelnd hinterher. Er mustert mich, als ich die Tür schließe, und ein paar Sekunden sehen wir uns an.

Dann beginnt er zu heulen.

—

Kurz darauf sitze ich auf dem Sofa, mit Toto auf dem Schoß und Zara am Telefon.

»Zara, stört es dich, wenn ich in den nächsten Tagen einen Hund mit in den Laden bringe? Sonst muss ich leider spontan Urlaub nehmen.«

»Einen Hund?«

»Toto. Er gehört Mrs. Daniels, aber die musste dringend zu ihrer Schwester.«

»Klar, bring ihn mit. Ich liebe Hunde. Und wer weiß – vielleicht liebt Fred Hunde ja auch.«

»Heißt das, du gibst Fred doch noch nicht auf?«

»Das wird mein letzter Versuch. Mein allerletzter. Wenn er mich allerdings wieder abblitzen lässt, verpflichte ich dich als meine beste Freundin, mich irgendwie davon abzuhalten, sollte ich jemals wieder Anstalten machen, ihn ansprechen zu wollen.«

»Okay.«

»Ich glaube ja, so schüchtern kann kein Mensch sein, aber auf einmal mehr oder weniger kommt es wohl auch nicht mehr an. Vielleicht grabe ich das Groot-T-Shirt doch noch einmal aus. Und übrigens – hast du gesehen? Wir stehen bei Macy's mittlerweile auf Platz 4345.«

»Der Sieg ist nah!«, rufe ich. »Wie lange läuft das Ganze eigentlich noch?«

»Bis Ende September.«

»Okay, so nah ist der Sieg doch nicht. Wir brauchen mehr Ideen.«

»Wir könnten auch noch jemanden brauchen, der uns unterstützt. Das fängt langsam an, uns über den Kopf zu wachsen.«

»Dann lass uns einen Aushang im Laden machen.«

»Wir suchen jemanden, der uns möglichst unentgeltlich dabei hilft, New York's favourite happy store zu werden?«

»Ungefähr so habe ich mir das vorgestellt.«

»Klingt gut. Machen wir.«

Die 10 nervigsten Dinge der Welt

1. Das nadelfeine Summen einer Stechmücke mitten in der Nacht

2. Du bist am Verhungern, musst aber feststellen, dass du vergessen hast, den Herd für das Nudelwasser einzuschalten

3. Telefon-Warteschleifen, in denen du wie eine Flipperkugel irgendwann ins Aus geschossen wirst

4. Du wartest den ganzen Tag auf den Paketboten und erhältst schließlich eine Mail, in der steht, man habe dich vor fünf Minuten leider nicht angetroffen

5. Kaugeräusche (ganz übel: Cornflakes oder Apfel)

6. Regentropfen, die dir in den Kragen laufen

7. Tetrapacks, auf denen steht: *Bitte schütteln*, und dann schüttelst du sie, und der Verschluss hält nicht dicht

8. Der New Yorker Hochsommereffekt: In den Straßen schmelzen, aber beim Betreten eines Geschäfts schockgefrostet werden

9. Ameisen in der Küche

10. Hunde, die einem morgens um halb fünf ins Gesicht hecheln, weil sie offenbar dringend rausmüssen

Kapitel 7

Ich kann Toto keinen Vorwurf machen. Es ist meine Schuld, dass wir in aller Herrgottsfrühe zum Hundespielplatz schlurfen, auf dem um diese Uhrzeit gähnende Leere herrscht. Morgens, mittags und abends, hat Mrs. Daniels gesagt, und ich werde ihr nicht erzählen, dass ich direkt am ersten Tag vergessen habe, Toto vor dem Schlafengehen noch einmal rauszulassen.

Wenigstens nimmt Toto es mir nicht übel. Er schnuppert an jedem Müllbeutel und an jeder Straßenlaterne, lässt sich von einer obdachlosen Frau streicheln, der ich fünf Dollar in den Pappbecher lege, und ist bester Laune, als er nach verrichtetem Geschäft die Treppen zu meiner Wohnung hinaufspringt. Leider zieht er, oben angekommen, zur Tür von Mrs. Daniels, und Minuten später sitze ich einmal mehr mit einem trauernden Hund auf dem Sofa.

Als ich wieder aufwache, weil Toto von meinem Schoß hinunterhüpft, hat zumindest seine Stimmung sich wieder deutlich gehoben, während ich die Kaffeedose öffne, um meinen Lebensgeistern einen Tritt in den Hintern zu verpassen.

Kein Kaffee da.

Mir fällt ein, dass ich gestern Abend noch welchen besorgen wollte, doch über den Besuch von Mrs. Daniels habe ich es vergessen.

Dann eben Tee. Mit halb geschlossenen Augen brühe ich mir eine Tasse Rooibos auf, und während der Tee zieht, stelle ich mich unter die Dusche.

Um einiges beschwingter als noch Minuten zuvor, betrete ich erneut die Küche und greife nach dem Deckel der Teedose, die ich offen habe herumstehen lassen. Die Tatsache, dass ich als Nächstes eine winzige Made im Rooibos entdecke, trägt nicht unbedingt dazu bei, den Tag zu einem besseren zu machen. Wie um alles in der Welt konnte ich das Gespinst in einem Winkel der Teedose übersehen?

Mein Tee landet im Ausguss und ein Großteil der Lebensmittel aus meiner Teeschublade – Müsli, getrocknete Datteln und (ich weine) eine Schachtel Chocolate Chip Walnut Cookies – im Müll. Dann muss ich los, wenn ich nicht zur Krönung dieses missratenen Tagesbeginns auch noch den Laden zu spät aufschließen will.

Toto kapiert schnell, dass er im Buchladen unmittelbar zum Superstar avanciert. Alle reißen sich darum, den kleinen, wuscheligen Hund zu streicheln, der auf dem Rücken liegt und sich mit einem deutlichen Grinsen um die Lefzen den Bauch kraulen lässt. Ich sollte ihm Mr. Sniffles vorstellen – die beiden teilen dasselbe Hobby.

Meine Laune bessert sich erst, nachdem ich ein Plakat gebastelt habe, auf dem über einem QR-Code steht: TOTO WÜRDE *UNICORNS, STARSHIPS & BUGS* ZU SEINEM FAVOURITE HAPPY STORE WÄHLEN!, und ich immer wieder Leute dabei beobachten kann, wie sie ihre Handys zücken.

Kurz darauf schlägt die Stimmung wieder um, weil ich einer enttäuschten Kundin erklären muss, dass ihr bestelltes und bereits seit zwei Tagen versprochenes Buch leider noch immer nicht geliefert wurde – sie ist alles andere als begeistert.

Minuten später werde ich obendrein von einer anderen Frau angefaucht, als ich sie darauf hinweise, dass ich es zu schätzen wüsste, wenn sie ihrem Sohn das triefende Erdnussbuttersandwich aus den Händen nähme, bevor sie ihn auf unsere Bücher loslässt.

»Sie sind doch wohl versichert?«, schnappt sie.

»Eine Versicherung ist für unvorhergesehene Unfälle gedacht, nicht für Beschädigungen mit Ansage«, erwidere ich und halte ein Erdnussbutter-verklebtes Pappbilderbuch in die Höhe.

»Tz«, macht die Frau und verlässt den Laden, ohne mir auch nur anzubieten, das Buch zu kaufen. Hätte sie es getan, hätte ich großzügig abwinken können, so jedoch ärgere ich mich noch, als die Ladentür erneut aufschwingt und Bennett über die Schwelle tritt.

»Hi, Alice«, sagt er mit einer Selbstverständlichkeit, als hätte er sich heute Morgen mit einem Kuss von mir verabschiedet.

»Was willst du denn hier?«, erwidere ich.

»Einfach mal Hallo sagen. Wem gehört der Hund?«

Er bückt sich nach Toto, und es würde mir gefallen, würde Toto ihn anknurren, doch natürlich dreht er sich nur grunzend auf den Rücken.

»Der Hund gehört Mrs. Daniels. Ich passe auf ihn auf«, erkläre ich abweisend.

»Ah.« Bennetts Interesse an Toto hält sich zu dessen Enttäuschung in Grenzen. Er richtet sich wieder auf. »Und? Wie geht's dir?«

»Gut.«

Er lächelt, und ich mag dieses Lächeln nicht, weil es mir ein Spur mitleidig erscheint.

»Was hast du so gemacht in letzter Zeit?«

»Wieso interessiert dich das?« Ich dränge mich an ihm vorbei, um hinter der Kasse den Versuch zu starten, das Erdnussbutter-Buch zu retten.

»Darf es mich nicht interessieren?« Bennett lehnt sich so entspannt an den Tresen, als sei er in einer Bar. »Hör mal, ich wollte nur ...«

In diesem Moment wird die Ladentür lautstark aufgestoßen, was sowohl Bennett als auch mich den Kopf drehen lässt. Herein kommt nicht Zara, wie ich es erwartet habe, sondern Lennon, in jeder Hand einen Kaffeebecher.

»Hi!«, ruft er gut gelaunt. »Ich dachte mir, du hast vielleicht Lust auf einen zweiten Kaffee an diesem wunderschönen Sonntagvormittag.«

»Hi«, erwidere ich, dankbar, mich von Bennett abwenden zu können, und außerdem *sehr* dankbar für den Kaffee. »Du rettest mich – das ist nämlich mein erster Kaffee heute.«

»Hört sich nach einem stressigen Vormittag an.«

»Hört sich nicht nur so an.«

Ich sehe schnell zu Bennett. Unter normalen Umständen würde ich Lennon jetzt erzählen, mit welchen Katastrophen dieser Tag bisher glänzen konnte, doch da Bennetts überraschendes Auftauchen sozusagen die Krönung des Ganzen darstellt, scheint es mir unhöflich, mit meiner Aufzählung auch nur zu beginnen.

Lennon ist meinem Blick gefolgt. »Hallo«, sagt er, noch immer lächelnd, und Bennett nickt, nun schon etwas steifer.

»Das ist Bennett«, erkläre ich. »Bennett – Lennon, Lennon – Bennett. Er wollte gerade wieder gehen.«

»Bennett«, sagt Lennon und toppt mit diesem einen Wort ohne jede Mühe Zara, was das Vielsagende betrifft. Nur ist es bei ihm kein besonderer Unterton. Es ist die Pause, die er vor dem Aussprechen von Bennetts Namen einlegt, es ist der Ausdruck in seinem Gesicht, das auf unverbindlich schaltet, und irgendetwas verändert sich an seiner Haltung – Lennon ist nicht viel größer als Bennett, doch in dieser Sekunde scheint er ihn deutlich zu überragen.

Ich greife nach dem Kaffeebecher und lege dabei meine Hand auf seinen Arm. »Danke.«

Ich kann auch vielsagend.

Eine Sekunde später schäme ich mich dafür, Lennon auf diese Art in die ganze Geschichte hineinzuziehen, weshalb ich mich hastig aufrichte und ein kleines Stoßgebet zum Himmel schicke, als plötzlich doch noch Zara zur Tür hereinplatzt.

»Bennett?« Abrupt bleibt sie stehen.

»Hi.« Bennett hat zu seiner lässigen Freundlichkeit zurückgefunden. Er stößt sich vom Tresen ab. »Ich muss leider wirklich. Es war schön, dich zu sehen, Alice – hoffentlich bis bald mal wieder.«

Er nickt Zara zu, dann schlendert er an ihr vorbei zur Tür hinaus, wieder völlig Herr der Lage. So unfassbar typisch Bennett.

»Was hatte der denn hier zu suchen?«, fragt Zara. »Hi, Lennon. Oh, bist du aber süß!« Sie hat Toto entdeckt, der sich einmal mehr auf den Rücken wirft.

»Er wollte nur mal Hallo sagen.« Ich zucke mit den Schultern, als interessiere mich das nicht weiter, obwohl meine Kehle sich plötzlich unangenehm eng anfühlt. Verdammter Bennett. Kommt hier einfach so angetanzt – nicht einmal entschuldigt hat er sich.

»Du siehst aus, als sollte man dir einen Schuss Whiskey in deinen Kaffee kippen«, holt Lennon mich aus meinem akuten Anfall von Trostlosigkeit.

»Nein, es geht schon.« Ich ringe mir ein Lächeln ab. »Ich habe bloß nicht mit ihm gerechnet, und ... Ach, ist auch egal.«

Jemand hüstelt dezent. »Verzeihung – dürfte ich Sie kurz stören?«

Eine junge Frau steht vor der Kasse. Peinlich berührt eile ich zur ihr, verharre dann aber ratlos, weil sie mir keine Bücher zum Kassieren reicht.

»Ich bin Rose Turner«, sagt sie stattdessen. »Ich habe Ihren Aushang gesehen. Suchen Sie noch eine Aushilfe?«

»Ja«, rufe ich und betrachte sie genauer. Sie hat ihre hellblonden Haare zu einem Knoten zusammengedreht, trägt eine Brille mit runden Gläsern und außerdem einen freundlichen Ausdruck im Gesicht. Sympathisch. »Ja, suchen wir. Ich bin Alice. Ähm – Zara?«

Zara, die noch immer neben Toto hockt, kommt wieder auf die Füße und hält Rose die Hand hin. »Hi. Du hast aber gesehen, dass wir nur eine Aushilfe auf Zeit für unsere Spendenaktion suchen? Und nicht viel zahlen können?«

»Ja«, erwidert Rose. »Das wäre kein Problem. Es würde mir einfach Spaß machen, bei eurem Projekt auszuhelfen. Außerdem liebe ich Bücher. Und Kinder.«

»Damit wären die beiden wichtigsten Punkte gleich mal abgehakt.« Zara lächelt. »Gehen wir kurz nach hinten?«

Auf dem Weg in ihr Büro dreht Zara sich noch einmal um. »Das nächste Mal wirfst du Bennett einfach sofort raus. Oder – ich habe noch eine bessere Idee, erzähle ich dir gleich.«

Mit einem Seufzen ziehe ich den Kaffeebecher zu mir.

»Sorry.«

»Wofür entschuldigst du dich?«, fragt Lennon.

»Weil …« Ich stelle fest, dass ich das nicht so genau weiß. »Das war vielleicht gerade etwas blöd.«

»Was? Dass ich deinen Ex kennengelernt habe? So schrecklich fand ich das nicht. Da ist mir schon Schlimmeres passiert.«

»Ja?«

»Ja. Einmal war ich mit einer Frau verabredet, aber dann wollte sie lieber lesen.«

Ich muss grinsen. »Das klingt furchtbar.«

»Oder? Da lerne ich lieber alle deine Ex-Freunde auf einmal kennen, bevor mir so was noch mal passiert. Und übrigens – hättest du Lust, heute Abend ins Kino zu gehen?«

»In welchen Film?«

»Gibt es einen, den du gern sehen würdest?«

Wir sind noch dabei, das aktuelle Kinoprogramm durchzugehen, als Zara mit Rose wieder nach vorn kommt.

»Rose – das ist Lennon«, stellt sie vor. »Er arbeitet im Museum of Natural History. Ich dachte mir, Rose könnte sich vielleicht um die Vorleserunden im Museum kümmern, damit hätte sie fürs Erste genug zu tun. Sie wird sich bei dir melden, Lennon, wäre das in Ordnung?«

»Na klar.«

»Das ist eine tolle Aufgabe«, sagt Rose begeistert. »Kann ich mir gleich morgen einmal alles ansehen? Dann mache ich einen

Plan, wo im Museum genügend Platz und Ruhe zum Vorlesen vorhanden ist.«

»Sicher. Wir hatten da auch schon einige Ideen. Könntest du morgen Vormittag? Vielleicht so gegen neun? Dann hätte ich noch Zeit, dir alles zu zeigen, bevor geöffnet wird.«

»Ja, das passt mir gut, super. Also, bis morgen.« Rose winkt uns noch einmal zu, bevor sie zur Tür hinaus verschwindet.

»Sie ist total nett«, stellt Zara fest. »Ich glaube, das wird wunderbar funktionieren. Und dann habe ich noch das hier mitgebracht.«

Sie hält mir ein Blatt Papier vor die Nase, auf dem ein Foto von Bennett abgebildet ist. Darüber steht: *Ich muss leider draußen bleiben.*

»Soll ich es an unsere Tür heften?«

»Keine schlechte Idee. Woher hast du das? Von seinem Instagram Account?«

»Genau.«

Lennon greift nach seinem Kaffeebecher. »Also dann, wir sehen uns später. Gegen fünf?«

»Gern. Bis nachher.«

Nachdem Lennon gegangen ist, will ein junger Mann wissen, ob wir gruselige Bücher für Leseanfänger haben – »Aber nicht zu gruselig!« –, und während er sich in meine Empfehlungen vertieft, räume ich bei den Regalen für die Jüngsten auf, wo die Bücher so chaotisch auf dem Boden herumliegen, als sei das hier ein Kinderzimmer und kein Buchladen. Der Junge mit den Erdnussbutterhänden ist leider auch in dieser Ecke unterwegs gewesen.

»Du gehst also heute mit Lennon ins Kino.« Zara seufzt so

sehnsüchtig, dass eine Frau von dem Buch aufsieht, in dem sie gerade blättert. »Wenigstens ein Mann, mit dem so etwas möglich ist.«

»Hast du dir mittlerweile noch einmal etwas wegen Fred überlegt?«

»Noch nicht. Was hältst du davon, wenn ich ihn in ein Gespräch verwickele, bis niemand mehr im Laden ist, und dann ...«

Toto beginnt zu winseln.

»Was hat er denn?«, fragt Zara.

»Keine Ahnung.«

Wir mustern den Hund, der eindeutig hoffnungsvoll zurückstarrt.

»Vielleicht hat er Hunger?«

»Das könnte sein. Ich habe ihm etwas mitgebracht«, bemerke ich stolz, weil ich heute Morgen trotz des ganzen Dramas daran gedacht habe.

Ich stelle Toto die Plastikbox mit dem Trockenfutter vor die Schnauze, und er stürzt sich darauf, als habe er seit Tagen nichts mehr gefressen.

Zara und ich sehen uns zufrieden an.

Innerhalb von Sekunden hat Toto alles verschlungen. Mit einem Ächzen lässt er sich neben den Napf fallen, dann hebt er den Kopf und winselt von Neuem.

»Das war es schon mal nicht«, sagt Zara, doch erst als Toto aufsteht und zur Ladentür läuft, wird mir klar, was er eigentlich will. Zur Hundeflüsterin eigne ich mich wohl eher nicht.

»Er muss mal raus. Darf ich dich zehn Minuten allein lassen?«

»Na klar. Beeil dich lieber, bevor noch ein Unglück passiert.«

Während ich hinter Toto an der Leine herlaufe, wird mir noch etwas bewusst: Ich kann den Hund heute Abend nicht mit ins Kino nehmen.

»Ist doch nicht schlimm, dann geht ihr eben spazieren«, schlägt Zara vor, als ich ihr davon erzähle.

»Und was, wenn Lennon nachher schon Karten besorgt hat?«

»Schreib ihm doch eine Nachricht.«

»Schwierig, ohne Nummer.«

Zara reißt die Augen auf. »Ihr habt noch immer nicht eure Nummern ausgetauscht?«

»Es war bisher einfach nicht nötig«, verteidige ich mich. »Wir sehen uns ja auch so.«

Zara verdreht die Augen. »Ich habe seine Nummer. Warte ich schicke sie dir.«

Ich schreibe Lennon eine Nachricht, dann lege ich das Telefon zur Seite. »Und wie war das also jetzt mit Fred? Du wartest, bis ihr allein seid, und dann verführst du ihn?«

»Ha, ha, sehr witzig. Für den Anfang wäre ich schon froh, wenn er nicht den Notruf wählt, sobald er feststellt, dass außer ihm und mir niemand mehr im Laden ist. Und dann ... Ich weiß es noch nicht. Eventuell passiert auch einfach gar nichts. Das hängt wohl von Fred ab.« Sie bückt sich zu Toto hinunter. »Ich sollte mir vielleicht lieber einen Hund zulegen, statt um Fred herumzutanzen. Ein paar Leckerli, ein bisschen Bauchkraulen, und er liebt dich bedingungslos. Ein *bisschen* unkomplizierter dürfte es auch mit Fred sein.«

»Dafür weckt dich Fred nicht am frühen Morgen, weil er Gassi gehen will.«

»War es nicht Bennett, der dich ständig noch vor Sonnenaufgang aus dem Bett geworfen hat, weil er unbedingt mit dir durch den Park rennen wollte?«

Punkt für den Hund.

———

Lennon trägt die spontane Programmänderung mit Fassung. Statt ins Kino zu gehen, schlendern wir zusammen mit Toto durch den Central Park. Kinder spielen Fußball, Frisbees fliegen durch die Luft, und halb New York hat es sich auf den ausgedehnten Wiesen unter schattigen Bäumen gemütlich gemacht. Während Toto alles beschnuppert, was ihm vor die Schnauze kommt, und gelegentlich plötzliche Hüpfer macht, weil eine Taube oder ein Eichhörnchen in sein Blickfeld geraten, essen Lennon und ich weiche, noch warme Pretzels und tun das, was wir am besten können: Reden. Wir springen von einem Thema zum nächsten, fallen uns bisweilen gegenseitig ins Wort, und zumindest ich wundere mich irgendwann, als der Himmel sich über dem See, an dem wir uns auf eine Bank gesetzt haben, rosarot färbt. Es ist fast halb neun – wo um alles in der Welt sind die letzten drei Stunden geblieben?

Gerade haben wir beschlossen, noch etwas essen zu gehen und sind aufgestanden, da überholt uns ein kleiner Junge schlenkernd auf seinem Fahrrad, und als ich einen Schritt zur Seite trete, lässt sich flatternd eine Ente in Ufernähe auf dem See nieder. Toto macht einen Satz. Die Leine rutscht mir aus der Hand, und noch bevor ich auch nur nach ihm rufen kann, hechtet er ins Wasser.

»Toto!« Im ersten Moment bin ich drauf und dran, einfach hinterherzuspringen. Der Hund darf mir auf keinen Fall davonlaufen – Mrs. Daniels wäre am Boden zerstört.

Lennon hält mich am Arm fest. »Wir folgen ihm am Ufer. Im Wasser ist er nicht besonders schnell.«

Nein, im Wasser ist Toto nicht besonders schnell, doch leider paddelt er in eine Richtung, in der am Ufer dichte Sträucher wuchern.

»Du wartest, falls er zurückkommt«, ruft Lennon, »ich versuche es von der anderen Seite.«

»Okay.«

Lennon sprintet los, und ich bemühe mich, so nah wie möglich ans Wasser zu treten. Trotz der Hitze der vergangenen Wochen ist der Boden hier aufgeweicht und matschig.

»Toto«, locke ich. »Toto, komm.«

Toto denkt gar nicht daran, obwohl die Ente längst das Weite gesucht hat. Im Gegenteil, in diesen Moment scheint er seine plötzliche Freiheit zu realisieren. Statt zurückzuschwimmen, paddelt er einen Bogen, und bei dem Versuch, zumindest auf einer Höhe mit ihm zu bleiben, rutsche ich um ein Haar im Schlick aus.

»Toto!«

Jetzt hält er wieder aufs Ufer zu, und ich begehe den Fehler, nach dem nassen Hund zu greifen, statt nach der Leine. Er macht ein paar wilde Sätze, Wasser und Dreck spritzen nach allen Seiten in die Höhe, und als ich mich endlich auf die Leine stürzen will, ist Toto bereits außer Reichweite. Ich sehe ihn schon im Park verschwinden, als Lennon auftaucht und ihm den Weg abschneidet, woraufhin der Hund wieder zum See läuft. Wir rennen ihm beide hinterher, und jetzt rutsche ich tatsächlich aus und lande unsanft auf dem Hintern, während Lennon sich nach vorn wirft und dabei auf Hände und Knie stürzt.

»Ich hab ihn!«, brüllt er triumphierend und hält das Ende der Leine in die Höhe. Schlammspritzer zieren sein Gesicht und sein T-Shirt, und was seine Jeans betrifft, kann man nicht mal mehr verharmlosend von Spritzern reden. Toto lässt sich in dieser Sekunde in den Matsch fallen – offenbar ist er entschlossen, noch schnell das Beste für sich herauszuholen, und das ist der Moment, in dem ich lachen muss.

Mühsam richte ich mich auf, registriere meine schlammverdreckten Füße in den schlammverdreckten Sandalen, und verliere vor Lachen beinahe schon wieder das Gleichgewicht, während Toto fröhlich um Lennon herumtobt, der sein Bestes gibt, nicht von der Leine eingewickelt zu werden.

Auf dem Weg in der Nähe des Ufers sind mittlerweile jede Menge Leute stehen geblieben, von denen nicht wenige noch sehr viel lauter lachen als ich. Einige halten ihre Handys in die Höhe, und automatisch lasse ich die Haare vors Gesicht fallen, kann aber trotzdem nicht aufhören, haltlos zu kichern.

»Bloß weg hier.« Lennon streckt mir die Hand entgegen, um mich das leicht abschüssige Ufer hinaufzuziehen. Totos Leine hat er sich fest ums Handgelenk gewickelt. »Sonst werden wir noch TikTok-Stars.«

Als wir bei meiner Wohnung ankommen, ist der Schlamm getrocknet. Lennon wartet mit Toto auf der Straße, während ich die Treppen hinaufrenne, um die Fellbürste zu holen, die Mrs. Daniels mir dagelassen hat. Erde und Dreck rieseln zu Boden, als ich Toto schließlich damit bearbeite, doch der Geruch nach brackigem Wasser verfliegt leider nicht.

»Ich werde ihn duschen müssen«, sage ich.

»Soll ich dir dabei helfen?«

»Nein, ich setze ihn einfach in die Badewanne. Er scheint Wasser ja zu lieben.«

»Alles klar, dann stelle ich mich jetzt auch unter die Dusche. Als ich das letzte Mal so ausgesehen habe, ging ich noch nicht zur Schule.«

Er hat Schmutzstreifen im Gesicht, und die Knie seiner Jeans starren vor Dreck – er sieht geradezu unfassbar gut aus.

»Danke für deine Hilfe.«

»Gern geschehen.«

Einen Augenblick noch sehe ich ihm hinterher, dann steige ich mit Toto zusammen die Treppen hinauf. In meiner Wohnung stelle ich leider fest, dass Toto einer Badewanne rein gar nichts abzugewinnen vermag, und dem Wasserstrahl aus einer Dusche sogar noch sehr viel weniger. Ein ums andere Mal startet er den Versuch, meinem Griff zu entkommen, was bedeutet, dass sich alle vier Sekunden ein klatschnasser, schmutziger Hund gegen mich wirft. Ab und zu schüttelt er sich, und einmal entgleitet der Duschkopf meiner Hand, aber was dabei durch die Gegend spritzt, ist wenigstens nur sauberes Wasser.

Triefend finden wir uns schließlich neben der Badewanne wieder, wo sich das blütenweiße Handtuch nach dem Abtrocknen braun gefärbt hat. Den Gedanken, Toto ein zweites Mal in die Wanne zu hieven, verwerfe ich jedoch – für heute muss das reichen.

Während ich den Abfluss von Hundehaaren befreie und anschließend das komplette Bad putze, schubbert Toto sich hingebungsvoll an allem, was in seine Reichweite kommt, und als ich kurz darauf in die Küche gehe, läuft er aufgeplustert hinter mir her.

Jetzt erst mal einen Kaffee.

Ich öffne den Schrank.

Ach, nein. Da war ja was.

Erschöpft sinke ich auf einen Küchenstuhl. Gehe ich jetzt wirklich noch mit Toto Kaffee kaufen?

Das Summen meines Smartphones enthebt mich fürs Erste einer Antwort.

Eine Nachricht von Bennett. Das auch noch.

Liebe Alice, lese ich. *Ich habe in letzter Zeit viel nachgedacht. Wir sollten uns mal unterhalten, findest du nicht? Bitte melde dich.*
Bennett

Ein paar Sekunden starre ich auf das Display, dann gibt Toto ein Wuffen von sich, und ich schreibe Bennett eine Antwort.

Finde ich nicht.

Jetzt werde ich erst einmal Toto füttern, und dann besorge ich Kaffee.

Die 10 peinlichsten Momente meines Lebens

1. In der Vorstellungsrunde am ersten Schultag behauptete ich, mein Name sei Gwendolyn Alexis, woraufhin meine Freundin Madison durch den Raum schallte:»Gar nicht wahr, das ist nur Alice!«(Ich mochte Maddy danach eine Weile nicht mehr ganz so gern)

2. Beim Krippenspiel haben Jacob O'Donnell und ich uns aus Versehen auf der Bühne geküsst – wir drehten nur im falschen Moment unsere Köpfe, doch der erhabene Moment beim Betrachten des Kindleins wurde durch das wiehernde Gelächter der Chor der Engel und Hirten empfindlich gestört

3. Nach einem Einkauf für Granny stoppte mich auf der Straße ein Ladendetektiv, woraufhin ich zur Supermarktkasse zurückrannte und die Verkäuferin laut anflehte, dem Mann zu versichern, dass ich alles bezahlt habe (vermutlich war dem Detektiv die ganze Sache noch peinlicher als mir)

4. In einem Fast-Food-Restaurant flirteten meine
   Freundinnen und ich mit einer Gruppe Jungs, und
   alles war sehr aufregend – zumindest bis ich den
   Versuch unternahm, die Reste auf meinem Tablett
   in den Mülleimer zu befördern, denn die Klappe des
   Mistdings schwang leider zurück und beförderte
   Pappbecher, Pommes-Tüten und Einwickelpapier
   direkt auf meine Füße

5. Bei meinem ersten Date mit Anthony lächelten wir
   uns über den Tisch hinweg verliebt an, und alles war
   wahnsinnig romantisch – leider fing plötzlich eine
   meiner Haarsträhnen Feuer, weil ich mich zu weit
   über die Kerze gebeugt hatte

6. Während der Übergabe meines Abschlusszeugnisses
   sprach ich unseren Schulleiter Mr. Bigness
   versehentlich mit seinem Spitznamen Mr. Bignose
   an (ich war aufgeregt!)

7. Bei dem Versuch, eine viel zu enge Jeans loszuwerden, stolperte ich einmal versehentlich aus einer der Umkleidekabinen bei Macy's heraus (halb nackt)

8. Auf einer Party schob ich meinem damaligen Freund Gabriel von hinten die Hand in seine Hose – unglücklicherweise war es nicht Gabriel

9. Der Moment, in dem ich mit zitternden Knien aufstand, um Zara in ihrer Bohemian-Rhapsody-Katastrophe beizustehen

10. Die ersten fünf Minuten meines ersten Zusammentreffens mit Lennon – ich bin sehr dankbar, dass nicht all meine Sätze für die Nachwelt festgehalten werden

Kapitel 8

Sollte ich gedacht haben, meine Antwort an Bennett sei glasklar und unmissverständlich gewesen, habe ich mich offensichtlich getäuscht. In den nächsten Tagen läuft er zur Höchstform auf, und ich muss mich mehrfach vergewissern, dass ich in meiner letzten Nachricht an ihn nicht versehentlich: *Beweise mir, dass du es ernst meinst,* getippt habe.

Es beginnt mit einem Strauß Rosen, der mir von einem Boten an der Wohnungstür überreicht wird. Es ist eine Karte dabei, auf der Bennett noch einmal schreibt, wie gern er mit mir über alles reden würde, und die ich umgehend ins Altpapier befördere. Ein paar Tage später folgt ein weiterer Strauß ins *Unicorns, Starships & Bugs.*

»Was steht auf der Karte?«, will Zara wissen, und ich halte sie ihr zum Lesen hin.

»Sag ihm, er kann sich ja mit Mindy unterhalten, wenn er sich unbedingt unterhalten will, nur bitte nicht in deinem Bett.«

In dem Päckchen, das als Nächstes bei mir eintrifft, befindet sich eine Auswahl feinster Macarons. *Alice,* steht auf der nunmehr dritten Karte. *Ich weiß, dass ich es nicht verdient habe, aber ich hoffe, du liest das hier trotzdem: Es tut mir leid. Ich habe wirklich keine Ahnung, was mich geritten hat. Ich bin ein Idiot, bitte verzeih mir.*

Tja, ich weiß sehr genau, was – oder vielmehr *wer* – ihn geritten hat.

Mit Mindys wippenden Hintern vor Augen werfe ich die Karte in den Müll und esse ein Macaron.

Noch am selben Abend beginnt Bennett, Sprachnachrichten zu schicken.

>*Hi, Alice, ich stehe gerade vor der Met und*
muss an dich denken – weißt du noch, letztes Jahr,
Die Zauberflöte zu Weihnachten? Ich könnte uns
wieder Tickets besorgen.«

Die Nachricht landet in meinem virtuellen Papierkorb, doch gleich am nächsten Tag erhalte ich auf dem Heimweg vom Buchladen eine neue.

>*Hi, Alice, mich erwartet gleich ein langweiliges*
Geschäftsessen. Aber es ist nur vier Blocks von dir entfernt.
Hast du nachher vielleicht Zeit? Etwa ab neun?«

Es stört Bennett nicht weiter, dass er keine Antworten erhält. In unregelmäßigen Abständen folgt Nachricht auf Nachricht, und als eines Morgens vier riesige rote Ballons in Herzform vor der Haustür über dem Geländer schweben, auf denen: BITTE VERZEIH MIR ALICE steht, greife ich zum Smartphone.

Bennett, tippe ich. *Wenn du damit nicht aufhörst, hetze ich den Hund auf dich.*

Sicherheitshalber füge ich noch hinzu, dass ich damit nicht Toto meine, der längst wieder zu Mrs. Daniels übergesiedelt ist, sondern dass ich mir für diese Gelegenheit extra einen Hund besorgen werde, und zwar einen Dogo Argentino.

Dann schiebe ich das Handy wieder in die Tasche. Auf dem Weg zurück in meine Wohnung, wo ich eine Schere holen will, um diese peinlichen Ballons loszuwerden, atme ich einmal tief ein und wieder aus.

Ich glaube, ich bin durch mit Bennett.

Und es fühlt sich gut an.

———

An einem Mittwochabend setze ich, beflügelt von einem Besuch im MoMA, einen Haken hinter den Punkt *Kultur* auf meiner Spaß-ohne-Männer-Liste. Ich habe mir eine Ausstellung von Louise Bourgeois angesehen, deren Werke ich sehr bewundere. Ohne dass jemand ein Tempo vorgibt oder mir seine Meinung zu irgendetwas aufdrückt, hat es noch sehr viel mehr Spaß gemacht als sonst, alles in Ruhe auf mich wirken zu lassen.

Ich fühle mich so beschwingt, dass ich spontan beschließe, auch noch eine Runde zu meditieren, der Achtsamkeit und Selbstfürsorge wegen. Bisher habe ich es noch nie ausprobiert, aber wie schwer kann es schon sein?

Minuten später habe ich im Internet tausendundeine Variante gefunden: sitzend, liegend, stehend, gehend, visualisierend, loslassend, tiefenreinigend und fünf Zentimeter über dem Boden schwebend. Ich entscheide mich für eine Einsteigerversion, in der ich nichts weiter zu tun habe, als eine Viertelstunde lang auf meinen Atem zu achten. Mit gekreuzten Beinen setze ich mich auf einen Sonnenfleck im Wohnzimmer und schließe die Augen.

Während ich mich intensiv auf das Ein- und wieder Ausatmen konzentriere, denke ich darüber nach, ob ich mir gleich noch eine Pizza bestelle, was man tun könnte, um noch mehr Leute dazu zu bringen, für das *Unicorns, Starships & Bugs* zu stimmen, wie es Kayla und ihren Eltern gerade geht, ob Lennon morgen wieder im Laden vorbeischauen wird und dass ich irritierenderweise mehr ein- als wieder auszuatmen scheine. Ich werde der erste Mensch auf Erden sein, der vom Meditieren Seitenstechen bekommt.

Vier Minuten zu früh gebe ich auf und bestelle die Pizza.

Kurz darauf habe ich es mir damit auf dem Sofa gemütlich gemacht und denke nun ungehindert von meinem Atem über den Macy's-Wettbewerb nach. Inzwischen sind wir auf Rang 901. Neunhundert Teilnehmer, die beliebter sind als wir. Blöderweise fällt mir leider nichts mehr ein, das wir noch tun könnten.

Das Summen des Telefons reißt mich aus meinen Gedanken.

»Hi, Zara.«

»Wir haben uns unterhalten!«

»Was? Wer?« Durch Zaras Einstieg überrumpelt, funken erst verspätet ein paar Synapsen. »Etwa du und Fred?«

»Ja!«, jubelt sie. »Wir haben uns unterhalten, und es war ein gutes Gespräch! Ich habe nicht minutenlang vor mich hin monologisiert. Er hat Dinge erzählt, ganz freiwillig! Und es war interessant. Und sogar lustig und all das.«

»Das klingt super!«

»War es auch. Wir haben geredet, bis wir tatsächlich allein im Laden waren. Und dann hat er mich gefragt, wie es mit dem

Wettbewerb läuft, und als ich ihm erzählt habe, dass wir uns eigentlich keine echte Chance ausrechnen ...«

»Zara!«

»Ja, was? Ist doch leider so! Jedenfalls hatte Fred die Idee, dass er in seiner Schule in der Bibliothek einen Tisch für uns aufbauen könnte, mit Buchempfehlungen von uns, und natürlich mit unserem Macy's-Code. Und er sagt, er könne auch noch Kolleginnen und Kollegen von anderen Schulen ins Boot holen! Ist das nicht toll?«

»Sehr – und es klingt, als hättet ihr euch wirklich lange unterhalten.«

»Sag ich doch. Aber dann habe ich es leider vermasselt.«

»Was? Wie das?«

»Ich hätte es einfach so stehen lassen sollen, es wäre die perfekte Basis fürs nächste Mal gewesen. Aber ich musste ihn ja unbedingt noch fragen, ob er nicht doch Lust hätte, ganz spontan ins Kino zu gehen.«

»Was hat er gesagt?«

»Das Übliche. Dass es eine gute Idee sei, nur leider passe es ihm ausgerechnet heute nicht so gut.«

Fred, was um alles in der Welt stimmt nicht mit dir?

»Aber es ist immerhin ein Anfang«, sagt Zara, um einen zuversichtlichen Ton bemüht.

»Auf jeden Fall ist es ein Anfang! Er wird ja über diesen Büchertisch mit dir reden müssen. Wie hast du es überhaupt geschafft, ein Gespräch mit ihm zu beginnen?«

»Ich habe ihn gefragt, ob er denkt, dass Captain America Spiderman besiegen könnte. Weil er dieses T-Shirt anhatte, du weißt schon: *Imagine life without Superheros.*«

Dieses Shirt. Auf der Rückseite prangt der Aufdruck: *Now slap yourself and don't do it again.*

»Wir haben auch noch über Marvel-Filme geredet und darüber, dass sie wohl um Längen besser sind als DC-Filme, abgesehen vielleicht von *Watchmen* – kennst du *Watchmen*? Ich nicht. Ich hätte ihn fragen sollen, ob er nicht Lust hat, sich diesen Film mit mir anzusehen, vielleicht hätte er aus Versehen zugestimmt.«

»Frag ihn einfach beim nächsten Mal. Ich sitze hier übrigens mit Pizza und denke darüber nach, was wir noch tun könnten, um unseren Rang zu verbessern. Hast du nicht Lust vorbeizukommen? Bis du hier bist, könnte ich noch eine zweite für dich bestellen.«

»Klar, gute Idee. Ich will Brokkoli, Ananas und Artischocken, gib mir eine Viertelstunde. Aber ich warne dich: Wir müssen auf jeden Fall auch über Fred reden.«

»Natürlich.«

———

Es ist auf jeden Fall sehr viel leichter, Freds Verhalten zu analysieren, als sich gegen Chanel, Burberry und Victoria's Secret zu behaupten.

Am nächsten Tag ist unser Rang wieder vierstellig, doch irgendwelche brillanten Ideen, wie man das ändern könnte, sind uns am Vorabend leider nicht gekommen.

»Wie wäre es mit einem Kostümfest?«, schlägt Tobey vor, als wir uns im Laden hinter dem Tresen zusammenfinden, um eine kurze Lagebesprechung abzuhalten. »Wir machen es wie beim Malwettbewerb: Verkleide dich als deine Lieblingsfigur aus einem Buch.«

»Wäre vielleicht einen Versuch wert.« Zara macht eine Notiz. »Überlegst du dir, wie wir das angehen könnten? Bis Ende September bleibt uns allerdings nicht mehr viel Zeit. Die erste Vorleserunde im Museum of Natural History lief gut, sie hat uns unter die Tausend gebracht. Rose hat eine zweite Runde für den kommenden Donnerstag geplant. Den absoluten Riesensprung haben wir damit aber leider auch nicht gemacht.«

»Wir müssen vielleicht doch den Bürgermeister wegen des Street Festivals anschreiben«, sage ich.

»Hi!« Tobeys Freund Matt stößt die Ladentür auf.

Ein Mädchen stupst ihre Freundin an, die sich vor dem Romance-Regal in ein Buch vertieft hat, und weist mit dem Kinn in seine Richtung. Beide sehen ihm hinterher, während Matt zu uns an den Tresen tritt, und das wundert mich nicht, denn er scheint – wie immer – einfach zu schön für diese Welt zu sein. Doch obwohl sich eines der beiden Mädchen die Haare über die Schultern streicht und eine Frau dem kleinen Jungen, der ihr auffordernd ein Buch entgegenhält, nur abwesend durch die Haare fährt, ist Matts Blick einzig und allein auf Tobey gerichtet.

»Du bist früh dran«, sagt Tobey.

»Ich habe eher Schluss gemacht. Aber kein Problem, falls ihr noch ein bisschen braucht, ich kann warten, Honey.« Er zieht Tobey über den Tresen zu sich, um ihn auf die Wange zu küssen.

Tobey erstarrt und mustert Matt finster.

»Was ist?«, fragt Matt im ersten Moment verwirrt, verdreht jedoch unmittelbar darauf die Augen. »Oh. Klar. Entschuldige.

Tut mir leid, wenn ich bei irgendjemandem den Verdacht geweckt haben sollte, ich sei dein Freund.«

Das hat er lauter gesagt als nötig, und nicht nur die beiden Mädchen bei den Liebesromanen und die Frau mit dem kleinen Jungen sehen daraufhin in Tobeys und Matts Richtung.

»Kannst du das bitte lassen?«, fragt Tobey eisig. »Wir waren uns doch einig, dass ...«

»Wir waren uns überhaupt nicht einig«, unterbricht ihn Matt. »Das ist *deine* bescheuerte Regel, an die ich mich zu halten habe. Also ...« Er wendet sich den Leuten zu, die ihn mehr oder weniger verstohlen mustern. »Keine Sorge – wir sind nicht zusammen, wir haben keinen Sex miteinander, und wir sind natürlich nicht schwul.«

»Sag mal, geht's noch?«, zischt Tobey.

»Ich habe keine Ahnung – sag du es mir«, schnappt Matt zurück und wendet sich ab. »Geh allein essen. Mir ist der Appetit vergangen.« An der Tür dreht er sich noch einmal um. »Ist dir wahrscheinlich sowieso lieber.«

Für ein paar Sekunden stehen alle wie festgefroren, dann senken die Meisten ihre Blicke, und die beiden Mädchen beginnen zu tuscheln. Zara und ich tauschen einen ungläubigen Blick.

»Ähm ... bist du okay?«, fragt Zara schließlich.

»Klar«, sagt Tobey knapp.

»Willst du ihm hinterhergehen?«

»Nein, wieso?« An seiner Schläfe hat eine Ader zu pulsieren begonnen.

»Tobey«, beginne ich vorsichtig. »Wir wollen nachher noch zum *Mr. Sniffles* – wenn du Lust hast, komm doch mit, wir würden uns freuen.«

»Danke für das Angebot, aber heute nicht.« Er lächelt schmal. »Ist schon okay, ehrlich.«

So sieht es ganz und gar nicht aus, doch Tobeys Gesichtsausdruck macht deutlich, dass er darüber nicht diskutieren will.

Kurz darauf hat er seine Tasche aus dem Lager geholt. »Zara, könnte ich morgen einen Tag freinehmen? Ich weiß, das ist ein bisschen spontan, aber ...«

»Natürlich. Wenn du nicht gefragt hättest, hätte ich es dir vorgeschlagen. Ich hoffe, ihr könnt alles klären.«

Tobey brummt nur, hebt eine Hand in meine Richtung, dann ist er weg.

»Hast du irgendwas davon mitbekommen, dass es zwischen den beiden kriselt?«, fragt Zara halblaut, sobald sich die Tür hinter ihm geschlossen hat.

Ich denke daran, wie sehr Tobey Zärtlichkeitsbekundungen in der Öffentlichkeit hasst, und ich denke an den offenherzigen Matt, an sein lautes Lachen und an die selbstverständliche Art, mit der er durchs Leben geht. Ich denke daran, wie er Tobey einmal durch die Haare gefahren ist.

»Habe ich nicht«, erwidere ich. »Aber dass es mich total überraschen würde, kann ich auch nicht sagen.«

Zara nickt. »Hoffentlich renkt es sich wieder ein.«

»Das hoffe ich auch. Die beiden sind doch füreinander bestimmt.«

Tobey und Matt – ohne mich zu weit aus dem Fenster lehnen zu wollen, aber manchmal spürt man einfach, dass zwei Menschen zueinander passen. Einander guttun. Wenn Tobey über Matt spricht, wird sein Ton sanfter, und ich glaube, er liebt ihn auch und gerade dafür, dass Matt um seine Gefühle für ihn kein Geheimnis macht. Würde ich ihn darauf ansprechen, er würde es abstreiten, aber – ich habe gesehen, wie sein Blick für eine Sekunde weicher wurde, bevor er Matts Arm zur Seite geschubst hat.

———

Als Tobey am Donnerstag wieder auftaucht, ist er immer noch denkbar schlecht gelaunt, doch zumindest verneint er Zaras Frage, ob es zwischen ihm und Matt aus sei.

»Es ist nur alles gerade etwas schwierig. Gibt ja so Phasen.«

Mehr ist aus ihm nicht herauszubekommen.

Die Tatsache, dass sich Matt in den nächsten Tagen nicht blicken lässt und parallel dazu Tobeys Stimmung immer tiefer in den Keller sackt, spricht allerdings für sich.

Wer dagegen seit Neuestem sogar noch häufiger als bisher auftaucht, ist Fred, und mehr als einmal stehen er und Zara in ein Gespräch vertieft in irgendeiner Ecke. Natürlich geht es meistens um den Macy's-Wettbewerb, aber eben auch darum, wie es zurzeit bei uns im Laden läuft und was an Freds Schule so los ist. Nur zu einem Kinobesuch führt es trotzdem nicht.

»Ich werde ihn ganz bestimmt nicht noch einmal fragen, ob er Lust hat, sich mit mir zu treffen«, erklärt Zara. »Alles hat seine Grenzen.«

Tobey und Matt, Zara und Fred – warum muss Liebe eigentlich immer so unnötig kompliziert sein?

———

Abends sitze ich mit Lennon auf den grasgrünen Stühlen des *Pier 1 Café* am Hudson und genieße die fast schon frische Brise, die übers Wasser heranweht. Mittlerweile ist es zumindest ab dem späten Nachmittag nicht mehr so brütend heiß, dass man lieber in einem mit Eiswürfeln gefüllten Pool liegen würde, statt Kaffee zu trinken.

»Sag mal – du meintest doch, du kennst Fred.« Der Gedanke kommt mir spontan. »Denkst du, es gäbe irgendeine Möglichkeit für dich herauszufinden, wieso er zwar ständig bei uns vorbeikommt, Zara bisher aber noch nie zu einem Date eingeladen hat? An ihr liegt es jedenfalls nicht.«

»Klar, kann ich versuchen. Fred hat sich gerade neulich wegen einer Schulführung bei mir gemeldet. Wenn wir uns sehen, werde ich ihn fragen, ob er mal wieder Lust auf einen gemeinsamen Abend hat.«

»Danke. Das ist nett von dir.«

»Kein Ding, mach ich gern. Solange noch eine winzige Chance besteht, sollte man nicht aufgeben.«

Er lächelt so liebenswürdig, wie nur Lennon es kann, und dass mir plötzlich trotz der Brise warm wird, liegt nicht an den letzten Strahlen der Abendsonne. Er meint Zara und Fred. Und nicht etwa uns. Oder? Würde er nämlich uns meinen, dann ...

Während ich in seine graugrünen Augen sehe und sein Lächeln erwidere, stelle ich mir vor, wie es wäre, würde Lennon sich jetzt über den Tisch hinweg zu mir beugen, mir eine Hand in den Nacken legen und mich zu sich ziehen. Wie es sich anfühlen würde, ihn zu küssen. Dann räuspere ich mich, dankbar, dass meine Gedanken nicht in großen Blasen über meinem Kopf auftauchen, und ein bisschen verwirrt, weil sie sich überhaupt in meinem Kopf befinden – wir sind Freunde. Einfach nur Freunde. Und seine Freunde sollte man nicht plötzlich küssen wollen.

»Hast du Lust, noch ein bisschen spazieren zu gehen?«, frage ich und leere meine Kaffeetasse.

»Ja, warum nicht?«, erwidert Lennon, und als er mich angrinst, bin ich mir plötzlich nicht mehr sicher, was die Gedankenblasen betrifft.

———

»Alice, was hältst du davon, wenn wir hier neu dekorieren?« Zara steht vor einem der Tische mit Buchempfehlungen für den Sommerurlaub und mustert ihn kritisch. »Es wird allmählich Zeit, auf die Schulanfänger umzuschwenken, oder?«

»Ja, auf jeden Fall.« Ich stehe auf einem Tritthocker vor einem der Bücherregale. »Die Ferien sind bald vorbei, da können wir ruhig schon damit anfangen.«

»Denke ich auch.«

Zara hat den Tisch schon fast komplett freigeräumt, als die Ladentür sich öffnet und ein Mann mit einer dunklen Sonnenbrille hereinkommt, den ich erst auf den zweiten Blick als Fred erkenne. Ein helles Shirt ganz ohne Nerd-Aufdruck zur sandfarbenen Cargohose, kombiniert mit einem Jackett und weißen Sneakers – als er die Brille abnimmt und in Zaras Richtung schlendert, wünschte ich, ich hätte mein Smartphone zur Hand, um diesen beeindrucken Auftritt zu filmen. Was um alles in der Welt ist mit ihm passiert? Hat Lennon ihm ein paar Tipps gegeben? Wo ist der Mann geblieben, der bisher ausschließlich zu Büchern direkten Blickkontakt aufgenommen hat?

Zara steht mit offenem Mund da und starrt Fred entgegen, der sie anlächelt, und zwar auf eine Art, auf die er sie noch nie angelächelt hat.

»Hi«, sagt er und streckt einen Arm zur Seite.

Zu spät wird mir klar, dass er vorhat, sich an einem überlebensgroßen Greg Heffley aus Pappe abzustützen, den Zara ein Stück beiseitegeschoben hat, um besser an den Tisch heranzukommen.

»Vorsicht!«, ruft sie, doch es ist bereits zu spät. Der Aufsteller kippt nach hinten, Fred verliert das Gleichgewicht, und auch ein hektischer Ausfallschritt bewahrt ihn nicht davor, Zara einigermaßen spektakulär vor die Füße zu fallen.

»O Gott, Fred – alles in Ordnung?«

Zara beugt sich vor, vielleicht, um ihm aufzuhelfen, zeitgleich schießt Freds Arm in die Höhe. Ich nehme an, dass er eigentlich nach der Tischkante hat greifen wollen, leider landet seine Hand stattdessen in Zaras Ausschnitt.

»Verzeihung!« Er zuckt so heftig zurück, als habe er in eine Steckdose gegriffen, und kracht dabei mit dem Schädel gegen die Tischplatte.

»Ach du ... geht es dir gut?«, ruft Zara.

Fred rappelt sich auf, die nackte Panik im Gesicht. Mit rudernden Armen kommt er auf die Füße und stolpert zum Ausgang, wobei es ihm gelingt, auch noch einen Ständer mit Notizbüchern umzureißen. Dann schwingt die Tür langsam hinter ihm ins Schloss, und Zara dreht sich mit aufgerissenen Augen zu mir um.

Okay, nicht lachen. Nicht lachen, selbst wenn demnächst eine Lungenembolie droht.

»Hast du das gesehen?«, fragt Zara.

Es ist eine rhetorische Frage, und statt zu antworten, klettere ich von der Trittleiter, weil ich nicht sicher bin, ob Zara vielleicht gleich in Tränen ausbrechen wird. »Hast du das gesehen?«, wiederholt sie. »Ich meine – was war das denn?«

»Keine Ahnung.« Hilflos zucke ich mit den Schultern. »Offenbar Freds Versuch, alles einmal völlig anders anzugehen.«

»Aber das bedeutet doch ...« Zara bückt sich nach dem umgefallenen Ständer und richtet ihn wieder auf, wobei auch noch die letzten darin verbliebenen Bücher zu Boden fallen. »Das bedeutet doch, Lennon hatte recht. Dieser Mann *ist* verdammt noch mal schüchtern. Und jetzt hat er sich endlich überwunden, und alles geht schief. Ach, Alice. Verdammt. Verdammt! Vielleicht kommt er jetzt nie wieder.«

10 Gründe, die Lennon zum besten Freund aller Zeiten machen

1. Er hat immer eine Idee, was man unternehmen könnte
2. Sein Lachen ist so ansteckend, dass manchmal sogar Leute mitlachen, die gar nicht wissen, worum es geht
3. Er liebt Sonnenuntergänge
4. Er würde sich immer lieber einen Film im Kino ansehen, als darauf zu warten, dass er auf Netflix erscheint
5. Er kann gut zuhören
6. Und er merkt sich, was man sagt
7. Er hat alles gegeben, um Toto einzufangen
8. Wenn er etwas verspricht, kann man sich darauf verlassen
9. Er mag Videos, in den Menschen stolpern, Dinge fallen lassen oder gegen Glasscheiben rennen, ebenso wenig wie ich
10. Es gibt (fast) nichts, was ich ihm nicht erzählen könnte

Kapitel 9

Letztes Jahr um diese Zeit habe ich Bennett in meiner Küche herumklappern hören. Es roch nach Kaffee, und im Hintergrund lief irgendetwas Chilliges. Bennett steht auf Smooth Jazz und Musik, die dezent vor sich hinplätschert. Es war klar, dass ich liegen bleiben musste, bis er zu mir ins Schlafzimmer kam, und ich weiß noch, dass ich dalag und mit geschlossenen Augen vor mich hin lächelte, bis endlich die Tür aufgestoßen wurde, der Kaffeegeruch sich auf köstliche Weise ausbreitete und ich im nächsten Moment Sleeping-Beauty-like offiziell wachgeküsst wurde.

»Happy Birthday, Sweetheart«, sagte er, stellte das Tablett mit zwei Tassen Kaffee und einem Teller Petits Fours auf den Nachttisch und kroch noch einmal zu mir unter die Bettdecke. Später war der Kaffee kalt, aber so sollte ein Geburtstag eigentlich beginnen.

Die Erinnerung daran lässt mich ruckartig die Decke zurückschlagen und ins Badezimmer marschieren, bevor ich ihr weiter nachtrauern kann.

Ich bin durch mit Bennett. Nur wo, verdammt noch mal, ist das gute Gefühl geblieben, das sich neulich noch bei diesem Gedanken eingestellt hat?

Heute Abend treffe ich mich mit Lennon, Zara und Tobey

bei Hazel. Ich habe Zara gesagt, dass ich keinen freien Tag will. Klar, ich könnte mir etwas Leckeres zu essen bestellen und irgendetwas Sinnvolles tun, etwas, das mir zeigt, wie wenig ich einen Mann in meinem Leben brauche, weil ich mir selbst genug bin, und so weiter und so weiter, aber in den letzten drei Jahren hat Bennett morgens eben *Happy Birthday, Sweetheart* gesagt, und heute tut er es nicht. Trotz der Tatsache, dass ich immer seltener an ihn denke – meistens eigentlich erst dann, wenn mal wieder eine Nachricht von ihm auf meinem Smartphone aufleuchtet, was nach meiner Dogo-Argentino-Drohung jedoch kaum mehr der Fall ist –, trotz dieser Tatsache also habe ich geahnt, dass es mir eben doch etwas ausmachen würde, ohne Bennett und ohne Kaffee und Petits Fours und ohne Geburtstagssex in den Tag zu starten. Auch wenn er im Bett nicht gerade eine Offenbarung war, so aus der Distanz betrachtet. Schon allein, weil für ihn mehrere Stellungswechsel zum Pflichtprogramm gehörten und ich den Verdacht habe, dass es ihm selbst unmittelbar vor dem Höhepunkt noch wichtig war, wie er dabei aussah. Was letztlich auch dazu führte, dass ich beim Sex immer den Bauch einzog.

Trotzdem vermisse ich es, meinen Geburtstag auf diese Art zu beginnen – es war immer sehr ... Na ja, es war auf diese besondere Art gut, bei der man sich anschließend begehrt und geliebt fühlt, und jetzt lieben mich zwar noch meine Freunde, aber dasselbe ist es nicht.

Ich drehe das Wasser in der Dusche ab, schlecht gelaunt, weil ich nicht so sehr über Bennett hinweg bin, wie ich angenommen habe, und außerdem genervt von meinem eigenen Selbstmitleid.

Zara hat mir eine Nachricht geschrieben, und prompt fühle ich mich undankbar. *Alles Liebe und Wunderbare, alle Sterne vom Himmel und alles Glück dieser Welt für die allertollste Frau, die ich kenne. Hab dich lieb.* Ansatzweise versöhnt lege ich das Handy zur Seite. Freunde sind vielleicht nicht dasselbe wie Beziehungen, aber mitunter sind sie sogar besser.

In einer Stunde will ich im Laden sein, und bis dahin kann ich mich zumindest selbst um Kaffee kümmern. Vielleicht besorge ich mir auf dem Weg auch noch ein paar Petits Fours ... Nein, lieber nicht. Am Ende esse ich die Dinger mit Tränen in den Augen, und das wäre eindeutig zu viel Melodramatik.

Zehn Dinge, die man an seinem Geburtstag tun kann, wenn man vor Kurzem betrogen wurde.

Ich kleckere mir Kaffee aufs Shirt, während ich versuche, mir darüber klar zu werden, ob ich eine solche Liste überhaupt in mein Buch schreiben möchte, zumal mir ohnehin kein einziger Punkt dafür einfällt, da klingelt es an der Wohnungstür.

Bennett. Das ist Bennett, der *Happy Birthday, Sweetheart* sagen will. Gerade noch war ich bei diesem Gedanken voller Wehmut, doch jetzt steigt dankenswerterweise Ärger in mir auf. Vergiss es, Bennett! Ich lasse nicht zu, dass du meine vorübergehende Geburtstagsmelancholie ausnutzen wirst.

Entschlossen durchquere ich die Diele und reiße die Tür auf, ohne auch nur durch den Spion zu schauen.

Was ich besser getan hätte, dann würde ich nämlich jetzt nicht in einer hellblauen Unterhose aus einem Fünferpack und einem T-Shirt mit unübersehbaren Kaffeeflecken Lennon gegenüberstehen.

»Happy Birthday!«, ruft er mit einer Sekunde Verzögerung. In den Händen hält er ein flaches Päckchen. »Ähm – sorry, habe ich dich aus dem Bett geholt?«

»Nein! Nein, hast du nicht, ich wollte gerade ... also, ich habe schon geduscht und Kaffee gekocht, wie man sieht, und ich wollte mich gerade anziehen, und ... Möchtest du reinkommen?«

»Wenn ich darf?«

»Klar. Klar, natürlich, ich muss nur leider in zwanzig Minuten los. Setz dich, nimm dir Kaffee, ich bin gleich wieder da.«

In fliegender Hast entledige ich mich im Schlafzimmer meines Shirts, reiße einen BH und ein helles Top aus dem Schrank und schlüpfe in den Rock, den ich gestern schon getragen habe.

»Hi«, begrüße ich Lennon ein wenig atemlos, als ich schließlich zu ihm in die Küche komme, wo er am Tisch vor einer Kaffeetasse sitzt. »Mit dir habe ich eigentlich erst heute Abend gerechnet.«

»Ich bin etwas früh dran.« Er schiebt mir über den Tisch hinweg das Päckchen entgegen. »Alles Gute zum Geburtstag.«

»Danke.« Jetzt endlich steigen Dankbarkeit und Freude in mir auf. So typisch Lennon, mich noch vor der Arbeit mit einem Geburtstagsgeschenk zu überraschen. »Soll ich es sofort aufmachen?«

»Unbedingt«, erwidert Lennon ernst. »Es wird sonst schlecht.«

Lachend löse ich die rote Schleife. »Was ist es? Ein sehr flacher Kuchen?«

»Wirst du gleich sehen.« Lennon lehnt sich zurück und wippt mit dem Fuß.

Unter dem Geschenkpapier entdecke ich eine braune Papp-schachtel, und als ich die öffne, liegt ein Briefumschlag da-rin.

»Okay, also schon mal kein Kuchen.«

Aber eine Geburtstagskarte müsste man nicht so aufwendig verpacken. Tickets? Vielleicht für ein Konzert? Oder fürs Kino? Gespannt reiße ich den Umschlag auf und ziehe ein gefaltetes Blatt Papier heraus.

Lennon beugt sich vor, während ich mich dem Brief zu-wende.

Eine Liste!

10 Dinge, die auch mit Männern Spaß machen.

»Fluffige Geburtstags-Pancakes?«, lese ich den ersten Punkt und sehe zu Lennon. »Hast du etwa irgendwo Pancakes ver-steckt?«

»Ich habe irgendwo die Zutaten dafür versteckt. Vor deiner Wohnungstür nämlich.«

»Ach, Lennon!« Ich springe auf, um ihn zu umarmen. »Das ist so süß von dir! Aber leider müssen wir das verschieben, ich muss in einer halben Stunde den Laden aufschließen.«

»Musst du nicht.« Lennon ist sitzen geblieben und lässt sich meine Umarmung mit einem Lachen im Gesicht gefallen. »Du hast heute frei.«

»Ich habe heute …?« Verwirrt halte ich inne und richte mich wieder auf. »Nein, habe ich nicht. Ich habe Zara extra gesagt, dass ich arbeiten kann.«

»Und ich habe Zara gefragt, ob sie dich heute unbedingt braucht. Sie hat Nein gesagt.«

»Du hast was?«

»Ich hoffe, das war okay.« Ein Hauch Unsicherheit schleicht sich in seine Stimme. »Falls du lieber arbeiten möchtest, statt dir von mir Pancakes backen zu lassen, ist es bestimmt auch in Ordnung, wenn du zum Laden fährst.«

»Bist du verrückt?« Ich umarme ihn noch einmal, diesmal mit so viel Schwung, dass er sich an der Tischplatte festhalten muss. »Ich liebe Pancakes!«

Und außerdem liebe ich die Tatsache, dass Lennon sich die Mühe macht, sie extra an meinem Geburtstag für mich zu backen.

»Du hast heute die freie Wahl«, sagt er jetzt. »Alles, was auf der Liste steht, wäre möglich. Du entscheidest.«

»Alles?«

Während er aufsteht und Augenblicke später mit einer großen Papiertüte zurück in die Küche kommt, lese ich mir die Liste einmal von oben bis unten durch. Kinonacht im Bryant Park. Kajakfahren auf dem Hudson. Nostalgiewandern im Central Park.

»Nostalgiewandern? Was bedeutet das?«

Lennon hat gerade eine Pfanne gefunden und schenkt mir über die Schulter hinweg ein Grinsen. »Du könntest es heute herausfinden, wenn du willst.«

Will ich? Die Auswahl fällt mir schwer.

»Muss ich mich für eins entscheiden, oder darf ich gleich mehrere aussuchen?«

»Kommt wohl darauf an – manches davon dauert länger. Aber auf jeden Fall solltest du heute Abend essen gehen wollen. Ich habe nämlich schon vor Ewigkeiten reserviert.«

Punkt 10: Abendessen im *Con Amore*.

O mein Gott. Diesen total angesagten Laden kenne sogar ich, und ich esse höchst selten in solchen Restaurants. Bisher dachte ich, es sei absolut unmöglich, dort einen Tisch zu bekommen, wenn man nicht mindestens Beyoncé ist, aber Lennon hat es irgendwie geschafft. Das ist einfach ... Mir fällt etwas ein.

»Wollten wir uns heute Abend nicht alle bei Hazel treffen? Oder hast du das etwa auch umorganisiert?«

Als er sich zu mir umdreht, ist der Ausdruck in seinem Gesicht eindeutig schuldbewusst. »Zu meiner Verteidigung lass mich dir sagen, dass ich längst reserviert hatte, als du mich gefragt hast, ob ich heute mit zu Hazel kommen würde.«

»Aber Zara und Tobey wissen Bescheid, nehme ich an?«

»Na klar. Wir haben das Treffen auf morgen verlegt. Da bist du hoffentlich nicht schon verplant? Eine nachträgliche Geburtstagsfeier ohne dich wäre schon blöd.«

Ich lache auf und mustere wieder die Liste. So viele Möglichkeiten.

»Gut, dann ... entscheide ich mich für das Abendessen und für das Nostalgiewandern. Und für die Pancakes natürlich.«

»Die ersten sind gleich fertig. Wenn du magst, könntest du schon Teller hinstellen.«

Ich esse fünf in Ahornsirup ertränkte Pancakes, Lennon immerhin vier, und danach räumen wir zusammen die Küche auf.

»Bin ich fürs Nostalgiewandern richtig angezogen?«, frage ich und drehe mich einmal um mich selbst. Meine griesgrämige Laune von vorhin scheint Jahre her zu sein.

Lennon hat mir den Rücken zugewandt und ist dabei, etwas aus der Papiertüte in eine Segeltuchtasche zu packen, ohne dass ich mitbekomme, worum es sich handelt. Jetzt sieht er zu mir.

»Perfekt«, erwidert er, und mit einem Mal fühle ich mich auch genauso – einfach perfekt.

Er hängt sich die Tasche über die Schulter und lässt mich mit einer Handbewegung vorausgehen.

»Muss ich irgendetwas mitnehmen?«

»Nur das, was du ohnehin immer dabeihast.«

Ich greife nach meinem kleinen Rucksack. »Also dann – ich wäre so weit.«

———

Es dauert eine Weile, bis ich zu erahnen beginne, welches Ziel Lennon im Central Park als Erstes anstrebt. Um diese Uhrzeit ist es bereits ziemlich warm, doch über dem Weg, den wir gerade entlanglaufen, breiten Bäume ihre dicht belaubten Äste, und Lichtpunkte tanzen auf dem Boden. Wir kommen an einer Kindergruppe vorbei, die in hellblauen T-Shirts mit der Aufschrift *Central Park Kids* zu irgendeinem Partysong Gymnastik macht, und weichen Leuten aus, die sich gegenseitig fotografieren, bemüht, auch noch die Skyline der beeindruckenden Wolkenkratzer aufs Bild zu kriegen. Trotz des frühen Vormittags ist jede Menge los. Ich stelle mir gern vor, wie all die Menschen aus ihren Wohnungen hinaus zum Park strömen, um dort mit ihren Hunden spazieren zu gehen, auf Bänken zu sitzen und in die Sonne zu blinzeln. Ich bin im Mount Sinai Hospital geboren und durch und durch New Yorkerin, doch der Gegensatz zwischen den Straßenschluchten Manhattans und den Seen und

Wiesen des Central Parks erfüllt mich immer wieder mit tiefer Zufriedenheit. Das Beste aus beiden Welten.

In das Rotorengeräusch eines Sightseeing-Hubschraubers mischt sich kurz darauf unverkennbar Walzermusik, laut, schräg und ein bisschen leiernd. Kindheitserinnerungen steigen in mir auf. Anscheinend liege ich richtig mit meiner Vermutung.

»Wir gehen zum Karussell, oder?«

Lennon nickt. »Wann bist du zum letzten Mal dort gewesen?«

»Vor Ewigkeiten – auf jeden Fall war ich noch klein. Granny ist ab und zu mit mir hergekommen, nachdem wir im Puppentheater waren, aber ich bin nur ein einziges Mal auf dem Karussell gefahren. Sie hat sich immer geweigert, auch nur einen Fuß darauf zu setzen, weil sie nichts vertragen hat, das sich dreht, und ohne sie hat es mir nicht so viel Spaß gemacht.«

Wir passieren den Eingang des Ziegelgebäudes, in dem sich das altehrwürdige Karussell befindet, und die Musik wird lauter.

»Wir waren früher im Sommer fast jeden Sonntag da«, sagt Lennon. »Es gibt wohl kein Pferd in diesem Karussell, auf dem ich noch nicht gesessen habe. Aber ich bin auch schon Jahre nicht mehr hier gewesen.«

Wir bleiben stehen und schauen zu, wie die hölzernen Karussellpferde an den Stangen auf- und absteigen. Als es langsamer wird, verpasse ich Lennon einen Stupser. »Und? Wie wär's? Reiten wir eine Runde? Oder fühlst du dich dafür mittlerweile zu alt?«

Lennon greift in ein Fach seiner Umhängetasche und präsentiert mir zwei Tickets. Er hat wirklich an alles gedacht. Wir lächeln uns an, dann laufen wir los. Ich erobere ein weißes Pferd mit blauer Trense und emporgerecktem Hals, Lennon wählt den Rappen daneben. Bei meiner bisher einzigen Fahrt hat Granny mir den Sicherheitsgurt fest um die Taille gezurrt, und ich weiß noch, dass ich mich mit vor Aufregung schweißnassen Händen an der Stange festhielt und fortwährend die Sorge hatte, ich könne vom Pferd rutschen. Jetzt schiebe ich den Gurt zur Seite, und als das Karussell sich zu drehen beginnt und der Pferderücken sich sanft hebt und wieder abwärtssinkt, muss ich mir auf die Zunge beißen, um nicht laut zu jubeln. Ich strecke eine Hand nach Lennon aus. Er umschließt meine Finger, und jetzt lache ich doch auf. Der Fahrtwind weht mir die Haare aus dem Gesicht, die Musik erfüllt meinen Kopf, und jedes Mal, wenn das Pferd an seiner Stange nach oben steigt, fühlt es sich an, als würde es sich vom Boden abstoßen wollen, um loszufliegen – nicht im Traum hätte ich mir vorstellen können, wie viel Spaß es mir machen würde, noch einmal mit dem Karussell zu fahren.

»Was machen wir als Nächstes?«, frage ich, während die Walzermusik hinter uns verklingt, und wir über einen gewundenen Weg in Richtung Center Drive laufen.

»Jetzt gehen wir zum Johnson Playground«, erwidert Lennon.

Der Billy Johnson Playground. Mit seiner endlos langen, geschwungenen Rutschbahn aus Granit gehörte dieser Spielplatz in der Nähe der Fifth Avenue früher zu meinen liebsten Orten im Central Park. Er liegt inmitten hoher, alter Bäume, und ich weiß noch, wie Granny auf einer der Bänke saß und sich mit anderen Frauen unterhielt, während ich mit meiner Freundin unermüdlich wieder und wieder die Stufen zur Rutsche hinauflief.

»Das ist wirklich ein Nostalgietrip«, murmele ich.

»Hoffentlich ein guter.« Lennon wirft mir einen Blick zu.

»Bisher sogar ein sehr guter.« Ich berühre mit der Schulter leicht seinen Oberarm. »Wie bist du auf diese Idee gekommen?«

»Du hast schon so oft von deiner Grandma gesprochen – ich dachte mir, eine Runde zu all den klassischen Familienausflugszielen würde dich vielleicht an sie erinnern.«

»Das tut es«, erwidere ich leise. »Danke dafür.«

Das ist eine Geburtstagsüberraschung, wie sie nur von Lennon kommen kann. Obwohl Granny und er sich nie kennengelernt haben, weiß ich inzwischen, sie würde ihn mögen – und wie könnte man nicht? Dieser Ausflug lässt meine Erinnerungen an sie in allen Farben leuchten, und damit ist sie mir an diesem Tag besonders nahe. Und ich wette, genau das war Lennons Ziel.

Wir rutschen nicht nur einmal, sondern viermal, und im Gegensatz zu unserer Karussellfahrt sind wir die Einzigen über zwanzig, die dabei nicht zumindest ein Kind auf dem Schoß haben.

Anschließend gehen wir zum Central Park Zoo, wo wir uns die Pinguine und Eisbären ansehen, bei der Fütterung der Seelöwen am Bassinrand stehen und uns ziemlich lange im Regenwaldhaus aufhalten. Zwischendurch packt Lennon Wasserflaschen und Cheerios aus, den Standardsnack für jedes New Yorker Kind in jeder Situation. Auch Granny hatte sie immer dabei, im Gegensatz zu Lennon aber leider nie die bunten.

Als wir den Park am späten Nachmittag auf der Höhe der 72th Street verlassen, habe ich ein Übermaß an Sonne getankt, meine Füße schmerzen, und trotzdem bedaure ich, dass unser Ausflug schon vorüber ist.

»Der Tisch ist erst für halb acht reserviert«, sagt Lennon in meine Gedanken hinein. »Willst du vorher noch mal nach Hause? Wir könnten auch irgendwo schon etwas trinken.«

»Ich möchte gern erst nach Hause.« Ins *Con Amore* in diesen Klamotten? No way. »Was hältst du davon, wenn wir uns um kurz vor halb acht vor dem Restaurant treffen?«

»Okay. Teilen wir uns ein Taxi? Oder laufen wir noch ein Stück?«

»Definitiv Taxi.«

Wir steigen zusammen an der Ecke Broadway/84th Street aus, und nachdem wir uns voneinander verabschiedet haben, beeile ich mich, in meine Wohnung zu kommen. Ich muss duschen, und ich habe noch keine Ahnung, was ich anziehen soll. Lennon hat zwar gesagt, es bestehe kein Dresscode, aber es ist das *Con Amore* – ich will nicht, dass jeder Kellner dort besser gekleidet ist als ich.

Zwanzig Minuten später stehe ich in Unterwäsche vor meinem Kleiderschrank und brauche noch einmal genauso lange, um mich für ein Outfit zu entscheiden. Sommerlich leicht und trotzdem elegant soll es sein – eigentlich wäre das doch die perfekte Gelegenheit, um endlich einmal dieses schulterfreie cremefarbene Seidentop zu tragen, das ich mir vor Ewigkeiten gekauft, aber bisher nie angezogen habe, weil es zwar unfassbar schön, aber leider auch unfassbar empfindlich ist. Es würde keinen Tag im Buchladen überstehen, aber um damit in ein Edelrestaurant zu schweben, ist es perfekt. Ich kombiniere es mit einer schwarzen, weiten Leinenhose und bin hochzufrieden, als ich mir die Haare bürste und anschließend die Wimpern tusche.

Dunkelroter Lippenstift?

Ja, warum nicht.

Jetzt noch Schuhe, dann wäre ich fast so weit, und da ich ohne Taxi sowieso zu spät komme, dürfen es heute Abend auch die hochhackigen Sandalen sein.

Zum Schluss kippe ich noch den Inhalt meines Rucksacks auf den Küchentisch, packe Portemonnaie, Handy, Schlüssel und noch ein paar Kleinigkeiten in die einzige elegante Handtasche, die ich besitze, und haste schließlich die Stufen von meiner Wohnung zur Straße hinunter. In zwei Minuten bin ich zum Broadway gelaufen, dort werde ich mir ein Taxi heranwinken, und wenn ich ...

»Bennett!«

Um ein Haar wäre ich in ihn hineingerannt, nachdem ich schwungvoll die Haustür aufgerissen habe. In einer Hand hält er einen Strauß Rosen – schon wieder Rosen –, mit der anderen wollte er offenbar gerade auf den Klingelknopf drücken. Unwahrscheinlich, dass er vorhat, Mrs. Daniels zu besuchen.

»Happy Birthday, Sweetheart.«

Er lächelt so entwaffnend treuherzig, dass mir für einen Augenblick mein Ärger über sein unerwartetes Auftauchen abhandenkommt.

»Ich dachte, ich versuche es einfach mal, nachdem du auf meine Nachrichten nicht reagierst.« Er hält mir die Blumen hin.

»Aber du willst gerade gehen?«

»Ja.« Automatisch nehme ich den Strauß entgegen. »Ich bin verabredet.«

Bennett mustert mich einmal von oben bis unten. »Verstehe. Der Typ aus dem Buchladen?«

»Genau.« Ich gebe ihm zwei Sekunden, um eins und eins zusammenzuzählen, dann drücke ich ihm die Rosen wieder in die Hand. »Bennett – lass es gut sein.«

»Alice, würdest du mir bitte eine Chance geben, alles zu erklären?«

»Da gibt es nichts mehr zu erklären. Du hast mit meiner Freundin geschlafen, ich habe euch dabei überrascht, Ende der Geschichte. Ist nicht so, dass man dafür Fußnoten bräuchte.«

»Du hast ja recht, das meine ich auch nicht. Es ist nur so ... Ich war an diesem Tag echt down«, legt er los. »Auf der Arbeit lief es seit Wochen nicht rund, ich war gestresst, und als ich dann Mindy getroffen habe ... Es war nicht geplant, wir hatten vorher nie etwas miteinander, das musst du mir glauben. Wir saßen nur zufällig mittags im selben Restaurant, und als Mindy dann gefragt hat, ob wir nicht ...«

Ich stehe hier schon viel zu lange. In nicht einmal fünf Minuten bin ich mit Lennon verabredet, und ich sollte mich endlich auf den Weg machen, statt Bennett die Gelegenheit zu geben, mir irgendwelche Geschichten zu erzählen.

»Bennett, ich will wirklich nicht wissen, wie es dazu gekommen ist, dass du mit Mindy ausgerechnet in meinem Bett gelandet bist, okay? Vergiss die ganze Sache einfach. Ich tu's auch.«

Mit diesen Worten dränge ich mich an ihm vorbei. Heute Morgen nach dem Aufwachen habe ich ihn tatsächlich vermisst. Jetzt allerdings bin ich froh, dass er keine Anstalten unternimmt, mich aufhalten zu wollen. Weil mir nämlich gerade klar geworden ist, dass ich nicht Bennett vermisst habe, sondern nur eine sehr weich gezeichnete Erinnerung an uns.

———

Ich bin fast eine Viertelstunde zu spät, als ich endlich aus dem Taxi steige. Lennon ist nirgends zu sehen. Mit Sicherheit ist er schon reingegangen, ins *Con Amore* kommt man besser nicht zu spät. Mist, Mist, Mist – daran ist nur Bennett schuld! Und natürlich die Tatsache, dass es mir immer noch nicht gelingt, ihn einfach zu ignorieren.

Das Restaurant liegt im achtundvierzigsten Stockwerk eines Gebäudes in der Nähe der Carnegie Hall. In der Lobby empfangen mich roter Marmor und üppige Blumenarrangements. Nur Minuten später hat der Portier mich in einen der Fahrstühle hineinkomplimentiert, und als dessen Türen sich wieder öffnen, bietet sich mir der Anblick einer sanft beleuchteten Bar vor endlosen Panoramafenstern. Weiß gedeckte Tische auf einem dunklen Holzboden, dezent verborgene Lichtquellen, geschliffene Gläser und Champagnerkühler – Gott sei Dank habe ich mich noch einmal umgezogen.

»Guten Abend.« Ein Mann im weißen Hemd und schwarzer Weste kommt auf mich zu und deutet eine Verbeugung an. »Haben Sie eine Reservierung?«

»Ich nicht, aber ein Freund von mir dürfte schon da sein. Lennon Sullivan.«

Mit einer Handbewegung wird ein zweiter Kellner herbeigeordert. »Die Begleitung von Mr. Sullivan.«

Es folgt eine weitere knappe Verbeugung. »Hallo, ich bin Adam, und ich werde heute Abend für Sie da sein. Bitte folgen Sie mir.«

Über die 7th Avenue kann man von hier oben bis zum Central Park sehen, doch die atemberaubende Aussicht tritt in den Hintergrund, als ich Lennon entdecke, der in diesem Moment aufsteht. Statt seines verwaschenen Shirts und den Jeans von vorhin trägt er mittlerweile ein helles Hemd zum grauen Jackett, und ich muss an diese Male Models denken, die in den Anzeigen für überteuerte Designerklamotten immer todernst und ein bisschen leidend in die Kamera blicken. Auf Lennons Gesicht jedoch liegt dieses verflucht attraktive Lächeln, das zuverlässig für ein Kribbeln in meinem Brustkorb sorgt.

»Hi, Alice.« Er rückt mir einen der lederbezogenen Stühle zurecht, bevor Adam das tun kann. »Du siehst unglaublich aus!«

»Danke.« Ich lasse mich auf dem weichen Polster nieder. »Es tut mir leid, ich bin zu spät.«

»Nicht schlimm. Ich habe fürs Erste nur eine Flasche Wasser bestellt. Trinken wir einen Wein zusammen?«

»Gern.«

Vielleicht um wiedergutzumachen, dass er für meinen Stuhl nicht schnell genug war, materialisiert unser Kellner in Windeseile zwei lange, schmale Menükarten, die er Lennon und mir überreicht, bevor er eines der Kristallgläser auf dem Tisch umdreht und mir aus einer Karaffe Wasser einschenkt.

»Sobald Sie sich entschieden haben, bin ich Ihnen gern bei der Auswahl eines passenden Weins behilflich«, verkündet er und tritt höflich zurück.

Ich beuge mich vor. »Und du hast behauptet, es existiere kein Dresscode.«

»Stimmt ja auch – guck mal da drüben.«

Unauffällig drehe ich den Kopf in die angewiesene Richtung. Aber – das ist doch nicht wahr!

»Da sitzt Timothée Chalamet«, zische ich.

»Und er trägt Jeans und T-Shirt«, erwidert Lennon mit einem Grinsen.

»O Gott – Timothée Chalamet! Halt mich fest, sonst geh ich hin und lasse mir von ihm diese Serviette signieren.«

»Tu dir keinen Zwang an.«

Noch einmal sehe ich mich um. »Hast du gewusst, dass er heute hier sein würde?«

»Nein, aber vielen Dank, dass du mir das zutraust – ich fühle mich geehrt.«

»*Little Women. Call Me By Your Name.*« Ich seufze auf.

»*The King. Dune*«, setzt Lennon hinzu. »Hier, nimm meine Serviette auch gleich mit.«

In den nächsten Minuten zählen wir uns gegenseitig sämtliche Filme mit Timothée Chalamet auf, die wir kennen, bis uns Adam wieder einfällt, der noch immer ein Stück entfernt von uns steht und einen undurchdringlichen Gesichtsausdruck aufgesetzt hat.

»Meinst du, er darf nichts anderes tun, solange wir noch nicht bestellt haben?«, wispere ich.

»Wäre möglich.«

Um ihn zu erlösen, widmen wir uns endlich den Speisekarten. Es ist eine alles andere als leichte Entscheidung, doch schließlich bestellen wir beide in Trüffelöl gebratene Waldpilze mit karamellisierten Zwiebeln, Rosmarin und Chili zur Vorspeise sowie als Hauptgang Spinatravioli mit Zitrone und Salbeisoße für Lennon und Risotto mit geräucherten Artischocken, Schalotten und Wasserkresse für mich.

Adam hält sich in seinen Vorschlägen knapp, statt mit ausschweifenden Monologen bezüglich irgendwelcher Rebsorten beeindrucken zu wollen, wie ich es insgeheim befürchtet hatte, und keine zehn Minuten später befindet sich ein edler Sauvignon in unseren Gläsern. Als schließlich das Essen kommt, bin ich im Himmel. Noch nie – wirklich noch nie – habe ich etwas so Gutes gegessen. Wäre da nicht der Haken in Form astronomischer Preise, käme ich in Zukunft jeden Tag hierher.

Genau diese Preise jedoch sind es, die mich abwinken lassen, als Adam uns am Ende des Abends die Dessertkarte bringt. Man muss es ja nicht übertreiben.

»Bist du sicher?«, fragt Lennon, der über das Essen genauso ins Schwärmen geraten ist wie ich. »Kein Dark Chocolate and Crispy Caramel Lava Cake? Oder ein Tiramisu mit Erdbeeren, Vanillecreme und Minze?«

O Gott, ich will beides. Und außerdem noch das, was unter dem Tiramisu als *Immortal Sin* angepriesen wird, um was auch immer es sich handelt.

»Vielleicht lieber noch einen Espresso?«, sage ich zögernd.

»Gut.« Lennon reicht Adam die Karte. »Dann zwei Espresso und einmal die Dessertauswahl, bitte.«

»Dazu vielleicht einen Portwein?«, fragt Adam. »Wir hätten einen sehr schönen gereiften Einundneunziger Vintage Port, den ich sehr empfehlen kann.«

»Sollen wir?« Lennon sieht zu mir.

Wir haben nach dem Sauvignon zum Hauptgang noch eine ganze Flasche Bordeaux geleert, und jetzt noch Portwein?

Was soll's!

Ich nicke. Morgen früh werde ich zumindest wissen, was an der Behauptung dran ist, dass man von teuren Weinen keinen Kater kriegt.

»Du bist verrückt«, erkläre ich trotzdem, sobald Adam verschwunden ist.

»Wir wären verrückt, wenn wir uns hier das Dessert entgehen ließen«, erwidert Lennon. »Und außerdem hast du gerade ganz klar nach *Ich nehme alles* ausgesehen.«

Ich lache auf. »Hey, das war mein Pokerface!«

»Es tut mir leid, dir das jetzt mitteilen zu müssen: So etwas wie ein Pokerface besitzt du nicht.«

Übertrieben empört schnappe ich nach Luft. »Du unterschätzt mich!«

»Okay – sag drei Dinge, irgendetwas. Und eins davon ist nicht wahr. Wetten, ich finde heraus, wobei du gelogen hast?«

»Die Wette nehme ich an.« Ich greife nach meinem Weinglas und trinke den letzten Schluck. Drei Dinge. Kurz denke ich darüber nach. »Ich liebe grünen Spargel. Ich liebe Schokoladeneis. Ich liebe Erdbeeren.«

»Noch einmal, aber langsamer.«

Gehorsam wiederhole ich jeden einzelnen Satz.

»Das mit dem Eis ist gelogen.«

Ich lehne mich auf dem Stuhl zurück. »Also ... Wie hast du das gemacht?«

Er zuckt mit den Schultern, und das Grinsen auf seinem Gesicht ist jetzt doch etwas selbstzufrieden. »Du hast eben kein Pokerface.«

»Ich habe nicht mal geblinzelt!«

»Tja.«

»Okay, noch mal.« Diesmal überlege ich länger. Dann setze ich mich aufrecht und falte die Hände in meinem Schoß. »Meine beste Freundin in der Grundschule hieß Allison. Grannys zweiter Vorname ist Josephine. Und früher wollte ich gern Gwendolyn Alexis heißen.«

Lennons Brauen haben sich etwas zusammengezogen, während er mich durchdringend mustert. Für einen Moment steigt mir der Wein zu Kopf, Stimmen und Gläserklirren verstummen, dafür meine ich plötzlich, mein eigenes Herz schlagen zu hören. Jetzt lehnt Lennon sich ein wenig vor, und ich halte den Atem an.

»Hieß sie wirklich Allison?«, fragt er.

»Du bist unheimlich.«

»Diesmal war ich mir nicht ganz sicher.«

»Aber woran bemerkst du es?«

»Kann ich nicht sagen.« Noch immer hat er den Blick nicht wieder abgewandt. »Ist einfach ein Gefühl.«

Er lächelt, und erst als sich plötzlich eine gläserne Etagere zwischen uns niedersenkt, wird mir bewusst, dass ich mich ebenfalls vorgebeugt habe.

»Zweimal Espresso. Und der Port, bitte sehr.« Adam serviert erst zwei winzige Tassen, dann zwei geschwungene Weinkelche und wendet sich anschließend der Etagere zu, um uns jede einzelne der Leckereien vorzustellen, die darauf Platz gefunden haben.

»Wie weit bist du eigentlich mit deiner Liste?«, fragt Lennon, als ich gerade mit dem Löffel auf den flüssigen Schokoladenkern in meinem Lavakuchen stoße.

»Welche meinst du?«

»Deine Spaß-ohne-Männer-Liste – hast du inzwischen alle Punkte abgehakt?«

»Noch nicht ganz.« Was um alles in der Welt ist in dieser Schokolade? Sie schmeckt nach Zimt, nach Vanille, nach irgendeinem Alkohol, und das alles gleichzeitig. »Aber das Meiste. Ich glaube allerdings, dass es hier in New York schwierig wird, mit Walen zu tauchen.«

»Stimmt vermutlich.«

»Ich werde es mit einer Reise verknüpfen – die ist nämlich auch noch offen. Vielleicht nächstes Jahr. Bis dahin kann ich noch ein bisschen sparen. Hast du diese rosa Pralinen schon probiert?«

Wir lassen nichts übrig, nicht den kleinsten Schokoladentrüffel, und erst danach überlegen wir halbherzig, ob das gegen die Etikette war. Selbst der Kaffee schmeckt hier besser, voller, intensiver, und zum Portwein-Fan bin ich nach dem letzten Glas auch noch geworden.

»Vielen Dank«, sage ich, nachdem Lennon bezahlt hat, ohne mich einen Blick auf die Rechnung werfen zu lassen. »Das war mit absoluter Sicherheit das bisher beste Essen meines Lebens.«

Genau genommen war es einer der besten Tage meines Lebens, und ich ertappe mich bei dem Gedanken, meinen verpassten Geburtstagen mit einem Freund wie Lennon nachzutrauern. So liebevoll und aufmerksam hat noch nie jemand diesen Tag für mich gestaltet, schätze ich. Sorry, Granny.

Adam klemmt sich die gebundene Kladde mit der Rechnung unter den Arm und überreicht Lennon im Gegenzug eine Serviette.

Was ...?

»Etwas fehlt noch.« Lennon schiebt seinen Stuhl zurück.

»Ich kann nichts versprechen, aber warte kurz.«

Ich schlage eine Hand vor den Mund, als ich sehe, auf wen er zusteuert. Er wird doch nicht ...

Timothée Chalamet blickt auf, als Lennon ihn anspricht, die zusammengefaltete Serviette in der Hand und mit einem höflichen Nicken. Adam neben mir scheint genauso perplex wie ich. In seinem Gesicht arbeitet es, wahrscheinlich überlegt er gerade, ob und wie er an dieser Stelle eingreifen soll, dann lacht Timothée Chalamet auf und nimmt Lennon die Serviette aus der Hand. Er schaut sich um, entdeckt Adam und winkt ihn zu sich. Adam setzt sich in Bewegung, und Augenblicke später sehe ich ihn einen Stift aus einer Tasche seiner Weste ziehen.

———

Timothée Chalamet, con amore.

So steht es auf der Serviette, die sicher verwahrt in meiner Tasche steckt. Er hat sogar ein winziges Herz dazugesetzt.

Statt ein Taxi anzuhalten oder die Subway zu nehmen, schlendern wir am Central Park entlang, vorbei am luxuriösen *Prasada* und an der *Holy Trinitiy Lutheran Church*, deren rote Türen unter den Laternen leuchten. Eine Frau erzählt einer davorstehenden Touristengruppe gerade etwas über deren neugotischen Stil, und wir weichen einem Buggy aus, in dem ein Kind die Ausführungen friedlich verschläft.

Auf der Höhe des *Dakota Buildings* unterhalten ein paar Musiker die Nachtschwärmer mit Beatles-Songs. Bereits aus einiger Entfernung treiben Klangfetzen durch das Rauschen des Verkehrs zu uns hinüber, und als wir die Band erreichen, bleiben wir stehen.

»*Yesterday, all my troubles seemed so far away ...*«

Der Sänger ist ein bärtiger Typ, der dem jungen Paul McCartney tatsächlich ein wenig ähnelt. Er hat eine schöne Stimme. Ich mag diesen wehmütigen Song, der mich einmal mehr an Granny erinnert. Ein perfekter Abschluss für einen besonderen Tag.

Mir fällt eine alte Frau auf, die gebückt dahinschlurft, mit ihrem Gehstock wahllos den Zuhörenden in die Waden piekt und dabei Undefinierbares vor sich hin murmelt.

»Vorsicht.« Lennon zieht mich zur Seite. »Das ist Priscilla. Sie kennt keine Gnade.«

»Das klingt, als hätte sie dich schon mal erwischt.«

»Hat sie, und nicht nur einmal. Wahrscheinlich wohnt sie in der Gegend. Sie ist hier oft unterwegs und das schon seit Ewigkeiten. Und sie mag keine Kinder, schätze ich.«

»Woher kennst du sie?«

»Meine Mutter hat früher immer gern einen Abstecher zum *Strawberry Fields* gemacht.«

»Wohnen deine Eltern noch in der Nähe?«

»Nein. Sie sind vor einigen Jahren nach New Jersey rausgezogen.«

Ein älteres Paar hat zu tanzen begonnen. Einige Leute schließen sich an, und ich trete mit Lennon an die Mauer zurück, die den Central Park begrenzt und noch warm von der Sonne des Tages zu sein scheint.

»Oh, I get by with a little help from my friends ...«

Ein tiefes Gefühl von Dankbarkeit überkommt mich. Ohne die Unterstützung meiner Freunde in den letzten Wochen würde ich vielleicht noch immer zusammengerollt auf dem Sofa liegen, statt in diesem Moment neben Lennon zu stehen, dem es gelungen ist, meinen Geburtstag in einen der schönsten Tage überhaupt zu verwandeln.

»Wollen wir auch?« Lennon nickt zu den Tanzenden.

Ich ergreife seine Hand und lasse zu, dass er mich an sich zieht, lehne die Wange gegen seine Schulter. Ihm plötzlich so nahe zu sein, bringt etwas in mir zum Schwingen.

»What do I do when my love is away? Does it worry you to be alone?«

Wie könnte man sich mit einem Freund wie Lennon allein fühlen? Dieses Lied wurde eindeutig für uns geschrieben.

»Danke für diesen Tag«, murmele ich.

»Gern geschehen.«

»Would you believe in a love at first sight? Yes, I'm certain that it happens all the time.«

Oh. Stimmt. Diese Zeilen gibt es ja auch noch.

Nachdem ich den Song in Gedanken gerade zu unserem gemacht habe, senke ich verlegen die Stirn gegen Lennons Brust und spüre im nächsten Moment, wie der Druck seiner Hand in meinem Rücken sich verstärkt.

Das ist ... Ich weiß nicht, was es ist. Es sollte sich jedenfalls besser nicht so gut anfühlen.

Behutsam rücke ich ein Stück ab, und Lennon gibt mich frei. Es liegt etwas in seinem Blick, bei dem ich mir unwillkürlich mit der Zunge über die Lippen fahre, bevor ich sicherheitshalber einen Schritt zurücktrete. Merke: in Lennons Gegenwart zukünftig weniger Wein.

»Möchtest du weiter?«, fragt er leise.

Ich nicke, weil ich meiner Stimme nicht traue, und dass der Song *All You Need is Love* uns noch ein Stück begleitet, trägt auch nicht unbedingt dazu bei, mir aus meiner Verwirrung hinauszuhelfen.

Wir verabschieden uns vor meiner Haustür, wie schon so viele Male zuvor, doch diesmal ist es anders. Ich könnte Lennon fragen, ob er noch Lust auf einen Kaffee hat, und ich weiß, er würde mit hochkommen. Auf diesen einen berühmten Kaffee, und denkt überhaupt irgendjemand auf der Welt in einer Situation wie dieser ernsthaft noch an ein heißes Getränk?

»Also dann ...«, beginne ich, nur um mich im nächsten Moment räuspern zu müssen. »Es war heute wirklich sehr schön, ich ... ich denke ...«

Was genau denke ich denn? Ich fürchte, ich denke gar nichts – jedenfalls nichts Vernünftiges.

»Komm gut nach Hause.«

Hastig küsse ich Lennon auf die Wange und steige dann schnell die Stufen zur Haustür hinauf. Der Schlüssel hat sich in meiner Tasche verheddert, und es gelingt mir nicht gleich, das Schlüsselloch zu treffen. *Herrgott – reiß dich zusammen, Alice.*

In der offenen Tür drehe ich mich noch einmal um, und es ist genau wie bei unserer ersten Begegnung. Lennon steht da, und was sich in mein Herz senkt, ist dieses leichte Lächeln, dieses unwiderstehliche, unfassbar anziehende Lächeln, bei dem meine Entschlossenheit, in ihm nichts als einen Freund zu sehen, ins Wanken gerät, bevor Gott sei Dank mit einem Klicken die Tür ins Schloss fällt.

10 Sätze, mit denen man die beste Freundin aufheitern kann

1. Kaffee?
2. Ich habe die Bestellungen schon erledigt
3. Die neuen Bücher sind auch schon einsortiert
4. Dieses Outfit steht dir so was von gut
5. Mehr Kaffee?
6. Es gibt eine neue Staffel *Sex Education*
7. Ich habe Pizza bestellt. Mit Artischocken, Ananas, Brokkoli *und* Oliven
8. Wollen wir nachher noch was trinken gehen?
9. Komm, lass dich mal in den Arm nehmen
10. Denk daran, was Eeyore immer zu Winnie-the-Puuh sagt: »It could be worse. Not sure how, but it could be.«

Kapitel 10

Zara behält recht. Freds katastrophaler Auftritt liegt nun schon fast zwei Wochen zurück, doch seitdem hat er sich im *Unicorns, Starships & Bugs* nicht mehr blicken lassen.

»Wahrscheinlich sollte ich mich einfach darüber freuen«, sagt Zara, schiebt einen Bestellschein zwischen die Seiten eines Buchs und schlägt es ein wenig zu heftig zu. »Ich meine, das war ja alles kein Zustand.«

Tobey und ich tauschen einen Blick über ein Bücherregal hinweg. Der Laden ist beinahe leer, nur ganz hinten bei den Büchern für die Jüngsten stehen zwei Frauen, und ein blondes Mädchen hat sich mit dem neuesten Buch von Jessica Townsend in der Fantasy-Ecke niedergelassen.

»Und es ist ja auch nicht so, als sei zwischen uns auch nur das Geringste passiert, dem ich hinterhertrauern müsste«, fügt Zara hinzu. Ein zweiter Bestellzettel, und noch ein Buch wird mit einem Knall zugeklappt. »Es gab nicht ein einziges Date. Es war nicht einmal die Rede davon.« Kurz hält sie inne. »Oder doch, aber das war ja immer sehr einseitig.«

»Jetzt bist du zumindest wieder offen für etwas Neues«, wirft Tobey ein. »Fred Baker ist nicht der einzige Mann auf der Welt.«

Darauf erwidert Zara minutenlang nichts. Vielleicht denkt

sie in diesem Augenblick daran, dass auch Matt schon eine ganze Weile nicht mehr vorbeigekommen ist.

»Seine T-Shirts fand ich jedenfalls albern.« Sie stellt das letzte Buch ins Kundenregal und fährt sich durch die Haare. Dann stützt sie sich mit beiden Händen neben der Kasse auf. »Es ist nur so, dass es sich völlig bescheuerterweise anfühlt, als hätten wir uns getrennt. Wie kann das überhaupt sein? Es ist, als hätten wir eine sehr seltsame Form von Beziehung geführt.«

»Tun wir das nicht alle?«, murmelt Tobey.

Jetzt ist es Zara, die mir einen schnellen Blick zuwirft.

»Wie geht's dir denn im Moment mit Matt?«, fragt sie.

Tobey sieht nicht auf. »Wir denken gerade über so einiges nach.«

»Habt ihr …« Zara unterbricht sich, als die Ladentür geöffnet wird und ein paar Mütter hereinspazieren, die uns jeden Dienstag mit ihren Kindern einen Besuch abstatten. Entschuldigend hebt sie die Schultern, doch Tobey winkt ab. Hätte mich auch gewundert, wenn er das Thema hätte vertiefen wollen.

Eine Dreiviertelstunde später holt er seine Tasche von hinten. »Bis morgen. Und denk nicht mehr darüber nach, Zara. Hast du lang genug gemacht. Irgendwann muss man wieder nach vorn blicken. Bye, Alice.«

Zara wirkt ein wenig geknickt, während die Tür hinter Tobey ins Schloss fällt, und fast nehme ich ihm seinen lapidaren Ratschlag übel.

»Weißt du was?«, beginne ich, nachdem ich kurz darauf hinter der letzten Kundin abgeschlossen habe. »Ich glaube nicht, dass du ausgerechnet jetzt alles abhaken solltest.«

»Ach, Tobey hat sicher recht.« Zara seufzt. »Mit fünfzehn war ich in Jason Carter verliebt, und ich habe zwei Jahre lang gehofft, dass er mich endlich zur Kenntnis nehmen würde, bis er dann aufs College ging. Zu diesem Zeitpunkt hatte Jason noch immer nicht bemerkt, dass ich existiere. Mit einunddreißig sollte ich schlauer sein, meinst du nicht?«

»Fred weiß, dass du existierst, das ist schon mal das Erste. Und so, wie er das letzte Mal hier aufgetreten ist, sah es nicht danach aus, als wolle er demnächst auf Nimmerwiedersehen aus deinem Leben verschwinden.«

»Na ja – doch.«

»Aber erst, nachdem alles völlig schiefgelaufen ist.«

»Ich glaube, Tobey schätzt das vernünftiger ein als wir beide zusammen.«

»Und ich glaube, Tobey ist nur frustriert wegen Matt. Er schiebt auch schon die ganze Zeit die Organisation dieses Kostümfests vor sich her, dabei war es seine Idee.«

»Na ja, dafür war alles ohnehin ein bisschen knapp.« Zara fährt den Rechner runter. »Aber wie auch immer – Fred ist abgetaucht. Und ich werde ganz sicher nicht vor seiner Schule auf ihn warten. Mit fünfzehn war das noch irgendwie okay, aber mittlerweile fühle ich mich dafür zu alt. Du bist über Bennett hinweggekommen, ich werde über Fred hinwegkommen – du bist doch über Bennett weg, oder?«, hakt Zara plötzlich skeptisch nach.

»Ich denke doch.«

»Also dann. Ich geh nach Hause – vielleicht sollte ich nachher meine Matratze aus dem Fenster werfen, um jemanden zu finden, der mir hilft, auf andere Gedanken zu kommen.« Sie seufzt ein weiteres Mal. »Hoffen wir bloß, dass nicht Tobey als Nächstes über Matt hinwegkommen muss.«

———

Lennon und ich schlendern über den High Line Park, eine stillgelegte Bahntrasse, die über Chelsea hinwegführt. Durch das fortwährende Rauschen des Verkehrs in den Straßen unter uns wehen von irgendwoher Saxophonklänge heran, und hinter einer schmalen Reihe angepflanzter Büsche lässt sich das Glitzern des Hudson erahnen. Immer wieder bleiben Leute stehen, um die Umgebung, sich selbst oder eine der vielen Skulpturen der unterschiedlichsten Künstler und Künstlerinnen zu fotografieren, die hier Jahr für Jahr aufgestellt werden.

Wir sind auf dem Weg zum Bryant Park, und eigentlich sollten wir uns ein wenig beeilen. Der Film, den wir uns ansehen wollen, beginnt zwar erst um halb neun, doch die Zuschauer haben schon seit dem späten Nachmittag die Möglichkeit, sich einen Platz auf dem Rasen für ihre Decken zu suchen, und jetzt ist es Viertel vor sieben. Trotzdem bleiben wir bei der Kreuzung an der 10th Avenue stehen und legen die Ellbogen auf die Mauerbrüstung. Über die Straßen hinweg hat man von hier aus einen guten Blick auf den Fluss, auf dessen Oberfläche sich Sonnenstrahlen brechen.

»Morgen Abend treffe ich mich übrigens mit Fred«, sagt Lennon. »Wir haben uns bei Hazel verabredet. Soll ich immer noch rausfinden, ob es mit Zara zusammenhängt, dass er ständig bei euch vorbeischaut?«

»Das tut er nicht mehr«, erwidere ich seufzend. »Er ist seit knapp zwei Wochen nicht mehr da gewesen – seit er Zara vor die Füße gefallen ist.«

»Er ist ihr vor die Füße gefallen? Äh – sollte es ein Antrag werden, oder war es ein Unfall?«

»Eindeutig ein Unfall.«

In knappen Sätzen erzähle ich Lennon von Freds letztem Auftritt im *Unicorns, Starships & Bugs*.

»Es war tragisch«, fasse ich zusammen. »Ich bin sicher, er hatte sich das völlig anders vorgestellt.«

»Das klingt überhaupt nicht nach Fred«, sagt Lennon. »Also – abgesehen vom letzten Teil. Aber dass er so direkt auf Zara zugegangen ist ...«

»So zielgerichtet habe ich ihn auch noch nie erlebt. Jedenfalls nicht, solange es nicht um Bücher ging.«

»Okay, mal sehen. Irgendwie kann ich das Thema morgen bestimmt zur Sprache bringen.«

»Das würde mich überraschen, ehrlich. Ich könnte mir eher vorstellen, dass er noch immer versucht, sich die ganze Geschichte wieder aus dem Hirn zu ätzen.«

Lennon lacht und richtet sich auf. »Kann sein. Andererseits – mit dieser Aktion ist er ziemlich deutlich über seinen Schatten gesprungen, also meint er es vielleicht doch ernst.«

Zara würde sich freuen, das zu hören. Denke ich.

»Gehen wir weiter?«, fragt Lennon. »Sonst verpassen wir noch den Anfang des Films.«

Wir verlassen die High Line an der 23th Street und nehmen uns für das letzte Stück zum Bryant Park ein Taxi.

Auf der Wiese vor der Leinwand ist es bereits ziemlich voll, und es dauert eine Weile, ein freies Fleckchen Grün für unsere

Decke zu finden. Kostenloses Popcorn gibt es nicht mehr, doch wir haben vorgesorgt. Lennon zieht Falafel-Wraps mit Hummus und eine Box mit geschnittener Wassermelone aus der Tasche, ich steuere Salsa, Tortilla-Chips und Karamellkekse bei. Noch bevor es losgeht, haben wir das Meiste davon gegessen. Ich bewundere ja Leute, die einen kompletten Film über langsam und bedächtig eine Tüte Chips leeren und am Ende sogar noch etwas übrighaben. Bei der Geschwindigkeit, in der ich Snacks esse, bräuchte ich entweder grob geschätzt elf Tüten, oder aber ich gucke nach der ersten Viertelstunde ohne Chips. Lennon behauptet sogar, ihm gehe das Popcorn mitunter schon beim Vorspann aus.

Bei den Movie Nights im Bryant Park laufen oft Klassiker, an diesem Abend ist es *Viel Lärm um nichts*. Ich liebe diesen Film. Es gibt Menschen, die es anstrengend finden, dass sämtliche Dialoge dem Originaltext aus der Feder William Shakespeares entstammen, aber ich gehöre nicht dazu, und es dauert nicht lange, bis um uns herum Leute damit beginnen, ganze Passagen zu rezitieren. Eindeutig bin ich nicht die Einzige, die den Film schon mehrmals gesehen hat.

»Sie liebt mich! Warum?«, ruft Kenneth Branagh gleichermaßen ungläubig wie entzückt, und dann zieht ein Stück von uns entfernt ein Mann eine junge Frau auf die Füße, nur um im nächsten Moment vor ihr auf die Knie zu sinken. Es beginnt gerade, dämmerig zu werden, doch noch ist es hell genug, um zu erkennen, dass er ihr eine kleine, geöffnete Schachtel entgegenstreckt, während er eine Hand auf sein Herz legt.

O mein Gott – er macht ihr einen Antrag! Inmitten all der Menschen, und während ein verliebter Kenneth Branagh glückselig im Springbrunnen herumhüpft. Ich taste nach Lennons Hand. Das ist so romantisch!

Die junge Frau bricht in Tränen aus, dann nickt sie und beugt sich zu ihrem Freund hinunter, noch während der versucht, ihr den Ring an den Finger zu stecken. Als sie sich küssen, zieht etwas in mir sich schmerzhaft zusammen.

Genau so etwas habe ich mir immer gewünscht, und ich war so sicher, Bennett würde irgendwann ... Ich meine, alles schien genau richtig zu sein, ich habe mich nur noch gefragt, wann der Moment gekommen sein würde. Und dann war plötzlich alles vorbei.

Einige Leute beginnen zu klatschen.

»Bist du okay?«, fragt Lennon und bringt mich durch den Druck seiner Finger in die Realität zurück.

»Ja, klar. Das ist ... Es ist so süß, oder?«

Ich löse meine Hand aus seiner und raschele in der Tüte auf der Suche nach Tortilla-Chips herum. Das ist das letzte Mal, verspreche ich mir selbst. Das letzte Mal, dass ich bei der Erinnerung an Bennett am liebsten losheulen möchte, obwohl ich Zara heute Nachmittag noch versichert habe, ich sei über ihn hinweg. Drei gemeinsame Jahre lassen sich leider schwerer abhaken als gehofft.

Weil Lennon nicht geantwortet hat und mich stattdessen noch immer prüfend ansieht, atme ich einmal tief durch und räuspere mich. »Du wolltest keine Chips mehr, oder? Ich esse nämlich jetzt die letzten.«

»Mach ruhig. Ich nehme dafür die hier.« Er greift nach der fast leeren Kekspackung.

»Okay, warte – wir teilen!«

Jeder bekommt noch drei Chips und zweieinhalb Kekse, und dann sitzen wir da, bis Benedikt und Beatrice zueinanderfinden und Claudio von Hero erhört wird, obwohl er sich wie ein absoluter Idiot verhalten und Hero auf ihrer Hochzeit vor aller Augen fälschlicherweise als Ehebrecherin verunglimpft hat – manches muss man Shakespeare wohl einfach nachsehen.

Während auf der Leinwand noch getanzt wird, lehne ich mich zurück in dem Versuch, ein paar Sterne am Himmel auszumachen, dann wage ich noch einen Blick auf die Frischverlobten. Eng umschlungen sitzen sie da, und dass der Film zu Ende ist, haben sie vermutlich nicht einmal mitgekriegt.

»Und? Wie hat dir der Film gefallen?«, frage ich Lennon, bevor ich wieder damit beginnen kann, in traurigen Gedanken zu schwelgen.

»Gut. Schon etwas Besonderes. Schnell verheiratet waren sie damals.«

»Das stimmt. An Heros Stelle hätte ich Claudio viel länger zappeln lassen.« Ich beuge mich vor, um leere Tüten und Schüsseln in meine Tasche zu packen. »Genau genommen hätte ich ihm nie verziehen.«

»Obwohl er seinen Fehler bereut hat?«

»Manche Fehler kann man einfach nicht mehr vergessen«, erwidere ich. Zufällig bin ich aktuell die Erste, die etwas dazu sagen kann, und ich halte es in dieser Hinsicht mit Mrs. Daniels: Jede Frau sollte sich gut überlegen, ob sie bestimmte Dinge verzeihen will.«

»Man muss diese Fehler ja nicht gleich vergessen. Es reicht, wenn man an sie denken kann, ohne dass es schmerzt«, erwidert Lennon.

Ich unterbreche mich beim Zusammenpacken, um ihn anzusehen. »Es gibt garantiert Dinge, die selbst du nicht verzeihen könntest.«

Lennon zuckt mit den Schultern. »Vielleicht. Ich glaube aber, dass man sich damit letztlich nur selber schadet.«

»Du klingst wie ein Kalenderblatt.« In sein Lachen hinein füge ich hinzu: »Auch wenn du eventuell recht hast.«

———

Zwei Tage später verkündet Tobey, dass Matt und er sich nun doch dafür entschieden hätten, ihre Beziehung zu beenden. Den ganzen Tag über war er ausgesucht höflich zu jedem, ohne dabei auch nur ein einziges Mal zu lächeln, Zara und mich eingeschlossen. Kurz bevor er sich am Abend mit einer gemurmelten Verabschiedung zur Tür hinaus verdrücken konnte, hat Zara ihn direkt darauf angesprochen, und jetzt steht er da und nestelt am Verschluss seines Rucksacks.

»Ich will nicht darüber reden, okay? Ich weiß, dass ihr endlose Gespräche für eine Art Allheilmittel haltet, aber ich ticke einfach anders. Matt ist ausgezogen, im Laufe der nächsten Tage holt er seine Sachen, und mehr gibt es nicht darüber zu sagen. Es ist okay. Letzten Endes hat es eben nicht gepasst. Gibt halt nicht für jeden immer ein Happy End, und wenn wir mal ganz ehrlich sind, war da doch einiges, was mich an ihm genervt hat. Es ist daher völlig in Ordnung, dass ...«

»Tobey«, unterbreche ich ihn, »du kommst jetzt mit uns ins *Mr. Sniffles*. Wenn du so viele Sätze hintereinander sagst, besteht ja wohl eindeutig doch Redebedarf.«

Finster erwidert er meinen Blick. »Na gut«, sagt er dann.

Bei Hazel legt er nach dem ersten Wodka Lemon endgültig los. Wie oft Matt ihn in Verlegenheit gebracht hat. Dass er keinerlei Rücksicht darauf nahm, ob sein Verhalten angemessen sei und ob es ihn, Tobey, vielleicht nerven könnte, ständig wegen Matt angestarrt zu werden.

»Wieso spielt es denn eine Rolle, ob jemand vielleicht starrt?«, fragt Zara.

»Jetzt fang du nicht auch noch an!« Tobey lehnt sich auf der Bank zurück. »Es spielt eine Rolle, wenn man weiß, dass der andere nun mal nicht darauf steht, in der Öffentlichkeit rumzumachen! Nur weil es Leute gibt, die kein Problem damit haben, immer und überall zu demonstrieren, dass sie zusammen sind, kann es genauso gut Leute geben, die damit vielleicht etwas dezenter umgehen. Ich hab's einfach satt!«

Ich verkneife mir den Einwand, dass Matt ihm neulich lediglich den Arm um die Schultern gelegt und seine Wange geküsst hat. Unwahrscheinlich, dass Tobey mich daraufhin, von plötzlicher Einsicht erfüllt, dankbar ansehen würde.

»Das heißt, du hast es beendet?«, fragt Zara.

»Nein, er. Aber eigentlich war es beidseitig.« Tobey leert in einem Zug seinen zweiten Drink und beugt sich zu Sniffles, um ihm den Bauch zu kraulen. »Ich sollte mir einfach einen Hund zulegen. Alles wäre so viel unkomplizierter.«

Habe ich das nicht neulich schon einmal irgendwo gehört?

»Und Zuneigungsbekunden in der Öffentlichkeit wären dann auch okay«, merkt Zara an.

»Ha, ha.« Tobey richtet sich wieder auf. »Ich brauche Nachschub, will eine von euch auch noch was?«

Sobald er bei Hazel am Tresen steht, beuge ich mich über den Tisch. »Beidseitig. Glaubst du das?«

»Ich glaube, Tobey ist fix und fertig deshalb.«

»Ich auch. Wir sollten irgendetwas tun.«

»Was willst du denn machen? Zu Matt gehen und ihn bitten, Tobey anzuflehen, sich alles noch einmal zu überlegen?« Zara nippt an ihrem Drink.

»Nein, wir müssen das anders angehen.«

»Und wie?«

Ich lasse mich wieder auf meinen Platz fallen, weil Tobey zurückkehrt. Keine Ahnung. Aber ich werde darüber nachdenken.

»Irgendwie passen wir ja gerade gut zusammen«, sagt Tobey, während er auf die Bank rutscht. »Fürs Erste versuchen wir es also alle mal solo.«

»Na ja, Alice bleibt vorerst sicherheitshalber in der Friend-zone«, widerspricht Zara. »Und ich bin die ganze Zeit schon solo.«

»Aber du trauerst Fred nicht mehr hinterher. Und Alice hat Bennett abgehakt und ich Matt. Deshalb – auf uns!« Er hebt sein Glas, und wir tun es ihm nach. »Auf alles Neue! Kann nur besser werden.«

Seine letzten Worte geraten ihm ein wenig trostlos, und auch Zara wirkt nicht sonderlich enthusiastisch. Dabei fällt mir ein, dass ich später noch Lennon anrufen will. Er hat mir am Nachmittag eine Nachricht geschrieben – ich bin sicher, es geht um sein Treffen mit Fred am Abend zuvor.

»Seid ihr eigentlich wirklich nur Freunde?«, fragt Tobey.

»Du und Lennon?«

Überrascht setze ich meinen Drink ab. »Natürlich.«

Er schwenkt sein Glas, als befände sich Whiskey pur darin. »Ich meine nur – es sieht gar nicht danach aus.«

»Wonach sieht es denn aus?«

»Es sieht aus, als spiele Lennon nur dir zuliebe mit. Wenn es nach ihm ginge, wäre da mit Sicherheit mehr drin.«

»Quatsch«, erwidere ich. »Darüber haben wir längst gesprochen, und wir sind uns beide einig. Wie kommst du darauf?«

»Ich kriege mit, wie Lennon dich ansieht, wenn du es nicht siehst. Worüber habt ihr gesprochen?«

»Na ja, es ging darum, ob Frauen und Männer nur befreundet sein können, und ...« Angestrengt versuche ich, mich an den genauen Wortlaut unseres damaligen Gesprächs zu erinnern. »Lennon ist jedenfalls ebenfalls der Ansicht, das sei durchaus möglich.«

»Vielleicht ist es möglich, aber zwischen euch funktioniert es nicht.«

»Es funktioniert sogar sehr gut«, erwidere ich pikiert.

»Meine Meinung dazu kennst du ja«, wirft Zara ein. »Ich wünschte, Fred wäre auch nur halb so engagiert wie Lennon gewesen.«

»Er ist nicht *engagiert*, wir verstehen uns einfach gut. Vielleicht stand anfangs mal irgendwas im Raum, aber wir haben das geklärt. Er weiß von Bennett, er weiß, dass ich fürs Erste genug von Beziehungen habe – und auch wenn ihr euch das gar nicht vorstellen könnt: Es ist okay für ihn.«

»Ja, das denkst *du*«, sagt Zara im nachsichtigen Tonfall.

Tobey verschränkt die Unterarme auf dem Tisch. »Und wenn Lennon es sich anders überlegen würde?«

»Du meinst, wenn er ...«

»Wenn er mehr wollen würde, genau.«

»Müsste ich mir überlegen, wie wir weitermachen. Und ob überhaupt. Ich finde es wirklich gut so, wie es zwischen uns läuft. Es ist, als habe man nur die angenehmen Seiten einer Beziehung, ohne den ganzen Stress.«

»Aber auch ohne den Sex«, sagt Zara.

»Na und? Dafür wäre es mir egal, wenn Lennon welchen hat, solange er nicht mein Bett benutzt. Können wir vielleicht mal über etwas anderes reden? Wo wohnt Matt denn jetzt eigentlich?«

Tobey sackt ein wenig in sich zusammen, und ich fühle mich mies, weil ich dieses Thema erneut auf den Tisch gebracht habe. Andererseits muss er sich spätestens, sobald er nach Hause kommt, ohnehin wieder damit auseinandersetzen, und hier können Zara und ich ihm wenigstens seelischen Beistand leisten.

»Weiß ich nicht. Aber er hat ja genügend Freunde, die sich darüber freuen, ihm einen Schlafplatz anbieten zu können. Jetzt, wo wir nicht mehr zusammen sind. Und auch das ist okay«, fügt er so neutral hinzu, dass ein ganzes Konzert an Zwischentönen abgespielt wird. »Ich habe ihn jedenfalls nicht danach gefragt.«

»Okay, was, wenn Matt es sich anders überlegen würde?«, gebe ich Tobeys Frage zurück, und er mustert mich einen Moment lang mit einem so herzzerreißenden Hundewelpenblick, dass ich schon fast tröstend nach seiner Hand greifen will.

»Er würde so weitermachen wie immer«, sagt er dann. »Wäre Matt ein Typ wie Fred, würde er ein *Sorry girls, I'm gay*-Shirt tragen. Er ist jemand, der bei jeder roten Ampel rumknutschen will. Und ich … ich bin nun mal ganz anders«, schließt er geknickt, und jetzt lege ich doch zumindest eine Hand auf seinen Arm.

Tobey zieht ihn weg.

»Aber wie Matt sich verhält, ist doch eigentlich ganz süß«, sagt Zara vorsichtig. »Wenn ihr euch irgendwie in der Mitte treffen könntet …«

»Es gibt keine Mitte.« Tobey steht auf. »Will jetzt eine von euch auch noch etwas?«

Wir sehen ihm nach, als er zu Hazel an den Tresen tritt, gefolgt von Sniffles, der anscheinend genug davon hat, neben unserem Tisch zu liegen.

»Mich würde ja interessieren, wie Matt das alles sieht«, murmele ich.

»Ich möchte beinahe wetten, dass der genauso am Boden zerstört ist wie Tobey«, erwidert Zara. »Du hast recht, wir sollten etwas tun.«

———

Wieder zu Hause werfe ich meine Tasche auf die Kommode in der Diele und stütze mich an der Wand ab, um mir die Schuhe von den Füßen zu streifen. Hätte ich jedes Mal etwas mitbestellt, wenn Tobey gefragt hat, müsste ich das im Sitzen erledigen, aber auch so fühlt es sich bereits ein wenig nach Schräglage an.

Zara und ich haben uns vor dem *Mr. Sniffles* von Tobey verabschiedet. Das kurze Stück, das wir noch gemeinsam gegangen sind, haben wir darüber nachgedacht, welche Möglichkeiten bestehen, Tobey und Matt wieder zusammenzubringen, ohne auch nur einen Schritt weitergekommen zu sein. Es ist so traurig – Tobey schwebte auf Wolken, nachdem er Matt kennengelernt hatte. Anfangs hat er ihn jeden Tag mehrmals angerufen, nur um seine Stimme zu hören. Und ich kann mich auch noch an sein strahlendes Gesicht erinnern, als Matt ihn zum ersten Mal im Laden abgeholt hat, und wie aufgeregt er war, als er zum ersten Mal ein Wochenende mit Matt wegfuhr. Es ist ja nicht einmal so, dass Matt sich nicht bemühen würde, auf Tobeys Gefühle Rücksicht zu nehmen. Aber wenn er es eben mal vergisst ...

»Meinst du, das Problem liegt wirklich darin, dass Tobey es nicht erträgt, in der Öffentlichkeit seine Zuneigung zu zeigen?«, hat Zara vorhin gefragt. »Oder will er bloß nicht, dass zu viele Leute mitkriegen, dass er schwul ist?«

Vielleicht ist es beides.

Auf etwas unsicheren Beinen trotte ich ins Bad.

Tobey hat mal erzählt, dass es nach seinem Outing schwierig für ihn war. Es gab Leute an seiner Schule, die ihn dafür fertiggemacht haben, und auch sein damaliger bester Freund kam nicht damit klar. Ins Detail gegangen ist er nicht, aber ich kann mir vorstellen, dass solche Erfahrungen etwas mit einem machen. Er meinte, eine Zeit lang habe er damals gehofft, es sei nur eine Art Phase, später hatte er sogar kurz eine Freundin, aber natürlich hat es nicht funktioniert.

Das mit der Phase ist zu einem Running Gag zwischen Matt und ihm geworden: *Ich liebe dich, aber es ist nur eine Phase* – im Moment frage ich mich, ob wirklich beide aus tiefstem Herzen darüber lachen konnten. Tobey macht zwar kein Geheimnis daraus, dass er schwul ist, aber wenn er es nicht erwähnen muss, lässt er es definitiv lieber bleiben. Matt dagegen geht damit genauso offen um wie mit seiner Vorliebe für die New York Rangers, die Ramones und veganes Sushi. Es ist ihm völlig egal, was andere denken, und ich weiß, dass Tobey ihn dafür bewundert. Doch tief in seinem Inneren haben offenbar noch immer die Leute von früher das Sagen.

Mit geputzten Zähnen und meinem Smartphone gehe ich schließlich ins Bett, und erst dort entdecke ich die Nachricht von Lennon.

Wäre jetzt ein guter Zeitpunkt?, hat er geschrieben.

Es ist fast Mitternacht und damit bereits über zwei Stunden her, seit er sie abgeschickt hat. Verdammt, wir wollten doch heute Abend wegen Fred telefonieren – daran habe ich nicht mehr gedacht.

Bist du noch wach?, tippe ich.

Unmittelbar nachdem ich diese Worte versendet habe, wird mir angezeigt, dass Lennon sie gelesen hat.

Kann ich anrufen?, kommt es von ihm zurück.

Ja, gebe ich ein, und Sekunden später vibriert das Telefon in meiner Hand.

»Hi«, sagt Lennon. »Wie war dein Tag?«

»Geht so«, erwidere ich. »Tobey und Matt haben sich getrennt. Und zumindest Tobey ist todunglücklich.«

»Das tut mir leid. Warum haben sie sich getrennt?«

»Weil Matt jemand ist, der Tobey vor allen Leuten küsst, und der wegen so etwas Ausschlag bekommt.«

»Klingt eigentlich nach einer Sache, die sich irgendwie regeln lassen müsste. Dann soll dieser Matt das doch einfach lassen.«

»Versucht er ja. Aber wenn er auch nur einmal nicht daran denkt, geht Tobey zuverlässig an die Decke.«

»Okay, verstehe. Also liegt das Problem eher bei Tobey selbst, oder?«

»Ja, ich fürchte auch.« Seufzend kuschele ich mich tiefer unter die Decke.

»Bei diesem Problem kann ich leider nicht weiterhelfen«, sagt Lennon. »Aber was Fred und Zara betrifft ...«

»Du hast ihn tatsächlich dazu gebracht, darüber zu sprechen?«

»Ich musste ihn nicht dazu bringen – ich musste ihm nur zuhören. Er hat den ganzen Abend über diese Frau geredet, vor der er sich dermaßen blamiert hat, dass er ihr nie wieder unter die Augen treten kann, und die darüber hinaus nicht nur unfassbar attraktiv sei, sondern auch noch klug und witzig und ...«

»Ich hoffe doch sehr, dass er damit auch wirklich Zara meint«, unterbreche ich ihn.

»Er sagte, sie arbeite in einem Buchladen. Und er ginge schon seit Monaten überhaupt nur ihretwegen dorthin.«

Mein Herz macht einen Sprung.

»O Gott, das müsste er Zara doch einfach nur sagen! Noch besser wäre es gewesen, er hätte es ihr längst gesagt. Dann wäre es nie so weit gekommen, dass Zara gerade entschieden hat, nie wieder an ihn zu denken.«

»Wir reden von Fred«, erinnert mich Lennon. »Genau das lag bisher außerhalb seiner Möglichkeiten. Er hat es einfach nicht geschafft, vor Zara zu stehen und laut auszusprechen, dass er sich sogar sehr gern mit ihr verabreden würde. Stattdessen hat er sich anscheinend Tipps von irgend so einem obskuren YouTuber geholt – das war wohl keine gute Idee.«

Da liegt eindeutig ein Lachen in seiner Stimme, und ich presse die Lippen zusammen, um nicht zu kichern. Fred unter dem Pappaufsteller – es war zu tragisch.

»Also habe ich ihm einen Vorschlag gemacht.«

»Welchen?«

»Na ja, es musste etwas sein, bei dem Fred sich weniger im Weg steht, etwas, bei dem es ihm nicht von vornherein die Sprache verschlägt, und deshalb habe ich ihm geraten ...« Lennon hält inne.

»Was? Was hast du ihm geraten?«

»Ach, lass dich überraschen.«

»Lennon! Nicht dein Ernst! Was hast du ihm geraten? Verrat es mir!«

Lennon lacht leise. »Du wirst es sehen. Nehme ich an.«

Jetzt schlage ich die Decke zurück und schwinge die Beine aus dem Bett, als könne das irgendetwas an Lennons Geheimniskrämerei ändern.

»Tu mir das nicht an! Ich sterbe vor Neugier!«

»Ich könnte mir jedenfalls vorstellen, dass Zara es sich vielleicht doch noch einmal überlegt«, erwidert Lennon ungerührt.

Da ich ohnehin schon aus dem Bett gestiegen bin, gehe ich in die Küche, um mir ein Glas Wasser einzuschenken.

»Das ist wirklich das Gemeinste, was du mir jemals angetan hast«, erkläre ich dabei und höre ihn schon wieder lachen. »Verrat mir wenigstens, wann Fred machen will, was du ihm vorgeschlagen hast.«

»Er muss noch eine Kleinigkeit organisieren, aber ich schätze mal, in den nächsten Tagen.«

»Kommt er dafür in den Laden?«

»Nein.«

»Dann bekomme ich es vielleicht gar nicht mit!«

»Ach doch, ich glaube schon. Wenn du nicht vorhast, in den nächsten Wochen Urlaub zu nehmen ...«

»Also doch im Laden.«

»Mehr sage ich nicht.«

»Dafür werde ich mich rächen. Ganz sicher.« Ich krieche ins Bett zurück.

»Okay, bin gespannt.«

»Du glaubst mir nicht?«

»Doch, absolut. Ich glaube nur nicht, dass du in der Lage bist, etwas wirklich Gemeines zu tun«, fügt er charmant hinzu.

»Wir werden ja sehen«, erwidere ich und unterdrücke ein Gähnen. »Ich hoffe jedenfalls, dass du Fred einen guten Vorschlag gemacht hast.«

»Das hoffe ich auch. Sag Zara nichts davon, okay?«

»Natürlich nicht. Am Ende überlegt Fred es sich noch anders, und dann wäre sie enttäuscht.«

»Unwahrscheinlich, aber nicht ausgeschlossen.«

»Gut, dann ...« Ich drehe mich auf die Seite und ziehe die Decke über die Schultern. »Schlage ich vor, dass wir jetzt schlafen. Also, ich zumindest. Gute Nacht, Lennon.«

»Ich habe Fred übrigens gefragt, ob er weiß, wie die Frau heißt, wegen der er ständig zum Buchladen geht. Immerhin gibt es zwei, die dort arbeiten.«

Eine Sekunde lang halte ich den Atem an, bevor ich mich

wieder entspanne. Lennon hätte es mir längst gesagt, wenn Fred am Ende schrecklicherweise meinetwegen ständig im *Unicorns, Starships & Bugs* gewesen wäre.

»O Gott, wenn er etwas anderes als *Zara* gesagt hätte«, murmele ich.

»Hätte ich mich mit ihm duellieren müssen. Gute Nacht, Alice.«

Noch Minuten nachdem nur noch Schweigen in der Leitung herrscht, liege ich da und starre in das Licht der Nachttischlampe. Dann stehe ich noch einmal auf und schreibe eine neue Liste.

10 Gründe,
warum man sich in Lennon verlieben könnte

1. *Dieses* Lächeln

2. Seine Stimme (vor allem nachts am Telefon)

3. Was auch immer er Fred geraten hat – es war bestimmt etwas Großartiges (und wenn es Zara glücklich macht, liebe ich ihn dafür sowieso)

4. Er versteht sich mit meinen Freunden (und sie mögen ihn)

5. Er sieht verdammt gut aus (fühle mich angemessen oberflächlich)

6. Wo ich schon mal dabei bin: Er riecht auch gut

7. Ab und zu stupst er mit der Zungenspitze gegen seinen linken Eckzahn, und ich weiß nicht, warum, aber ich mag das

8. Wenn wir uns ansehen, fühlt es sich manchmal auf so merkwürdige Weise bedeutsam an

9. Duellieren! Für mich! (liebe seinen Humor einfach)

10. An ihn zu denken macht mich glücklich

Kapitel 11

Am nächsten Morgen lese ich mir die Liste, die ich letzte Nacht geschrieben habe, noch einmal durch und beschließe, sie ausnahmsweise weder Zara noch Tobey zu zeigen. Und Lennon schon gar nicht. Ich war müde, ich war gerührt und ganz offensichtlich etwas überschwänglich. Bei Tageslicht rücken die Dinge wieder an ihren Platz zurück, und während ich die Tür zu meiner Wohnung abschließe, denke ich darüber nach, welche Überraschung auf Zara wartet und wie lange Fred dafür wohl brauchen wird. Vielleicht gibt es einen Flashmob? Ich liebe Flashmobs.

Kurz habe ich Fred vor Augen, wie er inmitten hundert anderer zu *I Wanna Be Your Boyfriend* von den Ramones auf Zara zutanzt.

Na ja, es geht bestimmt auch anders.

»Oh, guten Morgen!« Mrs. Daniels tritt in den Hausflur. Sie hat Toto an der Leine, der sich bei dem Versuch, an mir hochzuspringen, beinahe selbst stranguliert. »Na, da freut sich aber jemand. Toto! Nicht so wild!«

»Guten Morgen, Mrs. Daniels.« Ich gehe in die Hocke und lasse mir die Hände ablecken.

»Toto ist anscheinend der Ansicht, ich sollte mal wieder meine Schwester besuchen.«

»Wie geht es Ihrer Schwester denn? Und ihrem Mann?«

»Ach, Patricia kann schon wieder ein paar Schritte laufen, aber Robert beschwert sich den ganzen Tag, weil der Arzt ihm fettes Essen verboten hat – er soll sich mal nicht so haben, er kommt eh kaum noch aus dem Sessel. Und wie geht es Ihnen?«

»Gut.« Ich richte mich auf und wische mir die Hände an der Hose ab. »Mir geht's prima.«

»Das hängt wohl nicht zufällig mit dem jungen Mann zusammen, der Sie in letzter Zeit ein paarmal besucht hat, oder?« Mrs. Daniels versucht sich an einem verschwörerischen Zwinkern und sieht ganz entzückend dabei aus.

»Sie meinen Lennon – er ist nur ein Freund.«

»Ein sehr netter junger Mann, sehr höflich. Neulich hat er mir die Tür aufgehalten, und ich bin ja nicht die Schnellste. Aber er stand da und wünschte mir einen schönen Tag.« Sie hebt einen Zeigefinger und legt den Kopf etwas schräg. »Ein guter Freund, ja? Nun, wenn Sie meinen ...«

Großartig. Jetzt wird sogar Mrs. Daniels vielsagend.

Sie nickt mir noch einmal freundlich zu und macht sich mit Toto auf den Weg zur Treppe. Obwohl ich es mittlerweile ein wenig eilig habe, halte natürlich auch ich ihr die Tür unten auf.

»Er ist auch ein sehr gut aussehender junger Mann«, sagt sie, während sie an mir vorbei die Stufen zur Straße hinuntersteigt, und ich schüttele lächelnd den Kopf.

———

Später, im Buchladen, fällt es mir schwerer als erwartet, Zara nichts über Freds potenzielle Pläne zu verraten. In erster Linie, weil ich gern mit ihr darüber spekulieren würde, was er wohl plant. Nicht einmal Tobey kann ich einweihen, denn mit Sicherheit würde Zara sich irgendwann fragen, worüber wir die ganze Zeit reden. So sehr es Tobey widerstrebt, zum Ziel romantischer Aktionen zu werden – sobald es andere betrifft, kann er nicht genug davon bekommen.

Unwahrscheinlich, dass Fred schon heute loslegt. Oder? Durchs Schaufenster behalte ich die Straße im Auge. Vielleicht organisiert er ein Live-Orchester und macht dazu einen auf Frank Sinatra. Oder er plant einen Taxi-Konvoi, inklusive eines wilden Hupkonzerts, und sobald Zara nach draußen tritt, steigt Fred aus einer Taxi-Limousine und hält ihr galant die Türe auf. Würde Zara einsteigen? Ich glaube schon.

Gelegentlich hupt es, doch von einem Konvoi ist weit und breit nichts zu sehen. Von einem Orchester auch nicht.

Ich male mir aus, wie in diesem Moment eine Big Band die Straße entlangmarschiert, doch der Mann im Smoking, der die Musiker begleitet und charmant seinen Zylinder antippt, ist irritierenderweise nicht Fred, sondern Lennon.

»Entschuldigung, arbeiten Sie hier?«

Ich zucke zusammen. Zara steht hinter mir und nickt mit hochgezogenen Brauen in Richtung einer älteren Dame, die mit drei Büchern in der Hand und hoffnungsfrohem Blick an der Kasse steht. »Sie hat sich schon zweimal geräuspert – wo bist du denn mit deinen Gedanken?«, fügt Zara halblaut hinzu.

»Sorry.« Ich beeile mich, die Kundin zu bedienen. »Hallo, bitte verzeihen Sie.«

»Ich bin nicht sicher, ob ich dieses Buch hier kaufen will.«
Die ältere Frau legt eines der drei Bücher auf den Tresen. »Was
meinen Sie?«

»Also ... Ich würde sagen, wenn Sie sich noch nicht sicher
sind, denken Sie lieber noch einmal darüber nach.«

Aus den Augenwinkeln sehe ich Zara die Brauen schon wieder heben, und sie hat ja recht. Würden sich meine Gedanken
in diesem Moment nicht um Freds Pläne und obendrein auch
noch um Lennon im Smoking drehen, wäre meine Antwort mit
Sicherheit etwas hilfreicher ausgefallen.

»Aber dann ist es vielleicht weg«, sagt die ältere Dame jetzt.
»Und es gibt nur dieses eine.«

»Falls es jemand anderes kauft, können wir es noch einmal
bestellen«, erwidere ich und lächle dabei besonders freundlich.

»Ja?«

»Ja.«

»Gut, dann ...« Zweifelnd mustert sie die beiden Bücher,
die sie noch in den Händen hält. »Diese könnten Sie auch noch
einmal bestellen?«

»Natürlich.«

»Dann werde ich es mir überlegen.« Sie stapelt die Bücher
ordentlich übereinander. »Auf Wiedersehen.«

Zara tritt vor den Tresen, nachdem sie gegangen ist. »Alles
in Ordnung bei dir?«

»Ja, klar.« Ich räuspere mich und behalte mein besonders
nettes Lächeln vorerst bei. »Sorry, nur ein Mittagstief.«

Zara schüttelt den Kopf, dann sieht sie schnell zu Tobey,
der vor dem Regal mit Spannungstiteln für Kinder ab zwölf

einen Mann berät, und senkt die Stimme. »Mir ist da etwas eingefallen.«

»Wegen Tobey?«, erwidere ich ebenso leise. »Hast du eine Idee?«

»Eventuell ... Du kennst doch Aiden, oder?«

»Du meinst den Sänger? Von den *String Puppets*?«

»Genau. Übernächste Woche spielen sie im *Sava*, und ich wollte vielleicht hingehen, jedenfalls – die Idee ist ein bisschen verrückt, aber ...«

Zara unterbricht sich, weil Tobey auf uns zukommt, und in den nächsten Stunden zerreißt es mich, weil ich nicht nur darüber nachdenken muss, was Fred für Zara plant, sondern auch, was Zara sich wegen Tobey und Matt überlegt hat. Immerhin gelingt es mir, deshalb niemanden länger an der Kasse warten zu lassen als nötig.

Nachdem Tobey gegen fünf gegangen ist – nein, er habe keine Lust, sich später noch irgendwo zu treffen, und ja, er komme klar, vielen Dank –, erfahre ich zumindest von Zara Näheres.

»Es gibt da diesen einen Song, den die *String Puppets* bei jedem Auftritt spielen, *Kimmy Blue*, wo eine Frau ihren Mann verlässt, weil der sie einfach nicht zu würdigen weiß. Und dann sieht er sie irgendwann nach vielen Jahren wieder und bereut alles, aber es ist zu spät. Und ich dachte mir, ich könnte Aiden fragen, ob er vielleicht statt Kimmy und Joe einfach Matt und Tobey singen könnte. Es ist ein wirklich fieser Herzschmerz-Song – niemand kann ihn hören, ohne zu heulen.«

»Du meinst, wir bringen Tobey dazu, mit uns auf dieses Konzert zu gehen, und wenn er das dann hört ...«

»Es wäre einen Versuch wert, oder? Dass es da Parallelen

gibt, kann man nicht abstreiten. Es ist nur die Frage, wie wir es schaffen, dass Tobey mitkommt.«

»Wir sagen ihm einfach, wir hätten die Tickets schon gekauft. Er wird wahrscheinlich nicht begeistert sein, aber ich bin sicher, er bringt es nicht übers Herz, die Einladung dann noch auszuschlagen.«

»Am besten wäre natürlich, Matt käme auch, aber ich habe keine Ahnung, wie man das hinkriegen könnte.«

»Ähm – hallo?«

Wir fahren beide herum. An der Kasse steht eine Frau und schneidet eine verlegene Grimasse. »Ich will Sie beide ja nicht unterbrechen, aber könnten Sie vielleicht ...?«

»Natürlich, Entschuldigung!«

Hastig lässt Zara mich stehen, und ich lächle einen Jungen an, der vom Fantasy-Tisch herüberschaut. Heute ist mal wieder so ein Tag, an dem ein Selbstbedienungskonzept sinnvoll wäre.

Als Zara zurückkehrt, stecken wir noch einmal die Köpfe zusammen.

»Ich glaube, es wäre eigentlich ganz gut, wenn Matt dort nicht auftaucht«, sage ich. »Am Ende verschwindet Tobey, sobald er ihn sieht.«

»Du hast recht.« Zara nickt nachdenklich und rückt dabei die Lesezeichen auf der Theke zurecht. »Gut, also dann rede ich erst einmal mit Aiden. Vielleicht hat sich bis dahin ja alles schon von selbst eingerenkt.«

Ich denke an den gestrigen Abend. »Na ja ...«

»Ich glaub's ja auch nicht. Was hast du heute noch vor?«, fragt sie übergangslos.

»Bisher gar nichts.«

Wir beschließen, im *Fairway* noch schnell alles für ein Curry einzukaufen und gemeinsam bei Zara zu kochen. Und obwohl ich weiß, dass es mehr als nur unwahrscheinlich ist, erwarte ich die ganze Zeit – während wir Möhren, Brokkoli und Tofu in den Einkaufswagen legen und unsere Tüten zu Zara tragen, ja, selbst noch, als wir längst bei ihr in der Küche sitzen und ein versehentlich viel zu scharf geratenes Curry mit jeder Menge Reis kompensieren –, dass Fred plötzlich vor uns steht (womöglich nach einem punktgenauen Fallschirmsprung) und Zara verdammt noch mal endlich ins Kino einlädt.

———

Am nächsten Morgen hält Zara mir unmittelbar nachdem ich das *Unicorns, Starships & Bugs* betreten habe, ihr Handy unter die Nase.

Machen wir doch gern, lese ich, gefolgt von einem Daumenhoch- und zusätzlich noch einem Lach-Smiley.

Die Nachricht stammt von Aiden, dem wir gestern Abend eine lange Message geschickt und dafür noch viel länger nach den richtigen Worten gesucht haben.

»Ich besorge nachher die Tickets«, sagt Zara. »Und dann müssen wir nur noch Tobey davon überzeugen, dass es eine gute Idee ist, mit uns zu diesem Konzert zu gehen.«

»Na, das sollte doch kein Problem sein, oder?« Ich trete an ihr vorbei, um meine Tasche nach hinten zu bringen. »Wo ist Tobey überhaupt? Kommt er später?«

»Ja. Anscheinend hat er sich heute Morgen nicht besonders wohl gefühlt, aber jetzt kommt er doch.«

Wir tauschen einen Blick.

»Klingt wie Sich-verkriechen-Wollen versus Angst-vor-dem-Alleinsein-Haben, wobei Angst-vor-dem-Alleinsein-Haben gewinnt«, sage ich.

»Das fasst es höchstwahrscheinlich perfekt zusammen. Hast du übrigens das hier gesehen?«

Noch einmal werfe ich einen Blick auf das Display. Zara hat die Macy's-App geöffnet.

Rang 1734.

»Sieht ja ziemlich hoffnungslos aus«, stelle ich fest.

»Kann man wohl sagen.«

Wegen Tobeys Trennung hat der Macy's-Wettbewerb in meinen Gedanken in den letzten Tagen kaum mehr eine Rolle gespielt, und mich überfällt deshalb ein schlechtes Gewissen.

»Wenn uns nicht noch irgendetwas Zündendes einfällt, wird das nichts mehr. Die Konkurrenz ist einfach zu stark.« Zara steckt das Handy in ihre Tasche zurück.

»Etwas Zeit haben wir ja noch«, erwidere ich.

»Aber um diesen Sprung noch zu schaffen ...« Zweifelnd legt Zara den Kopf schief. »Na ja. Könntest du mal überprüfen, ob alle bestellten Bücher gekommen sind?«

Es ist nach elf, als Tobey endlich auftaucht, und seine Laune ist, sofern überhaupt möglich, sogar noch schlechter als gestern. Auf Zaras und meine Begrüßung hin murmelt er nur etwas Unverständliches, dann verschwindet er ins Büro und braucht fast zehn Minuten, bis er wieder auftaucht.

»Ich wollte gerade gucken, ob mit dir alles in Ordnung ist«, sagt Zara, als er neben sie an den Tresen tritt.

»Was soll denn sein?«, gibt er mufflig zurück, sieht sich lustlos um und bückt sich nach einem Gummiband, das auf dem Boden liegt. »Hier sieht's ja aus.«

Zara verkneift sich eine Antwort. Stattdessen setzt sie ein strahlendes Lächeln auf. »Wir haben eine kleine Überraschung für dich.«

Misstrauisch sieht Tobey sie an. »Ach ja?«

»Übernächsten Dienstag gibt's ein Konzert im *Sava*, und wir gehen hin. Wir alle«, betont sie. »Du auch.«

»Ich ganz sicher nicht. Vergiss es gleich wieder, Zara.«

»Aber ...«

Tobey hält ihr seinen erhobenen Zeigefinger vor die Nase. »Könntet ihr es einfach mir überlassen, wann ich wieder Lust auf so etwas habe, ja? Danke.« Er lässt Zara stehen und wendet sich einer Kundin zu, die die Buchreihen in einem Regal absucht. »Kann ich Ihnen helfen?«

Zara dreht sich zu mir und reißt die Augen auf. *Hat er sie noch alle?*

Beschwichtigend hebe ich beide Hände, hoffend, dass sie aus meinem Blick irgendetwas in Richtung *Das wird schon noch* herauslesen kann, und außerdem hoffend, dass ich damit recht behalte.

Als es um die Mittagszeit ruhiger wird, wage ich ebenfalls einen Vorstoß.

»Kennst du eigentlich die *String Puppets*?«

»Die Band?« Tobey lehnt mit der Hüfte am Tresen, und nachdem gerade niemand im Laden ist, hat er sein Smartphone hervorgezogen. »Ja, klar.«

»Und magst du sie?«

»Sie sind schon okay, warum?«

»Sie spielen demnächst im *Sava*.«

Jetzt fällt der Groschen, und Tobeys Blick verfinstert sich, weshalb ich hastig weiterspreche. »Wir wollten dir einfach nur eine Freude machen – dich ein bisschen ablenken, verstehst du? Zu Hause grübelst du doch nur die ganze Zeit herum. Ich meine – um nicht ständig über Bennett nachzudenken, bin ich sogar mit Zara ins Fitnessstudio gegangen.«

»Und wenn ich mich richtig erinnere, hast du es bitter bereut.«

»Aber nur, weil ich ungefähr so beweglich bin wie eine Seeanemone.«

»Stimmt doch gar nicht!«, ruft Zara dazwischen.

»Jedenfalls – ein Konzert ist was ganz anderes. Wir hängen ein bisschen ab, trinken was und hören gute Musik.«

»Ich würde euch nur die Stimmung verderben.«

»Ach, Tobey.« Ich trete einen Schritt auf ihn zu, um ihn zu umarmen, überlege es mir aber gerade noch rechtzeitig anders. »Ihr habt mich nach Bennett ertragen, wir haben Zaras Stimmungsschwankungen wegen Fred ertragen, und jetzt bist eben du mal dran.«

Tobey seufzt.

»Oder sitzt du etwa jeden Abend auf dem Sofa und hoffst, dass Matt vorbeikommt?«

»Nein, natürlich nicht«, versichert Tobey so schnell, dass ich wette, er tut es doch. Dann seufzt er wieder und fügt nach einigen Sekunden hinzu: »Ihr hättet mich zumindest vorher fragen können.«

»Du hast recht. Also – hättest du Lust, zusammen mit Zara, und mir auf ein Konzert zu gehen? Ich verspreche, du musst nichts tun, außer dich an einem Glas festhalten und mit dem Kopf wippen.«

Jetzt lächelt er endlich. »Okay, ich denk drüber nach. Und – sorry. Im Moment bin ich unausstehlich, oder?«

»Nur ein bisschen«, erwidere ich im selben Moment, in dem Zara »Aber hallo!« ruft.

Tobey bleibt ihr eine Antwort schuldig, weil in diesem Augenblick zwei Frauen in den Laden treten, die in der Tür noch einige Sekunden stehen bleiben, um sich zur Straße umzuschauen.

»Lustig«, sagt eine der beiden. »Wie lange der wohl schon wartet?«

»Heißt hier jemand zufällig Zara?«, ruft die andere.

»Ja, ich. Wieso?«, erwidert Zara überrascht.

»Oh, echt? Dann steht der Typ da drüben vielleicht deinetwegen auf der Feuertreppe!«

»Welcher Typ?«

Zara geht zur Tür, und ich beeile mich, ihr zu folgen. Im nächsten Moment greift sie nach meinem Arm.

Auf der Feuertreppe des Hauses auf der gegenüberliegenden Straßenseite steht Fred. Und auf dem Transparent, das direkt vor ihm vom Geländer hängt, prangt in großen schwarzen Lettern:

ZARA,
ICH WÜRDE SEHR GERN
MIT DIR INS KINO GEHEN

»Das gibt's doch nicht«, murmelt Zara. »Das ist doch … das ist …«

»Sieht so aus, als hätte Fred sich umentschieden, was?«, sagt Tobey hinter uns. »Ich an deiner Stelle würde mir allerdings gut überlegen, ob ich überhaupt …«

Zara läuft los. Über die zweispurige Straße bis zur Verkehrsinsel in der Mitte und von dort aus über die nächsten beiden Spuren. Für ein paar Sekunden gerät der Verkehr noch mehr als ohnehin schon ins Stocken, Hupen ertönt, und dann sehe ich Zara wahllos auf sämtliche Klingelknöpfe drücken, bevor sie im Hauseingang verschwindet.

»Ich würde sagen, sie hat es sich sehr schnell überlegt«, stelle ich fest.

»Sieht so aus«, erwidert Tobey.

Es dauert ein paar Minuten, bis Zara ebenfalls auf der Feuertreppe auftaucht. Ich würde einiges dafür geben, um zu erfahren, was Fred in diesem Moment zu ihr sagt, denn Zara fällt ihm lachend um den Hals. Tobey und ich applaudieren, ein paar Leute fallen ein, Pfiffe sind zu hören, und jemand brüllt: »Woohooo!«

Ich ziehe mein Smartphone aus der Tasche, um Lennon eine WhatsApp zu schreiben.

Deine Idee hat bestens funktioniert :D

Tobey räuspert sich. »Also dann – den restlichen Tag sind wir nur noch zu zweit, schätze ich.«

Ich werfe einen letzten Blick auf Zara und Fred, die nebeneinander auf der Feuertreppe stehen, die Ellbogen auf dem Geländer abgestützt, die Köpfe einander zugewandt. Selbst von hier aus kann ich sehen, wie Zara geradezu leuchtet, und mein Herz geht auf, für sie, für Fred – und für Lennon.

»Alice?«, ruft Tobey.

»Ich komme.«

Um ehrlich zu sein, habe ich damit gerechnet, dass ich auf meine Nachricht hin schnell von Lennon hören würde. Er hat sie gelesen, doch mit einer Antwort lässt er auf sich warten. Aber vielleicht kommt er ja nachher noch vorbei. Wir könnten zu Hazel gehen und auf den Erfolg seiner Idee anstoßen. Bis zum frühen Abend kontrolliere ich alle paar Minuten mein Handy, und als Tobey schließlich die Tür abschließt und weder eine Nachricht von ihm noch Lennon selbst aufgetaucht sind, ist meine gute Laune um einige Grad heruntergekühlt. Wieso meldet er sich nicht?

»Alles okay bei dir?«, fragt Tobey, der gerade den Rechner ausgeschaltet hat.

»Ja, klar«, behaupte ich.

Ach, was heißt *behaupten* – natürlich ist alles in Ordnung. Ich meine: Zara und Fred, das ist toll! Und Lennon hat vermutlich einfach zu viel um die Ohren. Falls ich bis neun noch nichts von ihm gehört habe, rufe ich ihn an. Und bis dahin könnte ich mal wieder meine Wohnung aufräumen, die hätte es nötig. Oder … ich weiß auch nicht. Vielleicht meldet sich wenigstens Zara, um mir zu erzählen, wie es mit Fred gelaufen ist.

Vor dem Laden verabschiede ich mich von Tobey, dann schiebe ich den Riemen meiner Umhängetasche zurecht, sehe noch einmal auf die andere Straßenseite hinüber zu der mittlerweile verwaisten Feuertreppe und mache mich auf den Heimweg.

Ich habe die 80th Street erreicht, als mein Telefon summt. Hastig ziehe ich es hervor, und es überflutet mich heiß, als ich sehe, dass es Lennon ist.

»Hi. Es hat also alles geklappt«, begrüßt er mich.

»Kann man wohl sagen! Du hättest dabei sein sollen, es war unglaublich. Wie hast du Fred dazu gebracht, sich auf die Feuertreppe zu stellen? Das hätte ich ihm genauso wenig zugetraut wie diese Sonnenbrillen-Aktion.«

»So schwer war das gar nicht. Es ging ja nur darum, dass ein paar Dinge klar werden, ohne dass Fred Zara dabei direkt gegenüberstehen und sie aussprechen muss.«

»Hat funktioniert. Bisher habe ich nichts von Zara gehört, also dürfte sie noch mit Fred unterwegs sein. Oder hat er sich bei dir gemeldet?«

»Nein, auch nicht. Dann haben wir wohl was zu feiern, oder?«

»Auf jeden Fall.«

»Hast du heute Abend vielleicht Zeit?«

»Ja.«

Ich habe Zeit, und zwar für was auch immer, wo auch immer!

»Also, ich hätte eine Idee ...«, beginnt Lennon, und ich strahle eine entgegenkommende Frau so begeistert an, dass sie mir einen verwirrten Blick zuwirft. Lennon hat eine Idee, allein das klingt schon vielversprechend.

»Wann könntest du beim Museum of Natural History sein?«

»In zehn Minuten.«

»Gut, ich warte am Haupteingang auf dich. Bis gleich. Du musst dich nicht beeilen.«

In deutlich gehobener Stimmung überquere ich die Straße und laufe nun die 80th Street hinunter. Was Lennon wohl vorhat? In Gedanken gehe ich die Bars und Restaurants durch, die sich in der Nähe des Museums befinden.

Eins steht jedenfalls fest: Es wird mit Sicherheit ein schöner Abend.

Er steht bereits am Fuß der Treppe, die zu dem ehrwürdigen Portal des Museums führt. Obwohl es nun schon einige Zeit zurückliegt, seit das Reiterstandbild von Theodore Roosevelt demontiert wurde, habe ich mich noch immer nicht an die nunmehr seltsam freie Fläche direkt vor den Stufen gewöhnt.

Lennon geht mir einige Schritte entgegen. »Schön, dich zu sehen.«

»Hi.«

Gut sieht er aus. Ich meine – er sieht immer gut aus, keine Ahnung, wieso mir das in diesem Moment besonders auffällt. Vielleicht bin ich aufgrund der Ereignisse des Tages einfach ein bisschen empfänglicher für alles, was diese leise Sehnsucht in mir hervorruft, und Lennons Lächeln und sein direkter Blick und seine Stimme und was weiß ich noch alles tun das nun mal. Die meiste Zeit über habe ich mich daran gewöhnt, Lennon attraktiv zu finden, ohne Gedanken darüber anzustellen, wie es zwischen uns vielleicht auch sein könnte. Aber es gibt einfach diese Augenblicke, in denen Lennon ganz schön an die Grenzen der Friendzone rückt.

»Und?«, frage ich. »Wo gehen wir hin?«

Mit einer schwungvollen Geste weist Lennon die Treppe hinauf. »Ins Museum.«

»Hat das nicht längst geschlossen?«, frage ich überrascht.

»Doch. Aber ich arbeite hier, du erinnerst dich?« Er folgt mir, während ich die Stufen hinaufsteige.

»Daran erinnere ich mich durchaus, mir war nur nicht klar, dass du geplant hast, heute Überstunden einzulegen«, erwidere ich. »Warst du heute nicht schnell genug, um zu verhindern, dass ein Dinoskelett auseinandergenommen wurde, und jetzt muss ich dir helfen, es wieder zusammenzusetzen?«

»Wenn du Lust darauf hättest, kann ich sicher mal bei einem der Paläontologen anfragen, ob sich das machen lässt.«

»Gute Idee. Sag ihm nur nicht, dass ich schon bei einem Fünfhundert-Teile-Puzzle an meine Grenzen komme.«

Lachend schließt Lennon die Tür auf.

Die riesige Eingangshalle ist hell erleuchtet, liegt jedoch still und verlassen. Ich kenne sie nur voller Menschen, die in langen Schlangen vor den Ticketschaltern warten und dabei Fotos von den beiden enormen Dinosaurierskeletten machen, die einander in der Mitte des Saals kampfbereit gegenüberstehen. Unsere Schritte auf dem Steinboden hallen als Echo von den Wänden wider, und ein Gefühl von Bedeutsamkeit erfasst mich. Artefakte in Museen faszinieren mich auf ganz eigene Weise, dank ihnen reist mein Hirn in der Zeit zurück. Die meisten dieser Dinosaurierknochen sind echt, waren einst ummantelt von Gewebe, Sehnen, Haut, und der Barosaurus hat sich vielleicht tatsächlich schützend vor seinen Jungen aufgebäumt.

»Du bist so still«, durchbricht Lennon meine Gedanken.

»Ich atme Geschichte«, erwidere ich, bereit zu lächeln, sollte er lachen.

»Ich weiß, was du meinst«, sagt Lennon jedoch nur. »Komm mit, hier entlang.«

»Gibt es eine exklusive Abendführung nur für mich?«

»So etwas Ähnliches.«

»Ich finde, in letzter Zeit bist du unverhältnismäßig geheimnisvoll«, sage ich, doch er schenkt mir nur ein leichtes Grinsen.

Wir passieren zwischen zwei deckenhohen Säulen den Punkt, an dem normalerweise die Tickets gescannt werden, und laufen kurz darauf durch die Hall of Biodiversity. Tagsüber sind die Gänge erfüllt von Gesprächen, Rufen und gelegentlichen Lautsprecherdurchsagen, in diesem Moment jedoch sind nur die Geräusche zu hören, die Lennon und ich verursachen. Über uns hängen große Kalmare und Kraken neben Seespinnen und Vögeln mit ausgebreiteten Schwingen, und an den Wänden erläutern riesige Schautafeln hinter Glas Klassifizierungen verschiedener Tiergattungen. Noch bevor wir den Durchgang erreicht haben, über dem mehrere Haie durch die Luft schwimmen, weiß ich, welches Ziel wir haben: Lennon führt mich zum Blauwal.

Obwohl wir bei unserem ersten Treffen darüber gesprochen haben, bin ich seitdem noch nicht wieder im Museum gewesen, und bei der Aussicht, zum ersten Mal seit Langem wieder unter dem Blauwal zu stehen, steigt Vorfreude in mir auf. Fast fühle ich mich wieder wie damals, aufgeregt und zappelig – Granny meinte dazu immer: *In dir ist wohl eine Limonadenflasche umgekippt.* Das trifft es auch heute noch ganz gut.

Beim Näherkommen höre ich über unsere Schritte hinweg ein dunkles, sanftes Rauschen, und dazwischen lang gezogene, tiefe Töne, die durch mich hindurchzuschwingen scheinen. Walgesang. Für einen Moment schließe ich die Augen.

Dann biegen wir nach rechts, und ich sehe den blassgrauen Rücken des Blauwals, mächtig und geradezu surreal groß. Normalerweise scheint alles, was man zuletzt in der Kindheit gesehen hat, im Laufe der Zeit zu schrumpfen, nicht jedoch dieser lebensechte Wal, der trotz seiner gigantischen Masse anmutig unter der ausladenden Glaskuppel hängt.

Wir befinden uns auf einer Empore, die den Raum entlang der Wand umrundet. Durch sie ist es möglich, dem Wal auf Augenhöhe zu begegnen, und als ich an das Geländer trete, den wehmütigen Gesang im Ohr, halte ich unwillkürlich den Atem an. In einiger Entfernung liegt direkt unter dem Wal eine ausgebreitete Decke. Kerzen werfen ihren Schein auf Weingläser, Teller und einen Korb, aus dem ein Flaschenhals ragt. Auch zu Besuchszeiten ist es in diesem Raum nie sehr hell, jetzt jedoch ist ein Großteil der Deckenstrahler ausgeschaltet, und das künstliche Licht der Dioramen an den Wänden erreicht kaum die Mitte der Halle. Die Picknickdecke schwebt wie eine winzige, kerzenerleuchtete Insel in der Dämmerung, und ich stelle mir vor, wie Lennon alles für diesen Moment vorbereitet hat. Nur einen Moment noch halte ich mich am Geländer fest, dann drehe ich mich zu ihm um.

Er steht im Gegenlicht des Durchgangs, das Gesicht im Schatten. Die Hände hat er in den Taschen vergraben, und einen irrationalen Augenblick lang möchte ich meine Stirn gegen seine Schulter legen – nein, ich möchte ihn küssen, das möchte ich. Das wollte ich schon oft, aber noch nie so sehr wie in diesem Augenblick.

»Das ist ein ziemlich ungewöhnlicher Ort für ein Picknick.« Meine Stimme zittert ein wenig, ich höre es selbst.

»Du hast neulich erwähnt, auf deiner Liste sei noch immer der Punkt *Mit Walen tauchen* offen.«

Lennon, könntest du bitte aufhören, ständig zum Dahinschmelzen zu sein?

»Danke.« Mein Mund ist trocken, und ich räuspere mich. Bevor mir meine Ergriffenheit noch deutlicher anzumerken

ist, hake ich mich bei Lennon unter und ziehe ihn zur Treppe.
»Hast du mal darüber nachgedacht, mit deinen Ideen etwas dazuzuverdienen? Es gäbe bestimmt eine Menge Leute, die dir sehr dankbar wären.«

»Bisher noch nicht. Mal sehen, sollten sie mich hier irgendwann nicht mehr wollen ...«

Wer könnte dich nicht wollen?

Ich räuspere mich schon wieder.

Die Picknickdecke ist dick und weich, und als wir uns darauf niederlassen, flackern die Kerzen.

»Vor den Rauchmeldern hast du keine Angst?«, frage ich.

»Solange du nicht auf einem Lagerfeuer bestehst.« Lennon zieht den Wein zusammen mit einem Korkenzieher aus dem Korb und öffnet die Flasche. »Darf ich?«, fragt er.

Ich reiche ihm mein Glas. Er schenkt erst mir, dann sich selbst ein.

»Auf Fred und Zara«, sagt er.

»Auf Zara und Fred.«

Unsere Gläser stoßen aneinander, das zarte Klingen vibriert noch in meinen Ohren, während ich einen ersten Schluck trinke.

»Ich habe Weintrauben eingepackt und Cracker und Datteln und dunkle Schokolade. Wäre da irgendwas für dich dabei?«

»Einfach in dieser Reihenfolge.«

Zum allerersten Mal, seit ich Lennon kennengelernt habe, reden wir nicht viel. Ein bisschen über den Moment, in dem Zara schließlich Fred auf der Feuertreppe entdeckt hat, ein bisschen über die letzte Vorleserunde, die im Planetarium stattfand, und ein bisschen darüber, dass das Wachpersonal einen Bogen um diese Halle schlagen wird, solange wir da sind.

Irgendwann liegen wir nebeneinander auf dem Rücken. Ich habe die Augen geschlossen. Noch immer singen die Wale, und ich tauche mit ihnen, schwebe inmitten eines Ozeans, zusammen mit Lennon.

Wenn ich meine Hand auch nur um einen Millimeter bewege, ist da der Stoff seines Shirts, wären es zwei Millimeter, würde er die Berührung spüren.

»Alice?«

»Mhm?«

»Stell dir vor, der Wal würde jetzt auf uns hinunterstürzen.« Seine Stimme ist ganz sanft. »Würdest du es bereuen, mich nicht geküsst zu haben?«

»Ich bin nicht sicher«, erwidere ich und schlage die Augen auf, sehe Lennons Gesicht über mir.

Ganz eindeutig würde ich es bereuen.

Seine Haut fühlt sich glatt und warm an, als ich eine Hand in seinen Nacken lege, sein Kuss ist zart, forschend. Ich kann sehen, wie seine Lider sich senken, bevor ich selbst die Augen erneut schließe, um mich in dieses Glühen hineinfallen zu lassen, das sich in meinem gesamten Körper auszubreiten beginnt. Sein Mund öffnet sich leicht, und ich komme ihm entgegen, schmecke Wein und Schokolade, wühle meine Finger in seine Haare und inhaliere seinen Duft, seine Wärme.

»Alice«, murmelt er rau, ich küsse ihm die Silben von den Lippen. Sanft gleitet er mit den Fingerspitzen über meine Wangenknochen bis hinunter zu meinem Hals, und als er meinen Mund wieder mit seinem verschließt, fahre ich über seine Wirbelsäule hinweg, spüre die Hitze seiner Haut, seine angespannten Muskeln, und dann weicht er ein winziges Stück zurück, um mich anzusehen, und die Sehnsucht danach, ihn noch einmal und immer wieder zu küssen, mischt sich mit der Verwirrung über das, was in diesem Augenblick geschieht. Was sich verändert.

Als würde Lennon spüren, dass ich zu denken begonnen habe, vergrößert er den Abstand zwischen uns noch einmal um einige Zentimeter, und obwohl ich ihn am liebsten wieder zu mir ziehen möchte, denkt ein anderer Teil in mir unbeirrbar weiter. Will ich das? Will ich meine Freundschaft zu Lennon für diesen einen schwachen Moment, für diesen einen Kuss aufgeben? Alles, was wir bisher zusammen hatten, alles, was wir sind – alles würde sich verändern, wenn wir jetzt weitergehen.

»Du siehst aus, als hättest du Fragen«, stellt Lennon fest.

Für ein paar Sekunden schließe ich die Augen, weil ich mich sammeln muss, und das gelingt mir besser, wenn ich Lennon dabei nicht ansehe.

»Es ist so ...«, beginne ich vorsichtig. »Ich möchte nicht, dass wir irgendetwas verlieren.«

»Wieso sollten wir?« Lennon stützt den Kopf in die Hand. »Könnte es nicht genauso gut sein, dass wir etwas gewinnen?«

»Vielleicht«, erwidere ich zögernd. »Ich muss ... ich glaube, ich muss darüber nachdenken. In Ruhe.«

Und allein. Ohne dabei den Impuls zurückdrängen zu müssen, jetzt und hier einfach fortzuführen, was wir gerade begonnen haben. Statt zu denken.

»Willst du meine Meinung dazu hören?«, fragt Lennon.

»Ja.«

Zärtlich küsst er mich ein drittes Mal, es ist kaum mehr als ein Streifen seiner Lippen, doch ich seufze auf, als er sich zurückzieht.

»Wollen wir gehen?«, fragt er.

———

Zu Hause schlage ich Grannys Buch auf.

10 Gründe, warum man sich in Lennon verlieben könnte. Eine Weile starre ich die Liste an, dann reiße ich die Seite heraus und pinne sie neben den Einkaufszettel an den Kühlschrank.

10 Dinge,
über die ich in meinem Leben
zu viel nachgedacht habe

1. Ob meine Mathematiklehrerin mir geglaubt hat, dass ich vor dem Fenster nur einen Vogel beobachtet habe, statt von Madison abzuschreiben

2. Warum Owen Parker im Sportunterricht mit dem Finger auf mich gezeigt und dabei gelacht hat

3. Was ich anziehen soll

4. Ob ich mich melde oder ob ich es aushalte zu warten, bis er sich meldet

5. Ob ich nicht mit Anthony nach Europa hätte gehen sollen

6. Ob ich jemanden enttäuscht habe

7. Was ich hätte sagen sollen, unmittelbar nachdem der Zeitpunkt vorüber war, an dem ich es hätte sagen können

8. Worüber irgendein Mann wohl nachdenkt und was er vielleicht von mir erwartet

9. Wie etwas, von dem ich sicher war, es sei für immer, von einer Sekunde auf die andere vorbei sein kann

10. Was das nun eigentlich ist, das zwischen mir und Lennon

Kapitel 12

Am nächsten Morgen erwartet mich eine selig lächelnde Zara im Laden, und noch bevor wir offiziell geöffnet haben, hat sie mir alles von ihrem vergangenen Tag erzählt. Wie sie mit Fred ziellos durch die Straßen gelaufen ist, bevor sie sich entschieden haben, dem Dosa-Restaurant in der Columbus Avenue einen Besuch abzustatten, und dass sie danach endlich im Kino waren. Von dem Film weiß Zara allerdings nicht mehr viel.

»Ich dachte, Fred sei so schüchtern«, sage ich.

»Ja, aber ich nicht«, erwidert Zara fröhlich. »Und ich sage dir was: Schüchterne Männer küssen eindeutig am besten!«

»Hm.«

Ich wünschte, ich hätte es nicht geäußert, dieses *Hm*, aber noch während ich zur Tür gehe, um den Laden aufzuschließen, weiß ich, dass ich als Nächstes wohl nicht drumherum kommen werde, Zara von *meinem* Abend zu berichten.

»Was, *Hm?*«, höre ich sie hinter mir. »Wie meinst du das, *Hm?*«

»Es war einfach nur ein *Hm*«, versuche ich es halbherzig.

»Wie in *Hm, glaube ich dir sofort.*«

»Nein, es war skeptisch.« Zara hat sich mit verschränkten Armen gegen das Regal mit den bestellten Büchern gelehnt. »Es war ein *Hm, da habe ich so meine Zweifel.*«

»Hab ich nicht«, beteuere ich. »Ehrlich.«

»Okay, wenn du also mit deinem *Hm* nicht sagen wolltest, dass Fred nicht gut küssen kann – wer küsst dann bitte deiner Meinung nach mindestens genauso gut?«

Manchmal hasse ich es, wenn Zara punktgenau den Nagel auf den Kopf trifft.

»Guten Morgen.«

»Hi, guten Morgen«, erwidere ich dankbar den Gruß zweier Mütter, die sich gegenseitig die Tür aufhalten, um ihre Buggys hereinzuschieben. Zara werfe ich einen *Da kann man nichts machen*-Blick zu. »Tja, also, ich sortiere dann mal die neuen Bücher ein.«

Sie beugt sich zu mir und stellt halblaut fest: »Du hast Lennon geküsst, stimmt's?« Noch während ich mich um einen neutralen Ausdruck bemühe, grinst sie mich an. »Ich will alles darüber wissen.«

Okay, Lennon hat also recht, und ich besitze kein Pokerface. Ich würde mit Zara sogar ganz gern über den gestrigen Abend reden, nur eben noch nicht jetzt. Zunächst müsste ich nämlich wissen, was ich ihr sagen will, nachdem ich alles erzählt habe.

Läuft es auf *Und deshalb könnte ich mir vorstellen, es mit Lennon zu versuchen* hinaus? Oder doch eher auf *Ich glaube, mir wäre lieber, alles bleibt, wie es ist*?

Tobey kommt eine Stunde später, und weil die beiden kurz darauf ewig gemeinsam im Lager stehen, ist klar, dass er zumindest, was Fred betrifft, auf dem neuesten Stand ist. Die Sache zwischen Lennon und mir hat Zara jedoch offensichtlich für sich behalten – es ist unwahrscheinlich, dass es Tobey bis zum späten Nachmittag gelingen würde, keine einzige Bemerkung darüber fallen zu lassen.

Zwischendurch kontrolliere ich unauffällig mein Handy, doch Lennon lässt nichts von sich hören. Wieso sollte er auch – der Ball liegt eindeutig in meinem Feld. Vielleicht schreibe ich ihm nachher eine Nachricht. Einfach irgendetwas Nettes, Unverbindliches. Nur damit er nicht denkt, ich würde bereuen, was gestern Nacht passiert ist. Und er könnte mir dann antworten, damit ich wüsste, dass auch er es nicht bereut. Aber was soll ich ihm schreiben?

»Hallo. Ich würde gern ein Buch abholen, das ich bestellt habe.«

Hastig lege ich das Smartphone zur Seite. Vor mir steht ein junges Mädchen und mustert mich streng.

»Auf welchen Namen?«

Während ich ihr das bestellte Buch aus dem Regal suche, sage ich mir, dass sie mich vermutlich gar nicht streng angesehen hat und ich nur ein wenig durch den Wind bin.

»Hier, bitte sehr.« Ich reiche ihr das Buch und wende mich zur Kasse.

»Aber ... das hat ja gar keinen Farbschnitt!«

O nein. Nicht schon wieder. Ich atme einmal durch. »Das stimmt. Die Farbschnittauflagen sind limitiert, und wenn der Bestand abverkauft ist ...«

»Heißt das, man kann das nicht mehr bestellen?«

»Leider nein.«

»Dann will ich das Buch nicht.« Enttäuscht wirft sie es auf den Tresen. »Das hätte man ja auch mal direkt bei der Bestellung sagen können.«

»Es konnte ja niemand wissen ...«

»Natürlich will man das Buch mit Farbschnitt, wenn es einen gibt!«

»Na ja, manche wollen es auch einfach lesen.«

Diese Antwort trägt mir tatsächlich einen strengen Blick ein, dann stolziert das Mädchen zum Ausgang.

Zara stellt sich neben mich. »Farbschnittdrama?«

Ich nicke, und sie greift mit einem Augenrollen nach dem verschmähten Buch, um es ins Regal einzusortieren.

Ich ziehe das Telefon wieder zu mir heran. Noch immer keine Nachricht. Und ich weiß auch noch immer nicht, was ich Lennon schreiben soll.

Verdammt. Und ich dachte, aus dem Alter, in dem alles ständig ultrakompliziert ist, sei ich hinaus.

———

»Also«, sagt Zara, nachdem sie den Schlüssel in der Ladentür herumgedreht hat. Tobey ist schon am frühen Nachmittag gegangen. »Sag jetzt bitte nicht, dass du gestern endlich etwas mit Lennon angefangen hast und er sich den ganzen Tag noch kein einziges Mal gemeldet hat.«

»Nein, sag ich nicht«, erwidere ich mit einem Seufzen.

»Es sieht aber so aus. Ist alles okay? Du hast heute mindestens hundertmal auf dein Handy geschaut – was also stimmt nicht?«

Die Ereignisse des gestrigen Tages lassen sich mit erstaunlich wenigen Sätzen zusammenfassen, und Zaras Meinung dazu ist deutlich.

»Alice – du verrennst dich da in etwas. Warum gibst du es nicht endlich zu: Du willst doch auch, dass es zwischen Lennon und dir ernster wird.«

Ich lasse mich in eines unserer Knautschkissen fallen und atme aus. Wahrscheinlich hat Zara recht.

Sie zieht sich ein zweites Kissen heran und setzt sich im Schneidersitz mir gegenüber. »Warum also hältst du ihn die ganze Zeit hin?«

»Ich halte ihn nicht hin.«

»Doch, das tust du.«

»Nein. Wir haben darüber gesprochen und ...«

»Spätestens seit letzter Nacht hältst du ihn hin.«

Okay, das stimmt leider.

»Letzte Nacht ist noch nicht wirklich lange her«, erwidere ich lahm.

»Was willst du jetzt machen?«

»Weiß ich noch nicht.«

»Dir ist aber schon klar, dass ihr ohnehin nicht mehr einfach so weitermachen könnt wie vorher, oder?«

»Hör auf, ständig recht zu haben.« Ich lehne mich im Sitzsack zurück. Er ist zu klein, weshalb mein Hinterkopf den Boden berührt. »Meine letzten Beziehungen waren alle irgendwie ... mies.«

»Nur am Ende.«

»Ich will nicht, dass es zwischen Lennon und mir genauso läuft. Auch nicht nur am Ende.« Ich will nämlich kein Ende.

»Heißt das, du bestehst also auf dieser *Freundschaft* ...«

Aus meiner Position heraus sehe ich nur den oberen Teil eines Bücherregals, aber ich kann mir vorstellen, wie Zara die

Hände hebt und imaginäre Anführungszeichen in die Luft malt.

»... und lässt dich nur noch mit Männern ein, bei denen es nicht so tragisch ist, wenn es in die Brüche geht?«

Wäre so etwas möglich, wäre es nicht die schlechteste aller Optionen.

»Im Moment bist du jedenfalls wie dieser fiese Typ, der sich nach dem ersten Kuss einfach nicht mehr meldet«, fügt Zara hinzu und versetzt mir damit einen Stich. »Das mit Bennett war hart und das mit Gabriel davor auch. Aber gerade machst du es euch unnötig schwer. Wirklich. Gib dir einen Ruck. Ihr seid quasi zusammen mit Walen getaucht. Und Fred hat mir erzählt, wessen Idee es war, sich auf diese Feuertreppe zu stellen – was willst du denn noch?«

»Du hast ja recht.« Ächzend richte ich mich auf. »Du hast recht, ich werde ... Ich rede mit ihm.«

»Wann?«

»Wenn ich zu Hause bin, rufe ich ihn an.«

»Mach das. Und danach rufst du mich an, okay? Oder soll ich mitkommen, und wir ...«

»Nein, ich melde mich später bei dir. Ich muss mir erst einmal in Ruhe überlegen, was ich Lennon überhaupt sagen will.«

»Das tust du doch schon den ganzen Tag. Wie wäre es mit: *Hi Lennon, komm vorbei und lass uns da weitermachen, wo wir gestern aufgehört haben?*«

Bei dieser Vorstellung durchläuft mich ein Glühen. Warum eigentlich nicht? Es spricht überhaupt nichts dagegen, abgesehen von irgendwelchen irrationalen Ängsten.

Okay, ganz so irrational nun auch wieder nicht, man denke an Bennett oder auch Gabriel – ach verdammt, Schluss jetzt! Ich werde ihn anrufen, Punkt.

———

Auf dem Weg nach Hause zerbreche ich mir den Kopf über einen geeigneten Gesprächsbeginn.

Lennon, ich habe nachgedacht – wir sollten es einfach probieren.

Nicht besonders enthusiastisch.

Lennon, es ist so: Ich habe ziemliche Angst davor, aber wir sollten vielleicht trotzdem ...

Nein, auch nicht.

Lennon, Zara behauptet, niemand küsse besser als schüchterne Männer, aber ich kann mit Sicherheit sagen ...

Nein! Gott.

Als ich die Wohnungstür aufschließe, fühlt sich noch immer jeder Satz unbeholfen oder künstlich an, manche sind sogar beides. Ich streife mir die Schuhe von den Füßen und werfe meine Tasche aufs Sofa, dann gehe ich in die Küche, um mir die Hände zu waschen und eine Weile in den Kühlschrank zu starren.

Hi Lennon, ich hab's mir überlegt.

Ich werfe die Kühlschranktür wieder zu.

Sinnlos, weiter darüber nachzudenken. Ich werde ihn einfach anrufen. Alles andere wird sich ergeben. Oder sollte ich zu ihm fahren?

Aus dem Wohnzimmer klingelt mein Handy. Sekunden später habe ich es aus meiner Handtasche gezerrt und einigermaßen enttäuscht festgestellt, dass es nicht Lennon ist, sondern Bennett.

»Bennett. Hallo.« Ich mache mir nicht die Mühe, mich aufs Sofa zu setzen. Das hier wird ein kurzes Gespräch. Und danach fahre ich zu Lennon.

»Hi, Alice. Hast du einen Moment Zeit?«

»Eigentlich nicht.«

»Dachte ich mir. Okay, hör zu, ich brauche nicht lange.« Er atmet einmal tief durch. »Du hast absolut recht damit, mich in den letzten Monaten immer wieder abgewimmelt zu haben. Ich war ... Ich denke, ich wollte die ganze Zeit einfach nicht wahrhaben, dass ich es vermasselt habe. Und nicht nur das – ich habe dich verletzt, und das tut mir leid. Das tut mir mehr leid, als du mir vermutlich abnimmst – ich bin ein kompletter Idiot. In der ersten Zeit danach dachte ich noch, dass ich das mit uns einfach beiseiteschieben könnte, ich dachte, ich würde garantiert schnell darüber hinwegkommen – aber du fehlst mir, Alice. Du fehlst mir wie verrückt. Ich vermisse uns beide.«

Jetzt setze ich mich doch. »Bennett ...«

»Können wir uns bitte noch einmal treffen, um über alles zu reden? Nur noch einmal? Ich erwarte nichts, glaub mir, ich möchte nur nicht, dass es so erbärmlich endet, auch wenn ich letzten Endes selbst an allem schuld bin. Ich würde mich einfach nur über ein letztes Gespräch freuen.«

Ach, verdammt. Ich meine – vielleicht schadet es ja nicht, so ein letztes Gespräch. Vielleicht hilft es ja auch mir, wer weiß.

»Na gut.«

Am anderen Ende bleibt es einen Moment still.

»Wow, das ist ...«, sagt Bennett dann. »Danke, Alice. Wann hast du Zeit?«

»Wie wäre es am Wochenende?«

»Klar. Klar, das passt. Freitagabend? Oder lieber am Samstag? Sonntag?«

»Freitag ist okay.«

»Gut, also ... Ich bestelle uns einen Tisch für halb acht im *Temptation*, was hältst du davon?«

»Wie du willst. Bis Freitag dann.«

»Ja, bis Freitag, super. Ich freu mich.«

Ich freue mich nicht wirklich. Aber wenn es noch dieses Treffen braucht, damit Bennett endgültig alles abhaken kann, treffen wir uns eben noch einmal, in Gottes Namen.

Meine Gedanken richten sich wieder auf Lennon. Eine Weile betrachte ich das Telefon in meiner Hand, bis ich endlich seine Nummer antippe. Es klingelt viermal, dann ist er in der Leitung.

»Hi«, sagt er, und allein dieser kurzen Begrüßung ist anzuhören, dass er auf meinen Anruf gewartet hat.

»Hi. Hättest du vielleicht am Samstagabend Zeit?«, komme ich unmittelbar zur Sache. »Wir könnten irgendwo etwas essen gehen, wenn du Lust hast. Oder wir treffen uns bei Hazel.«

»Wie wäre es mit beidem? Ich könnte dich direkt vom Laden abholen.«

»Ja, gern. Und – Lennon? Ich muss dir noch etwas sagen.«

»Ja?«

»Freitagabend treffe ich mich mit Bennett.«

Das müsste ich ihm nicht erzählen. Vielleicht hätte ich es besser gar nicht angesprochen, aber es erscheint mir falsch, es unerwähnt zu lassen.

»Es ist einfach ein letztes Treffen. Um das Ganze endgültig abschließen zu können«, füge ich hinzu.

Kurz bleibt es still. »Damit du endgültig damit abschließen kannst?«, fragt Lennon dann.

»Nein, damit er es kann.«

»Nett von dir.«

Höre ich da Sarkasmus aus seiner Stimme heraus? »Vielleicht war es eine blöde Idee, mich darauf einzulassen, ich weiß es nicht«, erwidere ich. »Aber es geht nicht darum, mir seine Entschuldigungen anzuhören, es ist ...« Ich gerate ins Stocken, weil mir gerade selbst nicht so ganz klar ist, wieso ich einem Treffen mit Bennett vorhin eigentlich zugestimmt habe.

»Musst du überprüfen, ob du wirklich nichts mehr für ihn empfindest?«, fragt Lennon in das Schweigen hinein.

Ich räuspere mich. »Nein. Das ist es nicht.«

»Warum also dann?«

Ja, warum dann? Der unangenehme Gedanke taucht in mir auf, dass Lennon mit seiner Vermutung recht haben könnte. In den letzten Monaten habe ich so oft gedacht, ich sei endlich über Bennett hinweg, aber jedes Mal hat mich dann doch irgendeine Erinnerung wieder eingeholt.

»Vielleicht muss einfach jeder von uns noch einmal alles rauslassen«, sage ich schließlich und füge ein wenig leiser hinzu: »Kannst du das verstehen?«

»Nein.« Ich höre ihn ausatmen. »Kann ich nicht.«

»Lennon ...«

Wieso um alles in der Welt dachte ich, er würde dieses Treffen einfach absegnen? Weil er bisher immer alles verstanden hat? Mir schießt der Gedanke durch den Kopf, wie ich mich fühlen würde, hätte Lennon mir gerade mitgeteilt, er werde sich ein letztes Mal mit seiner Ex-Freundin treffen – ein paar Stunden, nachdem wir uns zum ersten Mal geküsst haben.

O Gott.

Ich bin wirklich wie der fiese Typ, der einfach nicht anruft.

»Vergiss es«, sage ich. »Vergiss es, es war ... Es war eine unfassbar dämliche Idee. Ich rufe ihn an und sage ab.«

»Alice ...«

»Es tut mir leid. Entschuldige, das war unsensibel und ... egozentrisch und ...

»Triff ihn einfach, Alice. Es ist okay.«

»Ist es nicht«, widerspreche ich geknickt. »Ich will nicht wie dieser fiese Typ sein.«

»Welcher fiese Typ?«

»Der, der nach dem ersten Date nicht mehr anruft. Der, der nach dem ersten Kuss plötzlich Zweifel hat.«

»Das mit dem Zweifel überhöre ich, dafür merke ich mir, dass wir also endlich ein Date hatten.« Seinen Worten folgt ein leises Lachen. »Triff ihn, Alice. Und wir sehen uns am Samstag. Um ehrlich zu sein – ich will auch, dass du dir über ein paar Dinge endlich klar wirst.«

Nachdem wir uns verabschiedet haben, sitze ich ziemlich lange da, sehe die Umrisse der Feuertreppe vor dem Wohnzimmerfenster mit der zunehmenden Dämmerung verschmelzen und versuche, das Gefühl zu verdrängen, dass dieses Treffen mit Bennett vielleicht nicht zu den besten Entscheidungen meines Lebens gehören könnte.

Zara und Tobey sind diesbezüglich komplett gegenteiliger Meinung. Am nächsten Abend sitzen wir für einen Feierabendrink im *Mr. Sniffles*, und während Zara einfach nicht fassen kann, dass ich es riskiere, Lennon wegen Bennett vor den Kopf zu stoßen, zuckt Tobey nur mit den Schultern.

»Das muss eine Beziehung aushalten können«, sagt er.

»Der Punkt ist aber nun mal: Sie haben gar keine Beziehung«, hält Zara dagegen.

»Dann erst recht – würde Lennon ihr schon jetzt nicht vertrauen, wie soll es dann erst werden, wenn sie zusammenkämen?«

»Du würdest es also okay finden, wenn Matt sich mit einem Ex-Freund trifft, um herauszufinden, ob er nicht doch noch was von ihm will?«, fragt Zara.

»Lass Matt da raus, okay?«, erwidert Tobey im gleichen Moment, in dem ich sage:»Na ja, so ist es ja nun auch nicht.«

»Sorry«, sagt Zara. Das gilt Tobey.»Wie ist es denn dann?« Das gilt mir.

»Es geht nicht um die Frage, ob ich noch etwas von Bennett will. Das will ich ganz sicher nicht. Aber ich möchte wissen, wie sehr es mich noch immer ... emotional beeinflusst, ihn zu sehen. Und ob ich ... na ja, wirklich bereit für etwas Neues bin.«

Ich sehe mich Tobeys verständnisvollem und Zaras skeptischem Blick ausgesetzt.

»Wie auch immer – lasst uns über etwas anderes reden. Erzähl von Fred.«

Augenblicklich wird Zaras Miene weicher.»Wir wollen am Wochenende ins MoMA und uns eine Ausstellung von einem

Künstler ansehen, der sich in seiner Arbeit mit Massenmedien, Gender und Gewalt auseinandersetzt. Ich glaube, dass ...«

Es fällt mir schwer, mich auf Zaras Ausführungen zu konzentrieren. Was Lennon wohl gerade macht? Vielleicht sollte ich mich nachher noch mal kurz bei ihm melden, um ... um ... ja, warum?

Morgen Abend sehe ich Bennett, und bevor dieses Treffen nicht stattgefunden hat, wäre alles, worüber Lennon und ich reden könnten, ein Stattdessen-Thema.

»Soweit ich weiß, dated Matt übrigens jemand Neuen.«

»Bitte?« Tobeys Worte katapultieren mich aus meinen Gedanken. »Was?«

Er nippt an seinem Moscow Mule als habe er nicht gerade eine Bombe platzen lassen. »Hab ich nur gehört, keine Ahnung, ob wirklich etwas dran ist.«

Zara und ich tauschen einen schnellen Blick.

»Von wem hast du das gehört?«, frage ich.

»Von Ethan. Einem gemeinsamen Freund. Er hat Matt am Wochenende mit jemandem gesehen und meinte, es sei ziemlich zur Sache gegangen. Tja.« Tobey macht eine wegwerfende Handbewegung. »Das war's jetzt also wirklich.«

»Das tut mir leid.« Damit wäre unser Plan für nächste Woche wohl hinfällig.

»Mir auch. Brauchst du irgendwas?«, will Zara wissen.

»Tröstet mich einfach nicht, okay? Das habe ich auch schon zu Ethan gesagt – ich komme besser damit klar, wenn keiner versucht, mich voller Mitleid zu umarmen. Es ist schon okay.«

Moment – das hat jetzt etwas von einer sehr simplen Rechenaufgabe. »Du meinst – Ethan hätte dich ganz gern getröstet, oder wie?«

Auf meine Worte hin schleicht sich ein wachsamer Zug in Zaras Gesicht. »Alice hat recht – bist du sicher, dass du diesem Ethan vertrauen kannst? Vielleicht passt es ihm ja ganz gut, dass du nicht mehr mit Matt zusammen bist.«

Ein paar Sekunden denkt Tobey darüber nach. »Ich habe in letzter Zeit viel mit ihm darüber gesprochen«, beginnt er zögernd. »Nein, kann ich mir nicht vorstellen. Wie gesagt, er ist ein Freund von uns beiden, von mir und von Matt. Er würde die ganze Sache nicht ausnutzen.«

Die Tatsache, dass Tobey nicht hundertprozentig überzeugt scheint, verstärkt mein Misstrauen noch. »Wann hast du mit Matt zum letzten Mal gesprochen?«

»Als er ein paar Sachen abgeholt hat. Ist schon eine Weile her.«

»Tobey ... nehmen wir mal an, Ethan sagt die Wahrheit – wäre das wirklich okay für dich?«

»Nein, natürlich nicht«, platzt es aus ihm heraus. »Aber wenn er sich so schnell mit jemand anderem tröstet ...«

»An deiner Stelle würde ich die Behauptung von diesem Ethan erst mal überprüfen«, sagt Zara.

»Ach, selbst wenn er übertrieben hätte – Matt hat sich seit fast drei Wochen nicht mehr gemeldet.«

»Du dich ja auch nicht bei ihm«, wende ich ein.

»Ja, aber das ist ... Das ist etwas anderes, weil nämlich er ... Es liegt einfach nicht an mir, den ersten Schritt zu tun, versteht ihr? Matt ist abgehauen, weil er es übertrieben fand, auf meine Gefühle Rücksicht zu nehmen, und ... Ach, ist ja auch egal.«

Tobey kippt den letzten Rest seines Drinks in sich hinein und steht auf. »Ich muss los, sorry.«

Er stapft aus Hazels Bar, ohne auf eine Erwiderung zu warten, und Zara und ich sehen uns an.

»Ich würde nicht sagen, dass wir unseren Plan für nächste Woche abblasen sollten. Du?«, frage ich.

»Ich auch nicht.«

Es ist nicht einmal halb neun, als ich in meiner Wohnung ankomme. Nachdem Tobey die Flucht ergriffen hat – anders kann man das wohl nicht nennen –, war die Luft raus. Eine Weile räume ich unmotiviert herum, falte Wäsche zusammen und beziehe das Bett neu, bis ich jegliche sinnvolle Beschäftigung aufgebe und mich vor dem Fernseher fallen lasse. Während auf dem Bildschirm Wednesday Addams ihre ersten Bekanntschaften mit den Schülerinnen und Schülern der Nevermore Academy schließt, denke ich an Tobey und Matt und an Lennon, kurz an Zara und Fred und an Lennon, schließlich ein wenig länger an Bennett und dann wieder an Lennon. Am Ende der ersten Folge gehe ich in die Küche, um mir etwas zum Knabbern zu holen, doch erst auf dem Weg zurück ins Wohnzimmer, die Hand bereits in der Chipstüte, fällt mir der weiße Umschlag auf, der offenbar unter der Tür durchgeschoben wurde. Überrascht lasse ich die Tüte sinken. Seit wann liegt der denn hier?

Ich lege die Chips beiseite und bücke mich nach dem Umschlag. Er ist nicht zugeklebt, und es ist nur ein gefaltetes Blatt Papier darin. *10 Dinge, die dich wundervoll machen.*

Was ...

Dein Lachen, lese ich als ersten Punkt. *Wenn du lachst, möchte ich dich in meine Arme nehmen, jedes Mal.*

Ich setze mich auf den Boden, weil meine Beine sich plötzlich merkwürdig schwach anfühlen.

Deine Augen. Deine Haare. Deine Hände. Alles, was ich sehen, berühren, fühlen kann.

Deine Art, Dinge zu erzählen, wie du deine Worte mit Gesten unterstreichst, und dass du manchmal rückwärtsläufst, um mich ansehen zu können, während du mir das Neueste aus dem Buchladen berichtest.

Dein Humor. Gott, ich liebe deinen Humor.

Mein Herz rast, und ich atme tief ein, um es daran zu hindern, sich in der nächsten Sekunde zu überschlagen. Ich sehe Lennon vor mir, wie er diese Liste schreibt, denn sie ist von Lennon, natürlich ist sie von ihm.

Dein Duft, an den ich mich erinnern kann, selbst wenn du gar nicht da bist.

Dein Gesicht, wenn du zuhörst, dein Gesicht, wenn du lächelst. Dein Gesicht, wenn du von deiner Grandma redest. Ich überlege manchmal, wie dein Gesicht wohl aussieht, wenn du schläfst, und bin sicher, läge ich neben dir, ich würde nicht schlafen können, weil ich dich ansehen müsste.

Die Entschlossenheit, mit der du um ein Haar hinter Toto her in den See gesprungen wärst.

Ich lache auf. O Gott, dieser Tag.

Die Wärme in deiner Stimme, wenn du von deinen Freunden sprichst. Ich stelle mir vor, dass du so auch klingst, wenn du von mir redest. Ich hoffe es.

Diese Momente, wenn du dir mit einem Finger über deine Lippen fährst, während du nachdenkst.

Unsere Nacht im Museum. Ich werde nie wieder die Halle mit dem Blauwal betreten können, ohne an dich zu denken. Er lässt dich grüßen.

Eine Sekunde noch hängt mein Blick an den letzten Zeilen fest, dann springe ich auf. Schuhe. Schlüssel. Tür aufreißen, und dort, im Hausflur, steht Lennon.

»Hi«, sagt er, zu mehr kommt er nicht.

Ich pralle so heftig gegen ihn, dass ein dumpfes Krachen zu hören ist, als wir gemeinsam neben der Tür von Mrs. Daniels gegen die Wand stolpern. Ihn zu küssen ist das eine, ihn am Shirt zu packen und in meine Wohnung zu ziehen, ohne unseren Kuss zu unterbrechen, das andere. Eine Sekunde noch sehe ich Mrs. Daniels, die einen neugierigen Blick in den Hausflur wirft, dann fällt die Tür ins Schloss.

Das, was in diesem Moment geschieht, wollte ich die ganze Zeit unbedingt vermeiden – nein, *erst* wollte ich es vermeiden. Dann hinauszögern. Und jetzt – jetzt möchte ich am liebsten alles auf einmal. Ihn ansehen, sein schönes Gesicht mit den graugrünen Augen, die in diesem Moment dunkler sind als gewöhnlich. Mit beiden Händen über seine Hüften, seinen flachen Bauch, über seinen Rücken streichen, während er sein Shirt in einer einzigen Bewegung über den Kopf zieht und beiseitewirft. Ich will meine eigenen Sachen loswerden, um seine Haut an meiner zu spüren, hebe die Arme, damit er mir das Top abstreifen kann, fühle das zarte Geräusch, mit dem mein BH sich öffnet, mehr, als dass ich es hören würde. Lennon küsst mich, als habe er endlos lange darauf gewartet, und ich küsse ihn zurück, beide Arme um seinen Nacken geschlungen. Er stöhnt leise auf, als ich mich gegen ihn presse, und mich durchrieselt ein Schauer, der mich bis in die Fingerspitzen hinein auflädt.

Diesmal reden wir nicht, zumindest nicht viel. Wir schaffen es ins Schlafzimmer, wobei unser Weg von herabfallenden Kleidungsstücken gesäumt wird, und erst dort fällt mir auf, dass etwas Entscheidendes fehlt.

»Geh auf keinen Fall weg«, flüstere ich und richte mich auf. Lennon fasst nach meiner Hand. »Wo willst du hin?«

»Falls du nicht extrem vorausschauend warst und verhütungstechnisch vorgesorgt hast ...«

Er seufzt. »War ich nicht.«

Mit einem halben Lachen beuge ich mich noch einmal über ihn, küsse seine Unterlippe, sein Kinn, seinen Hals, dann reiße ich mich los.

»Bin gleich wieder da.«

Im Bad befördere ich den Inhalt des Schränkchens unter dem Waschbecken auf den Boden. Wo sind die Dinger? Irgendwo hier müssen sie sein, sie liegen dort schon seit Ewigkeiten, wo also stecken sie jetzt? Binden, Tampons, Kosmetikzeugs, Shampooflaschen, eine angebrochene Packung Hennaglanz, und dahinter – Gott sei Dank – klemmt die Schachtel, die ich suche.

Ich lasse alles liegen und eile zu Lennon zurück, um weiterzumachen, wo wir gerade aufgehört haben.

Mit geschlossenen Augen genieße ich die federleichten Küsse, die er von meiner Schläfe bis hin zu meinem Mund verteilt und atme scharf ein, als er mit der Zunge über meine Unterlippe fährt. Ich vergrabe beide Hände in seinen weichen

Haaren, sein Herz schlägt hart gegen meine Brust, und jeder Quadratzentimeter Haut, über den seine Finger streichen, beginnt zu glühen.

In meinem ganzen Leben habe ich noch nie so viel Vertrauen und zugleich so viel Sehnsucht verspürt, wenn ich zum ersten Mal mit jemandem geschlafen habe. Jede Bewegung ist neu, ich möchte jedes Gefühl festhalten, um es noch länger, sehr viel länger auszukosten, und doch ... Es ist Lennon.

Ich habe nicht gewusst, dass es auch so sein kann. So nah. So intensiv. So ausschließlich.

Irgendwann sehr viel später liegen wir da, die Gesichter einander zugewandt, seine Stirn berührt meine.

»Ich dachte, Reden sei das, was wir am besten können«, murmele ich. »Stimmt aber gar nicht.«

10 Dinge,
die ich verdammt noch mal bereue

1. Den Moment, in dem ich auf die dünne Eisschicht der Regentonne in Grannys kleinem Garten gestiegen bin, weil ich überzeugt war, sie würde mich tragen

2. Nicht mutig genug gewesen zu sein, Thomas nach seiner Zettelchen-Aktion zu fragen, ob er jetzt mein Freund sei, statt seinen Rückzug einfach so hinzunehmen

3. Mich nie getraut zu haben, etwas dagegen zu unternehmen, dass ein paar Jungen in meiner Klasse in jeder Stunde unseren Deutschlehrer, den netten und völlig hilflosen Mr. Helmet, ärgerten

4. Auf die selten dämliche Wette eingestiegen zu sein, einen Police Officer zu fragen, ob er mir Feuer geben könne, und ihm dabei einen Joint hinzuhalten (es war nicht mal mein Joint, aber Granny war trotzdem nicht amüsiert)

5. Nie wieder mein Harry-Styles-Tour-Shirt getragen zu haben, nachdem Madison sagte, es sei peinlich

6. All die Stunden, in denen ich mir Sorgen wegen irgendetwas gemacht habe, das dann doch nicht eingetreten ist

7. Gefühlt ein Jahr meines Lebens mit Candy Crush verdaddelt zu haben, bevor es mir endlich gelungen ist, diese Sucht zu besiegen

8. Grannys Kleidung nach ihrem Tod komplett weggegeben zu haben – sogar ihren selbst gestrickten weinroten Schal

9. Jedes einzelne Mal, wo ich Ja sagte und Nein dachte und Nein sagte und Ja dachte

10. Mich ein letztes Mal mit Bennett getroffen zu haben

Kapitel 13

Das *Temptation* befindet sich in einer ehemaligen Lagerhalle in der Nähe des East Rivers in Brooklyn. Bennett und ich waren hier schon häufiger essen, und in dem Moment, in dem ich das Restaurant betrete, wünschte ich, ich hätte auf etwas neutralerem Boden bestanden.

Ich habe sein Angebot, mich abzuholen, ausgeschlagen, um nicht die unausgesprochene Vereinbarung einzugehen, zusammen mit ihm auch wieder zurückfahren zu müssen, und er sitzt bereits an einem der runden Tische, die unter einem Meer von Lampen stehen. Es sind Hunderte kleiner Glaskugeln, die in unterschiedlichen Höhen hängen. Ihr Licht lässt den polierten Holzboden schimmern und verleiht den Samtpolstern auf den Stühlen einen sanften Glanz.

»Signora Alice!« Edoardo kommt auf mich zugeeilt. Er ist ein kleiner Mann mit dichtem, schwarzem Haar und einem sorgfältig getrimmten Oberlippenbart, der jeden einzelnen seiner Gäste persönlich zu kennen und – was ihn so außerordentlich liebenswert macht – auch zu mögen scheint.

»Es ist so schön, Sie mal wieder zu sehen!« Mit einem galanten Kopfnicken reicht er mir die Hand, umfasst leicht meine Finger und führt mich höchstpersönlich zum Tisch.

Als Bennett mich entdeckt, steht er auf. »Hi, Alice.«

Er lächelt mir mit einer Selbstverständlichkeit entgegen, als unterscheide sich dieser Abend in nichts von denen, die wir zuvor schon hier verbracht haben. Ich weiß nicht, warum ich gedacht habe, es müsse sich anders anfühlen – ich meine: Es ist Bennett. Etwas anderes als nonchalante Selbstsicherheit kann er gar nicht.

»Hallo.«

Obwohl er die Arme leicht gehoben hat, lasse ich mich schnell auf dem Stuhl ihm gegenüber sinken. Vertraulichkeiten scheinen mir definitiv fehl am Platz.

»Bitte sehr.« Edoardo breitet schwungvoll zwei Karten vor uns aus. »Darf ich schon einen Wein bringen? Und eine große Flasche Wasser? Wie immer?«

»Ja, gern«, sagt Bennett. »Und die Auberginenröllchen mit Oliven.«

»Kommt sofort. Sofia!«

Er eilt davon, um die Bestellung an eine seiner Kellnerinnen weiterzureichen.

Bennett lehnt sich auf seinem Stuhl zurück. »Ich freue mich sehr, dass du da bist.«

Kurz denke ich darüber nach, welche Erwiderung darauf angemessen wäre, dann zucke ich innerlich mit den Schultern. »Du hättest mich meine Vorspeise ruhig selbst aussuchen lassen können.«

Das trägt mir einen verdutzten Blick ein. »Aber wir essen hier doch immer die Aubergine?«

»Wir essen sie immer, weil du sie immer bestellst – seit du sie beim ersten Mal vorgeschlagen hast.«

»Ist das so?« Bennett runzelt die Stirn. »Aber als wir zum

zweiten Mal hier waren, habe ich dich doch sicher gefragt, ob wir sie wieder nehmen wollen, oder nicht?«

Doch, das hat er, muss ich zugeben. Er hat gefragt, ich habe zugestimmt, und damit waren die Auberginenröllchen bis in alle Ewigkeit eine beschlossene Sache.

»Möchtest du etwas anderes? Noch können wir es sicher ändern.«

Nein, liegt es mir auf der Zunge. *Nein, es passt schon.*

»Ja«, sage ich. »Ich denke, ich hätte lieber die Peperonata.«

Bennett starrt mich an.

Ich schenke ihm ein Lächeln, von dem ich hoffe, dass es nicht allzu entschuldigend ausfällt, und drehe mich nach einer der Kellnerinnen um.

Minuten später habe ich nicht nur meine Peperonata bestellt, wir haben uns auch beide für ein Hauptgericht entschieden, und der Wein steht auf dem Tisch.

»Also dann«, sagt Bennett und hebt sein Glas. »Auf diesen Abend. Danke, dass du gekommen bist.«

Okay, was soll das hier eigentlich werden? Ich lasse mein Glas unberührt.

»Bennett – hatten wir nicht vereinbart, dass das hier ein abschließendes Gespräch zwischen uns wird?«

»Doch, natürlich. Aber deshalb darf ich mich doch wohl trotzdem freuen, dich zu sehen, oder?«

Ich trommele mit den Fingern auf dem Tisch und lege schließlich die Hände in den Schoß. Nach der letzten Nacht habe ich eine Million Mal darüber nachgedacht, Bennett abzusagen, und jetzt, wo ich hier sitze, wünschte ich, ich hätte es getan.

Ich wollte wissen, ob es noch irgendetwas gibt, das mich nicht loslässt, doch wenn ich Bennett in dieser Sekunde ansehe, bleibt in mir alles ruhig.

Es ist wirklich vorbei. Endgültig.

Jetzt wäre da nur noch das, was Bennett offenbar unbedingt noch loswerden muss, doch damit scheint er es nicht eilig zu haben. Die nächsten zwanzig Minuten verstreichen mit zunehmend anstrengender werdendem Small Talk. Ich bin dankbar, als Sofia unsere Vorspeisenteller bringt, weil ich mich anschließend an der Gabel festhalten kann, und ich habe das erste Glas Wein bereits geleert, als sie unsere leeren Teller wieder einsammelt.

»Ich hoffe, es hat geschmeckt?«

»Ja, vielen Dank«, entgegne ich und fühle mich unhöflich, weil die Peperonata mehr als nur das verdient hätte.

»Also gut.« Ich wende mich Bennett zu, nachdem Sofia verschwunden ist. »Du wolltest etwas sagen – was?«

»Was ist denn los mit dir?« Bennett tupft sich den Mund mit der Serviette ab, dann schenkt er mir Wein nach. »Bist du hier, um zu streiten?«

»Nein, ich ...«

»Signorina, sizilianische Caponata, bitte sehr.« Edoardo stellt mit schwungvoller Geste einen nach herrlich aromatischen Tomaten duftenden Teller vor mich. »Und einmal Spaghetti all'aglio, olio e peperoncino – buon appetito!«

»Danke.« Ich vermeide es, Bennett anzusehen. Ganz sicher bin ich nicht hier, um mit ihm zu streiten. Ich bin aber auch nicht gekommen, nur um so zu tun, als habe sich überhaupt nichts zwischen uns verändert.

»Alice?« Bennetts Stimme klingt ein wenig heller als gewöhnlich. »Also gut, dann ... Ich wollte eigentlich bis nach dem Hauptgang damit warten, aber ...« Er legt sein Besteck zur Seite. »Wo fange ich an?«

Zum allerersten Mal an diesem Abend ist ein Hauch Unsicherheit an ihm zu spüren, und das ist der Grund, aus dem ich ebenfalls die Gabel sinken lasse.

»Ich glaube, ich hab's einfach mit der Angst gekriegt.«

»Bitte?« Er sagt das, als sei diese Aussage selbsterklärend, ist sie aber nicht, zumindest nicht für mich. »Wie meinst du das?«

»Ich meine damit ... Das zwischen uns nahm Formen an ... Ich hatte irgendwann das Gefühl, wir bewegen uns auf etwas zu, für das ich mich einfach noch nicht bereit gefühlt habe. Das heißt – auf der einen Seite wollte ich es, ich wollte, dass es ... ernster und ... ich weiß nicht ... dass es tiefer wird, ich wollte es, und gleichzeitig dachte ich, ich müsse die Notbremse ziehen, weil ich ... Ich bin nicht ...«

Er sucht nach Worten, während ich ihn anstarre. Er ist also mit Mindy ins Bett gestiegen, weil es ihm zwischen uns zu ernst wurde? Verstehe ich das richtig?

»Weißt du, Alice ...« Bennett greift nach seinem Weinglas und stellt es wieder hin. »Ich bin irgendwann morgens aufgewacht und habe dich angesehen. Du hast noch geschlafen, und etwas in mir ist ... irgendwie übergeflossen.« Er lacht, nur kurz und ganz und gar nicht selbstsicher. Und obwohl Bennett in dieser Sekunde vielleicht so ehrlich ist und sich so verletzlich zeigt wie selten zuvor, muss ich an Lennon denken. *Manchmal überlege ich, wie dein Gesicht wohl aussieht, wenn du schläfst.*

»Ich dachte, ich will für den Rest meines Lebens mit dir zusammen sein.« Jetzt nimmt er sein Glas doch und trinkt einen Schluck, stellt es wieder beiseite. »Ich dachte: *Sie ist die Richtige.* Weißt du? Und das ... ich denke das immer noch.«

Stille breitet sich zwischen uns aus, in der ich die anderen Gäste leise reden höre. Jemand lacht, da ist das Kratzen von Besteck auf Porzellan und dazwischen Edoardos fröhliches »Buonasera!«.

»Und trotzdem hast du ...« Ich schlucke, weil meine Stimme sehr viel spröder klingt, als ich es mir wünschen würde. »Du hast ...«

»Ja«, sagt Bennett leise. »Ich habe an diesem Nachmittag Mindy getroffen. Und einfach Mist gebaut. Es tut mir so verflucht leid, Alice. Wenn du wüsstest, wie leid es mir tut, ich ... Wenn ich könnte, würde ich die Zeit zurückdrehen.«

In einem ersten Impuls möchte ich antworten: *Ich auch.*

Aber das tue ich nicht. Denn ich will es gar nicht.

Nicht mehr.

»Verzeih mir bitte, dass ich so unendlich dumm war.« Bennett hebt eine Hand, lässt sie hilflos wieder fallen. Er ist blass, nervös fährt er sich durch die Haare, und das Lächeln, das er jetzt aufsetzt, ist nur ein schwacher Abglanz seines üblichen 100 000-Dollar-Grinsens.

Ich nicke. Zuerst langsam, dann entschlossener. »Okay«, sage ich. »Ich verzeihe dir.«

Etwas Festes, Bitteres in meinem Inneren beginnt an den Rändern auszufransen, wird dünn und durchsichtig. Wenn es für irgendetwas gut war, heute hierherzukommen, dann dafür.

In Bennetts Augen ist etwas aufgeflackert, ich erkenne es ganz deutlich, ohne dass ich zu fassen bekäme, worum es sich handelt. Freude? Erleichterung?

»Ist mit dem Essen alles in Ordnung?« Edoardo erscheint an unserem Tisch.

»Ja, danke«, beeile ich mich zu versichern. Erneut hebe ich die Gabel, um ein Stück Sellerie aufzuspießen. »Es ist alles wunderbar.«

»Ah ... Dinge müssen besprochen werden, nicht wahr?« Edoardo tippt sich mit einem verschwörerischen Zwinkern an die Schläfe. »Natürlich.«

Irritiert sehe ich ihm hinterher, als er wieder geht, bevor ich den Bissen zum Mund führe.

Bennett räuspert sich. »Könntest du dir vorstellen ... Ich meine – könntest du dir vorstellen, es noch einmal zu versuchen?«

»Was?« Fast hätte ich mich am Sellerie verschluckt.

»Wir könnten es langsam angehen lassen ... oder auch nicht.« Bennett fasst über den Tisch hinweg nach meiner Hand, und ich blinzele, zu überrascht, um meine Finger unter seinen wieder hervorzuziehen.

»Bennett ...«

Im nächsten Moment löst sich sein Griff, doch noch bevor ich dankbar dafür sein kann, geschieht etwas noch viel Schlimmeres: Er rutscht vom Stuhl und sinkt auf ein Knie.

»Alice ... Könntest du dir vorstellen, mich, den größten Idioten aller Zeiten, zu heiraten?«

Eine Frau beginnt zu singen. Verstört sehe ich hinter mich. Sie steht neben ihrem Stuhl, und jetzt klatscht sie auch noch in die Hände. Der Typ neben ihr erhebt sich ebenfalls und fällt in ihren Gesang ein.

»It's a beautiful night, we're looking for something dumb to do – hey, baby« Ihre Zeigefinger deuten auf mich. »I think I wanna marry you!«

Noch mehr Leute verlassen ihre Plätze, und aus dem fröhlichen Wippen, das bisher das Geklatsche begleitet hat, wird ein noch fröhlicherer Stehtanz.

»Is it the look in your eyes or is it this dancing juice? Who cares baby, I think I wanna marry you!«

Panisch sehe ich zu Bennett, der noch immer vor mir kniet. In seiner Hand hält er inzwischen eine schwarze Schachtel, und noch ein wenig panischer starre ich auf den Ring, der mir entgegenglitzert. Aber ...

An der Bar schwingt Edoardo die Hüften und klatscht begeistert mit. Neben ihm liegt ein riesiger Strauß roter Rosen auf dem Tresen, und Sofia weicht einem Pärchen aus, das von einem der hinteren Tische aufgestanden ist und sich jetzt tanzend in unsere Richtung bewegt.

Mir wird schlecht.

»Don't say no, no, no, no, no – just say yeah, yeah, yeah, yeah, yeah! And we'll go, go, go, go, go, if you're ready, like I'm ready!«

»Alice.«

Ich reiße meinen Blick von den zwischen den Tischen steppenden Tänzern los.

In diesem Moment hat Bennett – der selbstsichere, lässige, der stets über den Dingen schwebende Bennett – etwas von einem übergroßen Teddybären.

»Cause it's a beautiful night, we're looking for something dumb to do.« Ich sehe, wie seine Lippen diese Worte formen.

»Hey baby, I think I wanna marry you.«

Kopflos springe ich auf, mein Stuhl kippt nach hinten.

»Nein! Es tut mir leid, es tut mir wirklich leid, aber – nein, Bennett! Nein, ich will dich nicht heiraten!«

Und dann renne ich quer durchs Restaurant und auf die Straße hinaus.

———

Schon nach wenigen Metern halte ich inne. Ich kann doch nicht ... Verdammt, ich kann doch Bennett jetzt nicht einfach so sitzenlassen.

Ich sehe mich um.

Aber ich kann auch nicht zurückgehen. Ach, Bennett, verflucht!

In diesem Moment tritt er aus dem Restaurant heraus. Er entdeckt mich sofort, und für einen Moment frieren seine Bewegungen ein. Dann kommt er langsam auf mich zu, und ich muss mich zusammennehmen, um nicht gleich wieder die Flucht zu ergreifen.

Unmittelbar vor mir bleibt er stehen. Wenn er vorhin blass war, so ist er jetzt nahezu weiß.

»Warum ... wieso, Alice?«

»Wieso? Das fragst du mich allen Ernstes?« Ich schnappe nach Luft. »Es sollte ein abschließendes Gespräch werden, Bennett! Ich habe mich heute mit dir verabredet, um das zwischen uns vernünftig zu einem Ende zu bringen. So haben wir es vereinbart, und du hast etwas völlig anderes daraus gemacht! Was um alles in der Welt hast du denn erwartet?«

Er steht nur da, mit hängenden Schultern und diesem fassungslosen Ausdruck in seinem Gesicht.

»Bennett.« Am liebsten möchte ich ihn packen und schütteln. »So funktioniert das einfach nicht. Du kannst mir nicht erst vorgaukeln, dass du nur ein paar letzte Dinge loswerden willst und mir dann aus heiterem Himmel einen Antrag machen!«

»Wie hätte ich es sonst tun sollen? Hätte ich noch warten sollen oder …«

»Nein! Gar nichts hättest du tun sollen! Dich daran halten, dass das heute ein Abschiedsessen werden sollte, das hättest du tun sollen!«

»Du hast dir immer einen Flashmob gewünscht.«

»O Gott! Ja! Ja, hab ich mir gewünscht, aber damit löst sich doch nicht die Tatsache in Luft auf, dass du mit meiner Freundin geschlafen hast!«

Und das war zwar das offensichtlichste, aber ganz eindeutig nicht das einzige Problem zwischen uns. Mit meiner Beherrschung ist es nun endgültig vorbei. Einige Leute bleiben stehen und drehen interessiert die Köpfe nach uns um.

Ich packe Bennett am Arm und ziehe ihn zur Seite. Erst einmal weg hier.

Bennett trottet hinter mir her wie ein Maultier am Zügel, und eine Straßenecke weiter bleibe ich stehen.

»Okay«, sage ich ein wenig ruhiger. »Also gut. Ich habe nicht gewollt, dass wir auf diese Art auseinandergehen, aber ich denke, nun ist alles ausgesprochen.«

Ich warte auf eine Antwort oder wenigstens auf ein Nicken, doch nichts dergleichen geschieht.

»Bennett? Hallo?«

Er schüttelt den Kopf. »Ja. Ja, sicher.«

Ein paar Sekunden noch mustere ich ihn prüfend. »Also dann ... gehe ich jetzt.«

»Du gehst?«

»Das habe ich gesagt.«

»Ernsthaft? Du willst einfach so verschwinden?«

»Ich wüsste nicht, was ich stattdessen tun sollte.«

Bennett fährt sich durch die Haare, einmal, zweimal. Dann atmet er tief durch. »Ein letzter Drink? Gleich hier?« Er macht eine Kopfbewegung hin zu der Bar, deren Schild ein Stück von uns entfernt leuchtet.

Fast hätte ich aufgelacht. »Du checkst es nicht, oder?«

»Nein. Oder doch. Aber nach diesem Schock – ein letzter gemeinsamer Drink.« Er hebt beide Hände. »Und keine Anträge mehr. Auch keine Flashmobs«, fügt er mit Blick auf mein mehr als skeptisches Gesicht hinzu. »Du hast mir gerade vor hundert Leuten das Herz gebrochen. Keiner wusste, was er sagen oder wie er mich auch nur ansehen sollte, und Edoardo hat mir so fest auf den Rücken geklopft, dass irgendetwas angeknackst ist – ganz egal, was du machst, ich brauche jedenfalls einen Drink.«

Er geht los, und ein paar Sekunden später folge ich ihm seufzend.

»Auf unsere gemeinsame vergangene Zeit. Und auf das, was die Zukunft bringen wird.«

Unsere Gläser stoßen aneinander. Wir nehmen beide einen Schluck, bevor wir sie wieder auf dem Tresen abstellen.

Eine kleine Weile sagt niemand etwas.

»Weißt du noch, wie wir uns kennengelernt haben?«, fragt Bennett.

Natürlich weiß ich das noch. Es war auf einer Party. Er hat mir aus der Hand gelesen und behauptet, meine Herzlinie weise darauf hin, dass der Mann meiner Träume mir in diesem Moment gegenüberstehe. Mit Sicherheit war das nicht die beste Anmache aller Zeiten, aber die Vibes zwischen uns waren gut, und als er außerdem noch mit den Schultern zuckte und meinte, er könne ja nun auch nichts dafür und ob er vielleicht einen Schritt zur Seite gehen solle, fand ich das amüsant genug, um mich von ihm nach Hause begleiten zu lassen. Danach ging alles ziemlich schnell. Vermutlich zu schnell.

»Lange her«, erwidere ich.

»Ja, sehr lange. Ich war noch nie so lange mit jemandem zusammen wie mit dir.«

Ich weiß. Wir haben in den letzten Jahren gelegentlich über Bennetts vorhergehende Beziehungen gesprochen. Es waren viele.

»Glaubst du, dass wir uns hin und wieder ... na ja, noch mal treffen könnten?« Bennett betrachtet sein Glas, während er mir diese Frage stellt.

»Ich halte das für keine gute Idee«, erwidere ich.

»Wieso nicht? Immer noch der Typ aus dem Buchladen?«

»Er heißt Lennon.«

»Du meinst, dieser Lennon würde das nicht gut finden?«

»Ich würde das nicht gut finden.«

Auf diese Antwort hin nippen wir beide ein paar Minuten lang schweigend an unseren Gläsern.

»Gibt es irgendetwas, dass du aus unserer Beziehung vermissen wirst?« Er schiebt sein leeres Glas von sich.

»Darüber denke ich nicht nach, um ehrlich zu sein.«

»Ich werde einiges vermissen. Es gibt eine Menge, was ich von dir gelernt habe.«

»Du hast irgendetwas von mir gelernt?«, frage ich überrascht.

»Sicher. Kann ich noch einen Gin Tonic haben, bitte?«, wendet er sich an den Barkeeper und sieht wieder zu mir. »Möchtest du auch?«

»Vielleicht noch einen.«

»Dann zwei, bitte.«

»Also, was hast du von mir gelernt?«

»Zunächst einmal, wie wichtig es ist, sich auch über kleine Dinge zu freuen.«

»Ach ja.«

»Ja. Und dann, dass es sich lohnt, sich immer mal wieder zu fragen, wofür man dankbar sein kann.«

»Bennett?«

»Ja?«

»Darüber hast du dich ständig lustig gemacht.«

»Aber das heißt ja nicht, dass ich es nicht trotzdem gut fand.«

Ich verdrehe die Augen. »Sorry, aber das kaufe ich dir nicht ab.«

Er sieht mich nur an. »Und außerdem habe ich von dir gelernt, wie man eine vegane Bolognese kocht, die sogar schmeckt.«

»Das hast du wirklich.« Ich muss lachen. »Auch wenn du dich selten dämlich dabei angestellt hast.«

»Ich habe dir einen neuen Topf gekauft.«

»Ja, und du hast ihn mir zum Valentinstag geschenkt. Einen Topf!«

»Ich dachte, du würdest das lustig finden.«

»Fand ich ja auch.«

»Siehst du. Und vergiss auch nicht, wie du mal mein Handy in frischen Teer geworfen hast.«

»Das war ein Versehen!«

»Danach war es angeschmolzen.«

Ich schwanke zwischen Lachen und Kopfschütteln und trinke meinen ersten Gin Tonic aus, damit nicht die ganze Zeit zwei Gläser vor mir stehen.

Damit, dass es doch noch ein angenehmer Abend werden würde, hätte ich nicht gerechnet. Nach dem zweiten Drink wird es ein dritter, dann ein letzter und schließlich ein allerletzter, und die ganze Zeit über reden wir über Dinge, die wir in unserer gemeinsamen Zeit erlebt haben. So sollte man nämlich auseinandergehen. Im Guten und in Erinnerungen schwelgend. Denn genau das verdienen diese drei Jahre mit Bennett, und ich bin froh, dass ich in Zukunft an uns werde zurückdenken können, ohne immer nur das Ende vor Augen zu haben. Alles ist geklärt, alles ist gesagt – ich sollte Mindy anrufen und es mit ihr genauso machen.

Als ich schließlich vom Barhocker rutsche, wird mir kurz schwindelig.

»Vorsicht.« Bennett stützt meinen Arm, muss sich dazu aber selbst am Tresen festhalten. »Nicht umfallen.«

»Geht schon, danke.« Ich muss lachen, weil Bennett mehrere Anläufe braucht, um seine Kreditkarte aus seiner Brieftasche zu ziehen. »Brauchst du Hilfe?«

»Blödes, dünnes Teil – hat festgesteckt«, erklärt er, bevor er die Karte auf den Tresen legt. »Teilen wir uns ein Taxi?«, fragt er dann.

»Gute Idee.«

Auf der Straße winkt Bennett eines heran und öffnet mir die Tür zur Rückbank, was ich ignoriere und stattdessen die Beifahrertür aufreiße. Er hat die Getränke bezahlt, also übernehme ich das Taxi, und wenn ich nicht vorne sitze, wird er das auch noch zahlen, ich kenne ihn.

Eine gute halbe Stunde später hält er mir ein zweites Mal die Tür auf, und dankbar greife ich nach seiner Hand, als er mir beim Aussteigen hilft. Ich bin müde, ich habe definitiv zu viel getrunken, und alles, was ich jetzt will, ist mein Bett.

»Also dann«, sage ich und krame dabei in der Tasche nach meinem Schlüssel. »Komm gut nach Hause.«

Kurz flackert die Frage durch mein Hirn, wieso er nicht im Taxi geblieben ist – es ist noch ein gutes Stück bis zu seiner Wohnung.

»Das sollte ich hinbekommen. Du, Alice – liegt eigentlich mein Rasierer noch bei dir?«

»Nein«, entgegne ich gut gelaunt.

»Nicht? Ich dachte, ich hätte …«

»Ich habe alles weggeworfen, was dir gehört – habe ich dir das nicht erzählt?«

Bennett will sich mit der Hüfte gegen das schmiedeeiserne Geländer vor dem Haus lehnen, schätzt die Entfernung falsch ein und gerät ins Straucheln. Gerade noch rechtzeitig fängt er sich an einer der Treppenstufen ab.

»Hoppla«, murmelt er und setzt sich auf die unterste Stufe.

»Du hast echt alles weggeworfen? Nicht dein Ernst.«

»Doch, doch.« Ich habe den Schlüssel, und er liegt sogar richtig herum in meiner Hand. Gleich beim ersten Versuch steckt er im Schloss, womit ich mir selbst beweise, dass ich gar nicht so betrunken bin, wie ich befürchtet habe.

»Wirklich alles? Den Rasierer und meine Hemden auch?«

»Alles.«

»Und auch den Sportrucksack auf dem Schrank?«

Auf dem Schrank liegt ein Sportrucksack?

»Nein«, erwidere ich. »Den nicht.«

»Dann nehme ich den jetzt mit. Bevor du den auch noch wegwirfst.« Unsicher zieht er sich am Geländer hoch. »Da sind meine besten Laufschuhe drin.«

»Okay, nimm ihn mit.«

Diesmal bin ich es, die Bennett die Tür aufhält, und hinter mir her steigt er die Stufen hoch, wobei es uns nicht wirklich gelingt, leise zu sein. In meiner Wohnung angekommen, werfe ich meine Tasche auf die Kommode und gehe ins Schlafzimmer, um Bennetts Rucksack zu holen. Ich brauche dafür einen Stuhl, und als ich mich hinaufgehangelt habe, liegt er tatsächlich neben einer Schachtel mit Fotos, die ich irgendwann einmal durchsortieren will. Schwungvoll ziehe ich ihn zu mir, verliere dabei das Gleichgewicht und stoße gegen die Stuhllehne. Mit einem Aufschrei falle ich nach hinten.

»Alice!«

Bennetts Rucksack landet auf dem Boden, ich jedoch in seinen Armen. Langsam stellt Bennett mich wieder auf die Füße, ohne mich loszulassen. Seine Hand liegt in meinem Rücken, und sein Gesicht ist verflucht nah an meinem.

»Alice«, sagt er leise. »Ach, verdammt, Alice.«

—

Irgendwo gellt eine Sirene durch die Straßen, und ich stöhne auf. Langsam rolle ich mich mit geschlossenen Augen auf den Rücken. Wie viel Uhr ist es? Welcher Tag ist heute?

Ich taste nach meinem Handy auf dem Nachtschrank. Viertel nach zehn.

Viertel nach zehn?

Ich fahre hoch und falle direkt wieder zurück. O Gott.

Warum hat das blöde Ding nicht geklingelt? Ich hätte vor einer Viertelstunde im Laden sein müssen! Blinzelnd tippe ich Zaras Nummer an.

»Hi – wo bleibst du denn?«

»Zara, hi«, krächze ich. »Sorry, ich habe verschlafen. Bist du schon im Laden?«

»Ja, klar bin ich schon da. Und du? Liegst du etwa noch im Bett?«

»Nur so halb«, behaupte ich. »Aber ein kleines bisschen brauche ich noch, tut mir leid.«

Ich muss duschen, und ich brauche Kaffee. Eventuell in umgekehrter Reihenfolge.

»Alles klar, dann weiß ich Bescheid«, sagt Zara. »Es schläft aber nicht gerade Bennett neben dir, oder?«

Bennett?

»Nein, natürlich nicht.« Ich werfe einen Blick aufs zweite Kopfkissen. Ein Zettel liegt darauf.

Wieso liegt da ein Zettel?

Ich ziehe ihn zu mir heran, und dann wird mir plötzlich übel.

»Also, bis gleich«, höre ich Zaras Stimme, und ein paar Sekunden später: »Alice? Bis gleich? Hallo? Bist du noch dran?«

Ich würde gern antworten, doch ich kann nicht gleichzeitig die Worte auf dem Zettel lesen und dabei Sätze bilden.

Danke für diese Nacht.

Bennett, du verdammter Arsch.

Und was bin ich?

10 Songs,
bei denen es sich hervorragend
weinen lässt

1. *Porcelain* / Moby
2. *All of Me* / John Legend
3. *Bitter Sweet Symphony* / The Verve
4. *Back to Black* / Amy Winehouse
5. *Someone You Loved* / Lewis Capaldi
6. *The Weeping Song* / Nick Cave & The Bad Seeds
7. *Someone Like You* / Adele
8. *Take Me to Church* / Hozier
9. *Another Love* / Tom Odell
10. *Sign of the Times* / Harry Styles

Kapitel 14

Ich habe Zara gefragt, ob es für sie okay wäre, wenn ich heute zu Hause bliebe, ihr Angebot, abends bei mir vorbeizukommen, jedoch wegen meiner Verabredung mit Lennon abgelehnt. In dieser Sekunde frage ich mich allerdings, ob ich Lennon nicht ab- und lieber Zara zusagen sollte.

»Das hatte Bennett doch von Anfang an geplant, wetten? Dieser Typ ist das Allerletzte!«

Zaras Worte hallen mir durch den Schädel, während ich auf meinem Bett liege und an die Decke starre. Weder der heißen Dusche noch zwei Tassen Kaffee ist es gelungen, mein schlechtes Gewissen auch nur annähernd zu beschwichtigen.

Mag sein, dass Bennett von Anfang an vorgehabt hat, mich ein letztes Mal rumzukriegen, aber erstens glaube ich das nicht wirklich, und zweitens würde mich das auch nicht freisprechen.

Den ganzen Abend über hatte ich gestern das gute Gefühl, genau das zu sagen und zu tun, was ich sagen und tun wollte. Bis ich Bennett in diese Bar gefolgt bin. Und warum bin ich ihm hinterhergegangen?

Weil du nett bist, piepst es in mir.

Ach, halt die Klappe.

Mit Nettigkeit hat das nichts zu tun.

Man kann Dinge tun, weil man nett ist. Ich habe mich damals auf ein Treffen mit Lennon bei Hazel eingelassen, weil ich nett bin. Aber in Bennetts Fall war es wohl eher das Gefühl, ihn trösten zu müssen, das mich hat einknicken lassen. Und das, obwohl er ein erwachsener Mann ist, der sich durchaus selbst trösten kann. Wie er ja nun schon oft genug bewiesen hat.

Lauter kluge Gedanken, die allesamt zu spät kommen, und fügen wir jetzt noch die Tatsache hinzu, dass ich viel zu viel getrunken hatte – habe ich bisher eigentlich überhaupt irgendetwas gelernt in meinem Leben?

Du musst endlich ein paar Dinge grundsätzlich ändern, erkläre ich mir selbst, und es gelingt mir dadurch, mich für ein paar Sekunden wieder aufzurichten. Ab sofort werde ich alles anders machen, besser, durchdachter. Ich werde mehr auf meine innere Stimme hören, ich werde nicht mehr so oft lächeln und dabei nicken, ich werde weniger die sein, die ich für jemand anderen sein sollte, und mehr die, die ich bin.

Und ich werde weniger trinken.

Dann fällt mir wieder ein, dass ich ab sofort so viel anders machen kann, wie ich will – es ändert bloß rein gar nichts an dem Riesenfehler, den ich bereits gemacht habe. Über diesen Fehler werde ich nachher mit Lennon reden müssen. Und danach – werden wir vielleicht nie wieder miteinander reden.

Dieser Gedanke schmerzt überraschend heftig.

Wieso nur, wieso war ich so unglaublich blöd? Am liebsten würde ich den gestrigen Abend löschen. Alles zurücksetzen und noch einmal von vorn beginnen.

Ich brauche noch einen Drink, kommst du mit? Nein.

Möchtest du einen zweiten Gin Tonic? Nein.

Kann ich noch einmal mit hochkommen, um meinen dämlichen Rucksack zu holen? Nein.

Ich weiß noch, wie ich vor Bennett ins Schlafzimmer gegangen bin. Der Stuhl, auf den ich stieg, um nach seinem Rucksack zu sehen, liegt sogar noch vor dem Schrank.

Er ist umgekippt, und Bennett hat mich aufgefangen, und ich kann mich auch noch daran erinnern, wie nah wir voreinander standen, und daran, dass er mir mit einer Hand über den Rücken strich.

Aber dann? Bevor ich diesen Zettel entdeckt habe, hätte ich geantwortet: Dann ist er gegangen, ohne dass mehr zwischen uns passiert wäre.

Ich setze mich vorsichtig auf und greife nach dem Handy.

»Hallo«, höre ich Bennett ruhig und souverän sagen. »Ich bin leider gerade nicht in der Lage, ans Telefon zu gehen. Bitte hinterlasst mir eine Nachricht.«

»Hallo.« Ich räuspere mich, um nicht ganz so dünn zu klingen. »Hallo, Bennett. Bitte, ruf mich zurück. Es geht um gestern, ich wüsste gern ...«, ob ich wirklich und wahrhaftig noch einmal mit dir im Bett gelandet bin, »... wie am Schluss alles gelaufen ist. Melde dich, ja?«

Ich unterbreche die Verbindung und möchte im selben Moment für das klägliche letzte *Ja?* zu Bennett fahren und sein Handy zerstören.

Frustriert lasse ich mich zurücksinken und hadere so lange mit mir und der Welt, bis das Telefon zu summen beginnt.

Ich fahre hoch. »Hallo? Bennett?«

»Hi, Alice.« Im Hintergrund sind Stimmen zu hören. »Wie geht's dir?«

Wie es mir geht? Das ist jetzt irgendwie eine absurd banale Frage.

»Was sollte dieser Zettel auf meinem Kopfkissen?«

»Der Zettel?« Bennetts Stimme wird kurz leiser und die Geräusche im Hintergrund lauter. »Ich wollte einfach nicht so sang- und klanglos verschwinden, das ist alles.«

»Aber bedeutet das ... ich meine, bedeutet das, dass wir ... haben wir ...«

»Okay, hör zu, Alice. Ich fühle mich ein bisschen wie ein Arsch, weil ich das vielleicht nicht hätte tun sollen, aber als du mich geküsst hast ...«

»Ich habe dich geküsst?!«

»Na ja ... ja.«

»Nie im Leben!«

»Du hast mich schon ziemlich oft geküsst«, sagt Bennett und klingt doch glatt etwas gekränkt. »Letzte Nacht hätte ich mich vielleicht nicht darauf einlassen sollen, okay, aber wir hatten einen schönen Abend, einen besonders schönen Abend sogar, wir haben über vergangene Zeiten gesprochen, und es schien mir einfach passend, verstehst du? Es war wie ... ein würdiger Abschluss. Ja. So könnte man es nennen.«

Ein würdiger Abschluss? Ein *würdiger* Abschluss?

Darauf erwidere ich gar nichts mehr, sondern unterbreche die Verbindung, schalte das Telefon aus und werfe es neben mich auf die Matratze. Unmittelbar darauf stehe ich auf und marschiere in die Küche, sehe mich um, ohne einen Grund zu finden, weshalb ich hierhergekommen sein könnte, und schlage im nächsten Moment so heftig gegen die Wand, dass meine Handfläche zu brennen beginnt. Keine Ahnung, auf wen ich wütender bin – auf Bennett oder auf mich selbst.

Okay. Also gut.

Lennon wollte mich heute vom Buchladen abholen. Ich werde ihm jetzt Bescheid geben, dass er zu mir nach Hause kommen soll. Vielleicht hat er ja auch schon eher Zeit.

»Hi!«, begrüßt er mich, und es liegt ein fragender Unterton in diesen beiden Buchstaben.

»Hi. Ich rufe nur an, um dir zu sagen, dass ich heute nicht im Laden bin, ich bin zu Hause. Wir wollten ja eigentlich irgendwo etwas essen gehen, aber hättest du vielleicht Lust, schon ein wenig früher zu kommen?«, überfalle ich ihn.

Wenn ich dir gesagt habe, was ich dir sagen muss, hast du danach allerdings eventuell keinen Hunger mehr.

»Was heißt früher? Ich könnte in etwa einer Stunde da sein.«

»Ja, wunderbar. Das klingt gut.«

Hätte ich nicht bereits Kopfschmerzen, meine aufgesetzte Fröhlichkeit würde sie jetzt verursachen.

»Okay. Wie war es gestern Abend?«

»Nett. Oder vielleicht ... Können wir darüber reden, wenn du hier bist?«

Stille. Lennon räuspert sich. »Klar. Bis nachher.«

Ein paar Sekunden lang sitze ich noch da, plötzlich zu kraftlos, um auch nur das Handy auf den Tisch zu legen, dann atme ich tief durch. Auf gar keinen Fall sollte ich jetzt eine Stunde lang Löcher in die Luft starren. Stattdessen werde ich mir in Ruhe überlegen, was ich Lennon zu sagen habe. Vielleicht mache ich eine Liste. Zehn Entschuldigungen, mit denen man sein eigenes erbärmliches Verhalten erklären kann.

—

Als ich Lennon eine Stunde später die Tür öffne, ist mir keine einzige Entschuldigung eingefallen. Normalerweise begrüßt er mich mit einem Lächeln. Heute jedoch bleiben seine Augen ernst, nur seine Mundwinkel heben sich ein wenig.

»Hallo.«

»Hi.« Ich ziehe die Tür noch weiter auf. »Komm rein.«

Er tritt in die Diele, als würde eine unsichtbare Hand ihn schieben.

»Musst du heute doch nicht arbeiten?«, fragt er.

»Ich habe freigenommen«, erwidere ich und gehe hinter ihm her ins Wohnzimmer.

»Aha.«

»Willst du was trinken?«

»Nein.« Lennon dreht sich so plötzlich um, dass ich fast in ihn hineinlaufe. »Also. Du hast dich gestern mit deinem Ex-Freund getroffen. Und heute bist du zu Hause geblieben. Und du hast mich angerufen, um zu fragen, ob wir uns früher sehen können, und dabei hast du nicht besonders entspannt geklungen. Wie war es mit ihm?«

Als wir das letzte Mal so nah voreinander standen, hat sich alles ganz grundsätzlich anders angefühlt, dennoch muss ich auch jetzt den Impuls unterdrücken, eine Hand auf seine Brust zu legen. Ich sehe in seine graugrünen Augen und habe verflucht noch mal keine Ahnung, wie ich anfangen soll.

»Alice?« Jetzt lächelt er doch, wenn auch ein wenig hilflos. »Hast du ... Wollt ihr es doch noch einmal miteinander versuchen?«

»Nein.«

Sein Gesicht entspannt sich ein wenig. »Was ist dann das Problem?«

Ich trete ein Stück zurück, und es gelingt mir, meinen Blick von ihm zu lösen, wenn auch nur für einen Moment. Mit unsicheren Schritten gehe ich zum Sofa und setze mich.

»Ich weiß nicht genau, wie der Abend gestern endete.«

Ein paar Sekunden verstreichen.

»Das heißt, ihr habt vor, euch noch mal zu treffen?«, fragt Lennon schließlich. »Um darüber zu reden, wie ihr weitermacht?«

»Nein.« Ich atme tief ein, dann wieder aus. »Das heißt, dass ich nicht mehr weiß ... aber dass es wohl so aussieht ... als hätte ich ...« Kurz schließe ich die Augen. »Ich habe mit Bennett geschlafen.«

Ausgesprochen klingt dieser Satz noch eine Million Mal schäbiger als in meinen Gedanken.

Der Ausdruck in Lennons Gesicht, eben noch ein wenig weicher als zuvor, verschließt sich wieder.

Er nickt langsam. »Gerade hast du gesagt, du würdest es nicht noch einmal mit ihm versuchen wollen.«

»Das will ich auch nicht.«

»Aber ... warum ...?«

»Ich weiß es nicht. Ich habe keine Ahnung – ich kann mich nicht einmal an alles erinnern. Er kam mit hoch, weil er dachte, er hätte noch einen Rucksack hier, und dann ...« Ich verstumme.

Lennon steht noch immer mitten im Zimmer. Er sieht mich an, und sein Pokerface ist mit Sicherheit um Längen besser als meins, trotzdem ahne ich, was in ihm vorgeht. Nein, ich weiß es.

Ich würde gern sagen, dass es mir leidtut, und es wäre die Wahrheit, doch in dieser Sekunde hätte es keine Bedeutung. Nichts, was ich sagen könnte, hätte eine Bedeutung. Alles, was ich tun kann, ist das Schweigen ertragen, das sich zwischen uns niedersenkt, bis Lennon sich mit beiden Händen übers Gesicht fährt. Er sieht mich an, und für einen Augenblick denke ich – hoffe ich –, er werde auf mich zugehen, doch er schüttelt nur den Kopf.

»Ich melde mich.« Und dann geht er.

Nachdem die Tür ins Schloss gefallen ist, ist es in der Wohnung so still, als befände ich mich unter Wasser, in einem dunklen See, am tiefsten Punkt des Ozeans. Selbst die Geräusche, die durch die geschlossenen Fenster dringen, sind dumpf, ohne jeden Hall.

Irgendwann, vor unendlich langer Zeit, habe ich mich hier unter der Decke verkrochen und geweint, und jetzt – jetzt würde ich gern weinen, doch ich kann nicht.

Als es an der Tür klingelt, riskiere ich einen Kreislaufzusammenbruch, so hastig springe ich vom Sofa. Erst in der Diele fällt mir ein, dass es vielleicht Bennett und nicht Lennon sein könnte, weil aber auch die Chance besteht, dass es Lennon und nicht Bennett ist, reiße ich die Tür trotzdem auf.

Vor mir steht Mrs. Daniels.

»Entschuldigung«, sagt sie, »ich wollte nicht stören, aber könnten Sie sich vielleicht nächstes Wochenende noch einmal um Toto kümmern?«

Es dauert ein paar Sekunden, bis ich auf diese simple Frage eine Antwort zustande bringe, weil mein Hirn noch immer an Worten für Lennon feilt, selbst wenn nicht er es ist, der mich gerade freundlich ansieht.

»Natürlich«, sage ich endlich. »Klar, mach ich gern.«

»Danke. Ich würde ihn am Freitagabend vorbeibringen, wenn das passt.«

»Ja, okay, kein Problem.«

»Geht es Ihnen nicht gut?«

»Doch. Doch, es geht mir prima. Ich bin nur … Ich habe … Es ist nichts«, behaupte ich ziemlich schwach.

Sie nickt, ohne sich von der Stelle zu rühren. »Wissen Sie«, sagt sie. »Man muss einen Fehler, den man gemacht hat, ja nicht wiederholen.«

Sie hat also mitbekommen, dass Bennett letzte Nacht hier war.

»Stimmt«, erwidere ich. »Aber Sie haben es ja selbst mal gesagt: Manchmal macht man Fehler, die kann einfach niemand verzeihen.«

»Habe ich das gesagt?« Mrs. Daniels legt nachdenklich den Kopf schief. »Na ja, aber das hieße ja trotzdem nicht, dass man sich Fehler nicht zumindest selbst verzeihen darf. Wie sollte man denn sonst im Leben immer weiter- und weitermachen?«

Ich starre sie an.

»Bis Freitagabend dann – ich bringe Toto etwa gegen sechs, wäre das in Ordnung?«

»Sicher.«

»Schön.« Sie nickt mir zu, dann dreht sie sich um und geht zurück in ihre Wohnung.

Behutsam schließe ich die Tür. Mit gesenktem Kopf stehe ich da und denke über ihre Worte nach, bevor ich ins Wohnzimmer zurückgehe und nach dem Telefon greife. Hoffentlich hat Zara heute Abend nicht schon etwas anderes vor. Vielleicht fällt es mir ja leichter, mir selbst zu verzeihen, wenn meine beste Freundin bei mir ist.

10 Dinge, die man tun sollte, wenn man den Fehler seines Lebens begangen hat

1. Sprich mit jemandem darüber, der dich mag
2. Schreib einen Entschuldigungsbrief
3. Überlege, was du deiner besten Freundin sagen würdest, hätte sie diesen Fehler gemacht
4. Sei trotzdem nett zu dir (Zara besteht auf diesem Punkt)
5. Denk nicht ständig darüber nach (haha)
6. Geh mit deiner besten Freundin ins Fitnessstudio und baue dort Stress ab (Zara besteht auch auf diesem Punkt)
7. Mach dir klar, dass es bestimmt nicht der schlimmstmögliche Fehler war und du noch sehr viel mehr Fehler begehen wirst (ich weiß selbst nicht genau, wieso mich dieser Punkt beruhigt)
8. Räuchere die Wohnung aus (hat Zara mal irgendwo gelesen, aber ich bin nicht sicher, ob ich das ausprobieren möchte)
9. Nimm dir vor, es in Zukunft besser zu machen
10. Verzeihe dir selbst (sagt Mrs. Daniels)

Kapitel 15

Es sind alles sehr gute Gedanken, die Zara und ich formulieren, doch als die Liste fertig ist, geht es mir leider noch immer nicht besser, eher im Gegenteil.

»Ich bin der fiese Typ, Zara. Ich bin wie Bennett«, sage ich trostlos und erzeuge, zu dieser Feststellung passend, mit dem Finger einen klagenden Ton am Rand meines Wasserglases.

»Bist du nicht. Du bist zu hart zu dir. Bennett ist mit Mindy losgezogen, um mit ihr ins Bett zu gehen, und er hat es dir nicht gestanden, sondern du hast ihn erwischt – in deiner Wohnung, nicht zu vergessen. Du dagegen wolltest das mit ihm ein für alle Mal endgültig abschließen.«

»Es spielt doch keine Rolle, was ich wollte – wichtig ist nur, was tatsächlich geschehen ist.«

»Die Absicht dahinter spielt durchaus eine Rolle.«

Wir sitzen gemeinsam in unseren Schlafshirts auf meinem Sofa. Nachdem ich Zara erzählt habe, was passiert ist, hat sie kurzerhand alles mitgebracht, um bei mir übernachten zu können. Auf dem Tisch stehen Kekse, Weingummi und eine Box mit Taschentüchern, alles noch unberührt, genauso wie der Rotwein, den Zara zwar geöffnet, doch anschließend wieder beiseitegestellt hat, nachdem ich erklärt habe, ich würde nie wieder Alkohol trinken.

»Also gut, schreib ihm. Schreib, dass es dir leidtut und dass du gern mit ihm darüber reden würdest und dass du es ihm erklären kannst und dass du nie vorhattest, dass so etwas passiert.«

»Und dann unterschreibe ich mit *Bennett*.«

»Du bist nicht wie Bennett!«

»Aber genau das hat er auch alles gesagt.« Ich rutsche noch tiefer in die Polster hinein.

»Also gut, dann anders. Guck dir Punkt drei an.« Zara hält mir Grannys Buch vor die Nase. »Was würdest du mir sagen, wenn ich du wäre?«

»Ich weiß es nicht.«

»Aber ich. Du würdest mir sagen, dass Bennett die Situation ausgenutzt hat. Selbst wenn er es nicht von Anfang an vorhatte, hat er die Situation letzten Endes ausgenutzt.«

»Wir waren beide betrunken. Aber ich habe ihn zuerst geküsst.«

»Das behauptet er. Kannst du dich daran erinnern?«

»Nein«, erwidere ich mit einem Seufzen. »Ich weiß nur noch, dass er mich aufgefangen hat, weil ich vom Stuhl gefallen bin, und dann standen wir da und ...«

Sein Gesicht so nah vor meinem. Verdammt – vielleicht habe ich es wirklich getan. Vielleicht habe ich ihn geküsst.

»Nie wieder«, murmele ich. »Nie wieder rühre ich auch nur noch einen Tropfen Alkohol an.«

»Ich werde unsere Cocktailabende vermissen«, bemerkt Zara. »Und jetzt denk nach – was würdest du Lennon gern sagen?«

»Ich weiß es nicht«, wiederhole ich dumpf. »Es gibt wohl einfach nichts mehr zu sagen.«

»Das kann ich mir nicht vorstellen. Du schreibst dir jetzt auf, was du Lennon alles sagen willst.« Zara zieht Grannys Buch heran. »Zehn Sätze, die du unbedingt noch aussprechen musst, bevor du am Ende nie wieder mit ihm redest, und Lennon kann dann ja selbst entscheiden, was er damit macht.«

Sie hält mir den Stift vors Gesicht. Widerstrebend greife ich danach.

»Schreib erst mal nur für dich«, fügt sie hinzu. »Ob du es dann aussprichst, überlegst du dir nachher.«

Ich starre auf die leere Seite.

»*Lieber Lennon*«, sagt Zara aufmunternd. »*Es tut mir leid, dass ich bei Whiskey einfach kein Maß kenne.*«

»Es war kein Whiskey.«

»Ist ja egal. Schreib das. Und dann schreibst du noch dazu: *Ich habe mir geschworen, nie wieder Alkohol zu trinken, und Zara hofft, dass ich diesen Schwur letztlich nicht durchziehen werde.*«

Ein bisschen muss ich lächeln.

»Oder schreib: *Lieber Lennon, weißt du noch, wie dir meine Matratze auf den Kopf gekracht ist?*«

Versehentlich lache ich auf. »Zara ...«

»Schreib: *Ich denke so gern an diesen Tag zurück, an dem du dich vermutlich gefragt hast, was für eine Irre da im zweiten Stock wohnt.*«

»Okay, ich denke jetzt selbst darüber nach.«

»Bist du sicher? Ich hätte noch ein paar Vorschläge.«

»Absolut sicher.«

»Okay, dann leg ich mich schlafen. Viel Erfolg.« Zara beugt sich zu mir und küsst mich auf die Wange. »Und nicht vergessen, was Mrs. Daniels gesagt hat, ja?«

»Okay.«

»Gute Nacht. Weck mich, wenn du doch noch Tipps brauchen solltest. Oder falls du mir alles vorlesen willst oder so.«

»Mach ich.«

Nachdem Zara gegangen ist, sitze ich eine lange Zeit vor dem aufgeschlagenen Buch und tippe mit dem Stift gegen meine Unterlippe.

Ich würde Lennon gern sagen, dass der verschlossene Ausdruck in seinem Gesicht mir das Herz zerfetzt hat. Ich würde ihm gern sagen, dass ich mich dafür hasse, so unglaublich dumm gewesen zu sein. Und dass ich weiß, dass ich sein Vertrauen enttäuscht habe. Und keine Ahnung, wie ich es wiedergutmachen kann. Ich würde ihm gern sagen, dass ich sehr viel mehr als Freundschaft für ihn empfinde. Und dass ich zwar weiß, warum ich so lange versucht habe, mir selbst etwas vorzumachen, mir aber in diesem Moment wünschte, ich hätte es nicht getan.

Gott, ich wünschte, ich hätte so einiges nicht getan.

Langsam ziehe ich die Kappe vom Stift und beginne zu schreiben.

Zumindest werde ich nicht irgendwann dasitzen und mir wünschen, ich hätte nicht wenigstens den Versuch unternommen, Lennon gegenüber ehrlich gewesen zu sein.

———

Ich bin auf dem Sofa eingeschlafen, mal wieder, und was mich weckt, ist der Duft von Kaffee.

»Guten Morgen.« Zara schiebt mit dem Tablett die Fernbedienung auf dem Tisch zur Seite. »Ich habe uns Frühstück gemacht. Oder es zumindest versucht – wie schaffst du es, bei dem bisschen, was sich in deinem Kühlschrank befindet, nicht zu verhungern?«

»Ich müsste mal wieder einkaufen«, sage ich, wische mir die Haare aus dem Gesicht und bringe mich dabei in eine sitzende Position.

»Ja, unbedingt. Es gibt fünf Scheiben Toast, eine weiche Tomate, zwei Gummimöhren und Erdnussbutter. Für uns beide«, betont sie. »Gott sei Dank war wenigstens Kaffee da.«

»Danke.« Ich nehme die Tasse in Empfang. »Wie viel Uhr ist es?«

»Kurz nach neun.« Sie greift nach einem Toast und beginnt, Erdnussbutter daraufzustreichen. »Ich geh gleich zum Laden – und du gehst zu Lennon, nehme ich an.«

»Ich bin noch nicht sicher.«

»Wovon hängt das ab? Bist du dir letzte Nacht nicht darüber klar geworden, was du ihm sagen möchtest?«

Ich angele mir ebenfalls einen Toast vom Teller. »Doch«, erwidere ich. »Aber ich weiß ja nicht mal, ob er überhaupt zu Hause ist.«

»Das lässt sich leicht rausfinden. Du könntest ihm zum Beispiel eine Nachricht schreiben, ob es okay wäre, wenn du vorbeikommst.«

»Vielleicht werfe ich ihm lieber einen Brief in den Briefkasten.«

Zara nickt. »Du musst ja nichts überstürzen. Mach es, wie es sich für dich am besten anfühlt. Aber auf jeden Fall solltest du nicht nichts tun. Ich bin sicher, dass sich alles irgendwie klären lässt.« Sie beißt in ihren Toast. »Und schau mal, es gibt auch Positives zu berichten.«

Zara tippt ihr Smartphone an und schiebt es zu mir. Unter dem Macy's-Schriftzug springt mir eine Zahl entgegen.

»Rang 423! Wie haben wir das denn geschafft?«

»Keine Ahnung. Rose meinte, die letzte Vorleserunde im Museum sei noch besser gelaufen als die anderen. Es war wohl so voll, dass sie sogar Mikrophone geholt haben. Vielleicht spricht es sich rum.«

»Darüber hat Lennon gar nichts erzählt.«

»Na ja, den beschäftigt im Moment wohl anderes.«

Das stimmt leider.

»Vielleicht bringt uns die nächste Runde ja in die Top hundert«, sage ich.

»Ja, vielleicht. Ich habe nur so das Gefühl, dass es dann richtig hart wird, an die Spitze zu kommen.« Sie scrollt ein Stückchen hoch und dann wieder hinunter. »Guck dir das an.«

Ich sehe sofort, was Zara meint. Ab etwa Rang 75 zieht die Menge der abgegebenen Stimmen plötzlich an.

»Wow. Platz 1 hat fast dreimal so viele Stimmen wie wir«, stelle ich plötzlich wieder entmutigt fest.

»Irgendetwas muss uns noch einfallen. Sonst kommen wir nicht mal in die Nähe der beliebtesten zehn.« Zara macht sich einen zweiten Erdnussbuttertoast und steht auf, während sie hineinbeißt. »Darf ich dir das alles so liegen lassen?«, fragt sie mit vollem Mund. »Dann würde ich mich auf den Weg machen.«

»Klar. Geh nur. Ich denke ... ich denke, ich werde später wirklich bei Lennon vorbeischauen.«

»Tu das. Ruf ihn einfach kurz vorher an, und sag ihm, dass du schon fast da bist.«

Ich erhebe mich ebenfalls, um Zara zur Tür zu begleiten.

»Danke, Zara. Danke, dass du gestern gekommen bist.«

»Na klar bin ich das.« Zara breitet die Arme aus und drückt mich an sich. »Ich hab dich lieb. Ruf mich an, ja?«

»Auf jeden Fall. Siehst du Fred heute noch?«

»Er holt mich heute Abend im Laden ab. Aber ruf mich trotzdem an, egal wann.«

»Mach ich.«

Kurz darauf sitze ich wieder auf dem Sofa, nippe an meinem Kaffee und esse eine der beiden Möhren. Auf dem Tisch vor mir liegt das aufgeschlagene Buch von Granny.

Alle meine Listen sind ehrlich. Es sind meine Listen in meinem Buch – wem sollte ich da etwas vormachen? Im echten Leben bin ich oft zu nett, und manchmal ist das nur ein anderes Wort für durchsetzungsschwach. Ich lächle, obwohl es gar nichts zu lächeln gibt, und ich tue Dinge, weil ich andere Menschen nicht vor den Kopf stoßen will. Aber nicht in meinen Listen.

Diese letzte Liste allerdings ist in ihrer Ehrlichkeit auf einer völlig neuen Stufe. Sie ist so geradeheraus, dass ich selbst in diesem Augenblick versucht bin, sie ein wenig abzumildern, indem ich irgendetwas dazuschreibe, das einen zum Lachen bringt. Etwas, das die Schwere, die Bedeutung herausnimmt.

Doch das tue ich nicht. Stattdessen schreibe ich Satz für Satz auf ein neues Blatt Papier, falte es zusammen und schiebe den Bogen in einen Umschlag.

Und dann schreibe ich noch eine zweite Liste.

10 Dinge, die man tun sollte, wenn man den Fehler seines Lebens begangen hat.

Dieses Mal ziehe ich allerdings nur zehn Linien untereinander, bevor ich das Blatt ebenfalls falte und zu dem anderen in den Umschlag stecke.

Dann trinke ich den restlichen Kaffee, trage das Tablett in die Küche und gehe ins Bad, um mir die Zähne zu putzen und zu duschen.

Ich könnte auch noch einkaufen gehen – aber das wäre ein zu offensichtlicher Versuch, noch länger vor mir herzuschieben, was ich als Nächstes tun will.

———

Lennon wohnt in der Nähe des Hudson am Ende der 72th Street in einem fünfstöckigen weißen Sandsteinhaus mit Säulen vor der Eingangstür und einem vorspringenden Erker. Seine Wohnung liegt im dritten Stock, ich war mittlerweile schon einige Male hier. Es sind nur anderthalb Zimmer, aber es gibt einen schönen Kamin, und das kleine Schlafzimmer ist nach hinten raus gelegen.

Während ich mich dem Haus nähere, rast mein Herz, als würde ich rennen, dabei wäre das Wort *schlendern* schon übertrieben. Gerade als ich die drei Stufen erreiche, die zur Eingangstür führen, öffnet sich diese plötzlich, und ein älterer Herr tritt heraus.

»Wollen Sie rein?« Mit dem Ellbogen hindert er die Tür am Zufallen.

»Ja … ja, vielen Dank.«

»Gern geschehen.« Er lässt mich vorbei. »Einen schönen Tag noch.«

Ich könnte meinen Brief in einen der Kästen werfen, die hier hängen, und wieder gehen. Lennon würde ihn heute oder morgen dort finden, und dann würde er sich melden. Nehme ich an.

Langsam steige ich die abgetretenen Holzstiegen in dem engen Treppenhaus nach oben. Sie knarzen wie ein altersschwacher Ozeandampfer. Es riecht nach Tomatensuppe, und hinter einer der drei Türen im ersten Stock schimpft eine Frau mit irgendjemanden, der sie offenbar ständig warten lässt. Man hört ihre Stimme sogar noch zwei Stockwerke darüber, vor der Tür, an der auf einer Messingplatte *Sullivan* steht.

Minutenlang hadere ich mit mir vor dem Klingelknopf, dann gehe ich in die Hocke, nehme den Brief aus meiner Tasche und schiebe ihn vorsichtig unter der Tür durch. Eine winzige, weiße Ecke davon kann ich noch sehen. Vielleicht könnte ich ihn sogar wieder hervorziehen, den Fingernagel ins Papier drücken und ihn zurückholen. Nur, um mir alles noch einmal durchzulesen. Um noch einmal darüber nachzudenken, ob ich den Brief so lassen kann oder doch noch etwas daran ändern sollte.

In der Wohnung sind Schritte zu hören, die Dielenbohlen quietschen, dann verschwindet die weiße Ecke.

Ich setze mich auf den Boden, rutsche bis zur Wand und ziehe die Beine an.

In diesem Moment liest Lennon vielleicht meinen Brief.

Wie lange kann man dafür brauchen? Es ist nur eine Seite. Eine Minute? Vielleicht zwei. Es könnte sein, dass er über den zweiten Bogen, den mit den zehn freien Linien, nachdenken muss. Vielleicht wirft er dieses Blatt auch nur achtlos zur Seite. Oder direkt in den Mülleimer.

Vielleicht wirft er den kompletten Brief dort hinein, so wie ich Bennetts Karten immer umgehend ins Altpapier befördert habe.

Na ja, die ersten nicht.

Die ersten Karten von Bennett habe ich noch gelesen, bevor ich sie weggeschmissen habe, und ich hoffe, Lennon gibt mir diese Chance auch. Und dann?

Ob er anrufen wird?

Mir wird bewusst, dass ich an meinen Nägeln herumkaue, lege die Hände auf meine Oberschenkel, schließe die Augen und atme tief ein und langsam wieder aus. Einatmen, ausatmen. Nur auf den Atem konzentrieren. Großartiger Moment, um meine Meditationssession fortzuführen. Obwohl ich es niemals für möglich gehalten hätte, werde ich mit jedem Atemzug ein winziges bisschen ruhiger.

Ich habe alles getan, was ich tun konnte. Jetzt liegt es nicht mehr an mir. Wenn Lennon sich auf meinen Brief hin nicht meldet, dann ist es so. Trauer hüllt mich ein, und ich atme tapfer dagegen an. Es wäre okay. Manche Fehler kann man nicht verzeihen, und ich werde keine roten Herzballons kaufen.

Ich kann es nur besser machen, zukünftig. Und auch wenn ein Teil meines Hirns verkündet, dass ich nie wieder einen Mann kennenlernen werde, für den es sich lohnt, irgendetwas besser zu machen, weiß ich natürlich, dass das nicht stimmt.

Irgendwann wird wieder ein Mann in mein Leben treten,

der mit Lennon mithalten kann. So in zwanzig, dreißig Jahren, wenn ich über ihn hinweg sein werde. Statistisch gesehen besteht diese Möglichkeit jedenfalls.

Die Wohnungstür öffnet sich, und meine mühsam erarbeitete innere Ruhe zerplatzt wie eine Seifenblase. Lennon steht auf der Schwelle, in der Hand ein Blatt Papier, und sieht auf mich herunter. Dann zieht er die Tür halb zu und setzt sich wortlos neben mich.

Sein Oberarm berührt meinen, und ich möchte weinen, weil ich mich gern an ihn lehnen würde, aber nicht darf.

Es raschelt, als er mir das Blatt hinhält.

10 Dinge, die man tun sollte, wenn man den Fehler seines Lebens begangen hat.

Auf der obersten Linie steht: *Küss ihn.*

Und auf der Linie darunter: *Küss ihn noch mal.*

Ich blicke zur Seite. Lennon lässt den Zettel sinken und neigt sich mir entgegen, als ich den Kopf hebe und die Augen erneut schließe.

»Es tut mir leid«, flüstere ich.

»Ist okay«, flüstert Lennon zurück.

Es ist ein vorsichtiger Kuss, anfangs. Ich spüre seine Hand auf meiner Wange und seufze auf, als seine Lippen sich auf meine legen. Eine Welle der Erleichterung überrollt mich, Dankbarkeit, Erregung und noch etwas anderes, bei dem ich plötzlich innehalte.

»Was ist?«, murmelt Lennon.

»Ich dachte, ich hätte dich verloren.«

»Hast du aber nicht.« Noch ein Kuss, sein warmer Atem auf meiner Haut.

»Das ist gut.« Ich küsse seine Unterlippe. »Ich will dich nämlich nicht verlieren.«

Lennon atmet aus und senkt den Kopf, bevor er aufsteht und mich an den Händen nach oben zieht. Es ist dämmerig im Hausflur, und meine Knie fühlen sich weich an, während ich den Blick aus seinen schönen graugrünen Augen erwidere. Dann hebt Lennon mich hoch, verpasst der Tür einen leichten Tritt, damit sie ins Schloss fällt, und trägt mich in seine Wohnung, durch die Diele, bis ins Schlafzimmer.

Und genau das habe ich mir gewünscht.

—

Irgendwann sehr viel später liegen wir auf Lennons Bett, während das Licht im Zimmer sich bereits zu verändern beginnt. Lennon hält einen Arm um mich geschlungen, mein Rücken ist an seinen nackten Oberkörper gepresst, seine Finger mit meinen verflochten. Und während mein Herzschlag sich langsam wieder normalisiert, erzähle ich ihm alles von meinem Treffen mit Bennett. Alles, woran ich mich erinnern kann.

Als ich bei dem Antrag ankomme, zieht er mich noch fester an sich. »Ein Flashmob«, sagt er. »Dein Ex kämpft mit allen Mitteln.«

»Es war unfassbar ...«, ich suche nach Worten, »... peinlich«, beende ich meinen Satz.

Lennon lacht, dann küsst er meinen Nacken, und mich durchrieselt ein angenehmer Schauer.

»Und außerdem war es das miesteste Timing, das die Welt je gesehen hat«, murmele ich, drücke mich fester gegen Lennon und spüre jedem einzelnen der Küsse hinterher, die er auf meinen Schultern verteilt.

»Wäre ihm diese Idee früher gekommen ...«, beginnt er.

»Sie ist ihm aber nicht früher gekommen«, unterbreche ich ihn und drehe den Kopf, um ihn ansehen zu können. »Und ich bin froh darüber.«

»Ich auch«, sagt Lennon, und dieses elektrisierende Gefühl, hervorgerufen durch seine Küsse, bahnt sich einen Weg durch meinen Körper bis hin zu einem Punkt zwischen meinen Beinen, als er meinen Mund mit seinem verschließt und seine Hand sich löst, um meine Brust zu streicheln. Ich winde mich aus seiner Umarmung, um mich zu ihm umzudrehen, und verschiebe den Rest meiner Geschichte auf einen Moment, an dem ich weniger das Bedürfnis habe, noch einmal zu wiederholen, wovon mein Puls sich gerade erst erholt hat.

Diesmal ist es dunkel, als wir beide auf dem Rücken liegen, meine Hand in Lennons Hand, und der Schweiß auf meinem erhitzten Körper trocknet. Und wirklich verrückt ist, dass ich schon wieder Sehnsucht danach verspüre, ihm gleich noch einmal so nahe zu sein wie gerade eben.

»Vielleicht werde ich sexsüchtig«, sage ich in die Stille des Zimmers hinein.

Lennon stützt den Kopf in die Hand, um mich mit einem Grinsen auf dem Gesicht ansehen zu können. »Erwarte nicht, dass ich dir in diesem Fall eine Selbsthilfegruppe empfehle.«

Er beugt sich vor und nimmt zart meine Brustwarze zwischen seine Lippen, kreist mit der Zungenspitze um sie herum, während seine Hand sich zwischen meine Schenkel legt. Was ich gerade noch habe sagen wollen, wird unwichtig, als seine

Finger in mich gleiten und aus dem Gefühl von eben, halb Sehnsucht, halb Befriedigung, unmittelbar wieder deutliches Verlangen wird. Diesmal baut es sich schneller auf, viel schneller als die beiden Male zuvor, und gerade als ich spüre, dass diese Welle gleich über mir zusammenbrechen wird, zieht Lennon seine Hand zurück.

Ich hole Luft, doch bevor ich mich beschweren kann, ist Lennon über mir, in mir, etwas flammt mit einer Intensität auf, die mich wimmern lässt, und dann sehe ich in sein Gesicht, sehe die Zärtlichkeit und die Erregung darin, und bäume mich ihm entgegen.

———

»Okay, ich schätze, jetzt wäre ich bereit, auch noch den Rest zu hören.«

Lennons Hand streicht meine Wirbelsäule entlang. Ich weiß, dass er lächelt, ich höre es in seiner Stimme, während mein Kopf auf seiner Brust liegt und ich mit einem Finger Kreise um seinen Bauchnabel herum zeichne.

»So viel gibt es da nicht mehr zu erzählen.« Ich hebe den Kopf, um sein Gesicht sehen zu können. »Wir waren in einer Bar und haben zu viel getrunken. Er wollte eine Sporttasche mitnehmen, die noch bei mir herumlag, und ist deshalb mit hochgekommen. Das Letzte, woran ich mich erinnere, ist, dass ich bei dem Versuch, die Tasche vom Schrank zu holen, vom Stuhl gefallen bin. Und dann lag am Morgen dieser Zettel auf meinem Kopfkissen.«

Lennon nickt. »Wenn du dich nicht daran erinnern kannst, zählt es eigentlich gar nicht.«

Mein Lächeln gerät etwas bemüht, auch wenn ich Lennon dafür liebe, dass er versucht, locker damit umzugehen. Ich lege die Wange wieder auf seine Brust. Natürlich zählt es, und er weiß das genauso gut wie ich.

»Hast du seitdem noch mal mit ihm gesprochen?«

»Ich habe ihn angerufen, um zu fragen, was genau passiert ist.«

»Und?«

»Er hat etwas von einem würdigen Ende gefaselt.«

»Dazu sage ich jetzt nichts.«

»Er ist ein Vollidiot.«

»Das hast du gesagt.«

»Und ich bin es auch.«

Lennon streicht durch meine Haare. Ich kann sein Schweigen verstehen, auch wenn es schwer auf mir lastet.

»Weißt du«, sagt er schließlich. »Es wäre gelogen, wenn ich behaupten würde, es spiele keine Rolle. Aber das hier fühlt sich richtig an. Für mich.«

Noch einmal richte ich mich halb auf, diesmal, um ihn zu küssen. »Für mich auch.«

»Ich weiß.«

Er lächelt, und o Gott, ich liebe dieses Lächeln.

10 überraschende Momente in meinem Leben

1. Als die Tür zum Weihnachtszimmer sich öffnete und dort ein wunderschönes rotes Fahrrad neben dem Christbaum auf mich wartete

2. Als ich einen Dackel streichelte, nachdem ich den Besitzer gefragt hatte, ob ich es dürfe, und der Hund mich in die Hand biss

3. Als Granny mir zum zwölften Geburtstag eine Fahrt zu den Niagarafällen schenkte

4. Als ich eine Stufe übersah, was mir einen Bänderriss am Knöchel bescherte

5. Als mich eine Frau in der Subway aus heiterem Himmel so laut anschrie, dass mir die Haare nach hinten wehten, weil ich offenbar versehentlich auf ihrem Stammplatz saß

6. Als ich Granny zu einem Konzert ihres Lieblings-Countrysängers begleitete und der mich auf die Bühne zog

7. Als ich im *Fairway* einen Lippenpflegestift von *Burt's Bees* ausprobierte und erst zu Hause feststellte, dass es sich um einen echten Lippenstift gehandelt hatte (ich sah aus wie ein Clown!)

8. Als Zara und Tobey mir ein Geburtstagsständchen vortrugen und alle Kunden, die sich im Laden befanden, einfielen

9. Als ich Bennett mit Mindy erwischte

10. Als ich eine Picknickdecke unter einem Blauwal entdeckte

Kapitel 16

Das *Sava* ist ein etwas heruntergekommener, kleiner Club im ersten Stock eines Lagergebäudes im East Village. Weder die dort auftretenden Bands noch das Publikum haben sonderlich viel Platz, doch das tut der Stimmung normalerweise keinen Abbruch, eher im Gegenteil. Es hat was, unmittelbar vor der Bühne zwischen den Songs ein paar Worte mit den Musikern zu wechseln oder mit einem Bier anstoßen zu können.

An diesem Abend allerdings stehen Tobey, Zara und ich im hinteren Teil des Raums auf der Empore über der Bar. Während die beiden sich mit Mai Tais zugeprostet haben, halte ich mich an einem Glas Wasser fest, um meinem Schwur nicht untreu zu werden. Einmal untreu reicht ja auch. Haha.

Ob es der Mai Tai oder die Musik ist, lässt sich nicht sagen, doch Tobeys Stimmung hat sich in den letzten zwei Stunden, seit wir uns vor dem Eingang getroffen haben, um einiges verbessert.

»Ihr kommt allein?«, hat er vorhin gefragt und unsere Beteuerung, dass weder Fred noch Lennon an diesem Abend Zeit gehabt hätten, nicht geschluckt. »Damit hätte ich nun wirklich kein Problem«, hat er hoheitsvoll erklärt.

Bis die *String Puppets* endlich auf die Bühne kamen, blieb er überwiegend wortkarg, mittlerweile jedoch bewegt er sich tatsächlich zum Takt der Musik und sieht nicht mehr ganz so schlecht gelaunt aus.

Hoffentlich war das Ganze eine gute Idee. Hoffentlich reißt Tobey uns nicht den Kopf ab, weil er sich manipuliert fühlt. Hoffentlich bekommt er überhaupt mit, was Aiden singt – um ehrlich zu sein, verstehe ich bei den meisten Songs selbst nur die Hälfte.

Ich sehe zu Zara, die über ähnliche Dinge nachzudenken scheint, und drücke ihr verstohlen die Hand. Sie zieht eine schnelle Grimasse, und ich atme einmal tief durch. Jetzt gibt es ohnehin kein Zurück mehr, wenn ich nicht gerade einen Ohnmachtsanfall vortäuschen will, um mich von Tobey nach draußen tragen zu lassen.

»Okay, unseren nächsten Song spielen wir heute auf den besonderen Wunsch einer guten Freundin.« Unten auf der Bühne wischt Aiden sich die verschwitzen Haare aus der Stirn. »Und er hat eine Botschaft!«

Eine Botschaft?

»Eine Botschaft für alle, die daran erinnert werden müssen, dass Liebe nichts Selbstverständliches ist!«

O verdammt, das glaube ich jetzt nicht – kann er nicht einfach die Klappe halten und anfangen?

»Denn wenn du jemanden liebst, musst du es demjenigen auch zeigen! Immer wieder!«

Ich möchte das Gesicht in den Händen vergraben und unsichtbar werden.

»Jetzt also – *Kimmy Blue*. In einer besonderen Version. Für alle einsamen Seelen da draußen.«

Gott, Aiden – nimm doch gleich einen Hammer und schlage

damit Tobey bei jedem Wort auf den Schädel. Obwohl ich stur geradeaus blicke, sehe ich aus den Augenwinkeln, dass Tobey sich zu Zara und mir umgedreht hat. Und während Aiden endlich anfängt zu singen, von Matt, der sein Haus und seinen Mann verlässt, weil er es nicht länger erträgt, unsichtbar zu sein, und von Tobey, der in einem verschlossenen Zimmer weint, nachdem ihm Matt Jahre später zufällig auf der Straße begegnet, wünsche ich mich eine Million Meilen weit woanders hin, Richtung egal, vorzugsweise nach unten.

»It's too late, it's over, you've missed your chance«, singt Aiden, und ich weiß wirklich nicht mehr, wieso ich es für eine gute Idee gehalten habe, Tobey dazu zu bringen, sich das anzuhören – in meiner Phantasie lief das alles wesentlich subtiler ab.

Auf der Bühne bedankt Aiden sich nach langen, quälenden Minuten bei dem großartigen Publikum für den tollen Abend, und ich starre ihn an, weil ich es nicht wage, mich Tobeys bohrendem Blick auszusetzen.

»Hey, Tobey – lass ihn nicht gehen, wenn du ihn liebst«, brüllt Aiden.

»Ich bring ihn um«, höre ich Zara murmeln.

Dann verlöschen die Scheinwerfer, die gerade noch auf Aiden gerichtet waren, und andere Lichter weisen den Leuten ihren Weg zur Bar.

»Tja, also – trinken wir auch noch was?«, frage ich, die Tatsache ignorierend, dass mein Glas noch halb voll ist.

»Was war das denn bitte?«, fragt Tobey. »Deshalb musste ich heute Abend unbedingt hierherkommen?« Er mustert uns anklagend. »Was um alles in der Welt habt ihr diesem Typen da unten erzählt?«

»Nicht viel«, sagt Zara. »Ehrlich.«

»Nicht viel? Also nur, dass mein Freund mich verlassen hat, ich aber selbst schuld daran bin, ja?«

»So haben wir das ganz sicher nicht formuliert«, beginne ich, bevor Tobey mich abbügelt.

»Aber genau das denkt ihr doch, oder? Das hättet ihr mir auch selbst sagen können!«

»Na ja, wir haben's versucht«, wirft Zara ein und erntet dafür einen strafenden Blick.

»Diese ganze Geschichte hier war jedenfalls unnötig. Und peinlich.«

Das war es wirklich.

»Es wäre schön, wenn ihr meine Privatsphäre ein bisschen mehr respektieren würdet. Und wenn ich jetzt telefonieren werde, hat das nichts mit eurer Irrsinnsidee zu tun.« Er zieht sein Handy aus der Tasche. »Ich hatte das nämlich sowieso vor. Demnächst.«

Zara und ich tauschen einen betretenen Blick.

»Matt?«, sagt Tobey und dreht sich mit dem Telefon am Ohr zur Seite. »Hör zu – du bist scheiße noch mal keine verdammte Phase für mich. Kann ich bei dir vorbeikommen? Okay. Gut, bis gleich.«

Er schiebt das Telefon zurück. »Mitgekriegt? Falls ihr vorhattet, als Nächstes eine Plakatwand anzumieten, auf der ich mit traurigem Blick nach Matt Ausschau halte, könnt ihr euch das Geld dafür sparen.« Er schüttelt den Kopf, dann breitet er die Arme aus und zieht Zara und mich für einen Moment an sich. »Ihr seid beide verrückt. Bis morgen.«

Nachdem er gegangen ist, lehnen wir uns an die Balustrade

und beobachten eine Weile die Leute unter uns, die sich vor dem Tresen drängen.

»Denkst du, *Kimmy Blue* hat wirklich nichts mit Tobeys Entscheidung zu tun, Matt anzurufen?«, fragt Zara schließlich.

»Ich bin nicht sicher.«

»Ich auch nicht.«

Weitere Sekunden verstreichen.

»Begleitest du mich, wenn ich jetzt runtergehe, um Aiden in den Hintern zu treten?«

»Auf jeden Fall.«

———

Als Tobey am nächsten Morgen ins *Unicorns, Starships & Bugs* kommt, fällt seine Begrüßung im Vergleich zu den letzten Wochen geradezu überschwänglich aus.

»Ich schätze, wir müssen ihn nicht fragen, ob er uns verziehen hat«, merke ich an, als er gut gelaunt an uns vorbei nach hinten marschiert.

»Das verzeihe ich euch nie«, sagt Tobey, der schneller als erwartet wieder auftaucht. »Für alle einsamen Seelen da draußen. Tz.« Grinsend lehnt er sich neben die Kasse an den Tresen.

»Wie geht's Matt?«, frage ich.

»Dem geht's gut. Und mir auch, danke der Nachfrage.«

»Ihr seid also wieder zusammen?«

»Sieht wohl so aus.«

»Mit oder ohne Händchenhalten in der Öffentlichkeit?«, fragt Zara.

»Ohne natürlich. Was hast du denn gedacht?«

Als Matt ihn am späten Nachmittag abholt, braucht es dergleichen allerdings gar nicht, um jeden im Laden spüren zu lassen, dass zwischen den beiden die Luft brennt, und während Tobey seine Sachen holt, bedankt Matt sich bei Zara und mir für unsere Idee mit dem Konzert.

»War bestimmt lustig«, sagt er.

»Nein, war es nicht«, erklärt Tobey, der in diesem Moment wiederkommt.

»Na ja, ein bisschen schon – so im Nachhinein«, wirft Zara ein.

Tobey schüttelt den Kopf. »Gehen wir?«

»Ja, klar.« Matt folgt Tobey zur Tür, dreht sich unmittelbar davor jedoch noch einmal zu uns um. »Wenn es mir demnächst zu viel mit ihm wird, singe ich einfach *Kimmy Blue*.«

Tobey rollt mit den Augen und schiebt den lachenden Matt nach draußen.

»Hast du gesehen? Er hat ihm gerade die Hand auf den Rücken gelegt«, sage ich.

»Ministeps«, erwidert Zara. »Und apropos Ministeps – wie sieht unser Rang bei Macy's aus?«

»Heute Morgen lag er bei 211.« Ich ziehe mein Smartphone hervor. »Und jetzt bei 223. Das sieht nicht gut aus. Und wir haben nicht mehr viel Zeit.«

»Na ja, selbst wenn wir mehr Zeit hätten – wir sind einfach zu klein, um mit den großen Namen mithalten zu können«, sagt Zara und wirft einen flüchtigen Blick auf die Zahlen. »Ich würde sagen, wir haben alles versucht.«

Ich sehe Kayla vor mir, in ihrem roten Sommerkleid mit den

weißen Tupfen, wie sie lachend an unseren Regalen entlangwandert und die Bücher begutachtet. »Ja, haben wir wohl.« Niedergeschlagen stecke ich das Telefon in die Tasche zurück.

———

»Vielleicht bewegt sich ja doch noch was«, sagt Lennon abends, als wir am Hudson auf einer der schmalen Rasenflächen an der Promenade sitzen und Cream-Cheese-Bagel essen.

»Ich wüsste nicht, wie«, erwidere ich. »Wir haben alles durch. Und ich würde auch nicht sagen, dass unsere Ideen nichts gebracht haben – sie reichen nur leider nicht aus.«

Lennon legt sein Telefon auf die Decke neben sich. Rang 274.

Eine Weile sitzen wir da, und während ich darüber nachdenke, was wir noch tun könnten, sehe ich einer jungen Frau hinterher, die mit einem Kaninchen an der Leine an uns vorübergeht.

Die Luft ist mild und angenehm, es riecht nach brackigem Wasser, Pommes frites und Spätsommer. Lennon lässt sich ins Gras sinken und greift nach meiner Hand, streichelt sie gedankenverloren, bevor unsere Finger sich miteinander verschränken.

»Mehr Werbung?«, fragt er.

»Wir haben in unserem Newsletter in letzter Zeit jedes Mal um Stimmen gebeten, und wir haben überall Flyer verteilt. Ein Spot im Fernsehen zur besten Sendezeit und ein paar groß angelegte Bannerkampagnen im Internet wären natürlich effektiver, aber wenn wir so viel Geld hätten, wäre dieser Wettbewerb für uns mehr eine Prestigesache.« So wie es das für Prada und all die anderen Luxus-Stores ist. »Weißt du eigentlich, wie viel Geld Kaylas Eltern für die OP noch fehlt?«

»Es ist wohl noch einiges.«

»Aber wenn wir die fünfzigtausend Dollar gewinnen würden ...«

»Ich nehme an, das wäre genug.«

In einer der Hecken leuchtet in der Dämmerung ein Glühwürmchen auf, dann noch eins.

»Ist es nicht völlig absurd, dass Macy's den Preis höchstwahrscheinlich Hermès oder Christian Louboutin überreichen wird, und niemand auch nur einen Gedanken daran verschwendet, wie viel mehr einem Mädchen wie Kayla mit dem Gewinn geholfen wäre?« Ich lege mich neben Lennon, ohne seine Hand loszulassen. »Menschen wie Jeff Bezos oder Elon Musk könnten Kaylas OP bezahlen, ohne auch nur auf ihre Luxusurlaube verzichten zu müssen, aber ihre Eltern können nur hoffen. Es ist mehr als nur absurd, es ist menschenverachtend.«

»Ich weiß, was du meinst. Es ist einfach alles sehr ungerecht verteilt. Und die, die zu viel haben, machen sich zu wenig Gedanken.«

Eine Weile schweigen wir beide.

»Wenn wir nicht gewinnen, könnten wir es ja mal mit einer Benefizaktion versuchen«, überlege ich laut. »Wir veranstalten einen Empfang im Museum, und geladen sind nur Leute, die sich den Eintritt von fünfzehntausend Dollar leisten können. Schade, dass ich niemanden kenne, der genug Geld dafür hätte. Und schade auch, dass ich die Idee hasse, weil sie grauenvoll elitär ist.«

Lennon beugt sich vor und küsst mich zärtlich. »Wieso bist du eigentlich so unglaublich?«

Er wartet meine Antwort nicht ab – ich hätte auch keine –, sondern küsst mich wieder. Dann rückt er ein Stück ab.

»Ich kenne jemanden«, sagt er.

»Wen kennst du?«, erwidere ich und will ihn wieder zu mir ziehen, weil es mir gerade gar nicht so wichtig ist, wen Lennon kennt.

»Ich kenne jemanden, der sich ein Eintrittsgeld von fünfzehntausend Dollar für eine Benefizveranstaltung leisten könnte – also, kennen ist vielleicht zu viel gesagt, aber sie spendet gelegentlich höhere Summen fürs Museum, und deshalb ist sie dort so eine Art Special Guest. Ich habe schon selbst Führungen für sie veranstaltet. Inklusive Champagner.«

»Von wem sprichst du?«

»Von Deborah Starr. Eine ältere Dame, seit über zehn Jahren verwitwet. Sie neigt zu Sarkasmus, aber sie hat Humor. Und sie liebt Kinder – das weiß ich, weil sie ihre Enkel gelegentlich mitbringt.«

»Der Name sagt mir nichts.«

»Hätte mich auch gewundert. Sie investiert seit dem Tod ihres Mannes ziemlich erfolgreich in Hedgefonds. Außerdem ist sie eine begeisterte Kunstsammlerin, sie besitzt mehrere Bilder von Andy Warhol und Georgia O'Keeffe. Es stellt sich nur die Frage, was für eine Art von Benefizveranstaltung das Ganze werden soll. Vielleicht könnten wir irgendetwas versteigern – ich wüsste nur nicht, was.«

»Die Bilder vom Malwettbewerb«, unterbreche ich ihn.

»Bitte?«

»Wir könnten die Bilder vom Malwettbewerb versteigern.«

»Okay, ich habe keine Ahnung, wovon du sprichst.«

Ich setze mich auf. »Vor ein paar Wochen haben wir einen Malwettbewerb veranstaltet. Die Bilder hängen derzeit bei uns im Laden.«

»Moment – du redest von Kinderzeichnungen, sehe ich das richtig?«

»Ja – die Künstler und Künstlerinnen von morgen! Es sind tolle Bilder dabei.« Auf Lennons skeptischen Blick hin rede ich mich in Fahrt. »Du hast gesagt, Deborah Starr besäße Humor. Und sie interessiert sich für Kunst, sammelt Gemälde, spendet auch mal höhere Summen, mag Kinder – wir machen eine Benefizveranstaltung im *Unicorns, Starships & Bugs*, und wir versteigern dabei die Bilder des Malwettbewerbs. Lass uns Deborah Starr zumindest mal anschreiben – im schlimmsten Fall antwortet sie nicht. Aber es gäbe ja vielleicht andere, die Lust hätten mitzumachen. Vor allem, wenn wir dazuschreiben, dass der Erlös einem kleinen Mädchen zugutekommt, das auf eine Herz-OP wartet. Dann gewinnen wir diesen Wettbewerb eben nicht, aber mit dieser Aktion könnten wir zumindest ein wenig Geld sammeln. Und falls wir es schaffen, alles schnell genug zu organisieren, haben wir vielleicht doch noch eine Chance, beim Macy's-Wettbewerb ein Stück voranzukommen.«

Lennon zieht mich zu sich, und für den Moment tritt bei seinem Kuss alles in den Hintergrund.

»Alice – du bist eindeutig die umwerfendste Frau, die ich je getroffen habe.« Er küsst mich wieder. »Und außerdem bist du wunderschön und klug und sexy, und ich wäre dafür zu gehen.«

Noch ein Kuss, mit dem Lennon mehr als deutlich zum Ausdruck bringt, wie der Abend weitergehen könnte.

»Willst du Deborah Starr eine Mail schreiben?«, flüstere ich mit einem Lächeln.

»Auf jeden Fall will ich das – später.«

———

Lennon und ich formulieren noch am selben Abend eine herzzerreißende Mail an Deborah Starr, in der wir ihr von Kayla erzählen und unsere Idee einer Benefizveranstaltung im Buchladen vorstellen.

Wenig überraschend sind am nächsten Tag auch Zara und Tobey davon begeistert.

»Wir werden allerdings Hilfe brauchen, wenn wir das Ganze noch rechtzeitig auf die Beine stellen wollen«, sage ich.

»Wie wäre es mit Rose?«, fragt Zara. »Um die Vorleserunden im Museum kümmert sie sich großartig. Und ich frage Fred.«

»Matt wäre sicher auch dabei«, fügt Tobey hinzu. »Hättet ihr gleich heute Abend Zeit? Wir könnten uns irgendwo treffen, um alles zu besprechen.«

Wir treffen uns im *Mr. Sniffles*, Zara, Fred, Tobey, Matt, Rose, Lennon und ich, und nach einem langen Abend, an dem wir Ideen sammeln und Aufgaben verteilen, legen wir in den nächsten Tagen los.

Wir kaufen jede Menge günstiger Glasrahmen für die Kinderbilder und setzen einen Aushang neben Geoffrey ins Schaufenster, in dem wir auf unsere Benefizveranstaltung hinweisen. Direkt daneben platziert Zara ein Schild mit dem Vermerk, dass Eltern das Kunstwerk ihres Kindes selbstverständlich von der Auktion ausschließen können, doch von dieser Möglichkeit macht niemand Gebrauch.

Rose hat sich für die Dekoration eingetragen, Tobey und Matt kümmern sich um den Caterer –»Denkt an Jelly Beans«, beschwört sie Zara.»Und Cupcakes! –, und der in solchen Veranstaltungen bereits versierte Fred organisiert das Unterhaltungsprogramm. Den Büchern zuliebe verzichtet er auf Kinderschminken. Zara und ich gestalten neue Flyer und kündigen die Veranstaltung sowohl in unserem Newsletter als auch auf unserem Instagram-Account an, während Lennon die Aufgabe übernommen hat, nach Sponsoren zu suchen.

»Es wird richtig gut!«, sagt Zara, als wir eine letzte Lagebesprechung im *Mr. Sniffles* abhalten.»Auch ohne Deborah Starr.«

Zara hat recht. Deborah Starr hat auf unsere Nachricht hin nicht geantwortet, doch *Jamba* wird die Getränke übernehmen, der Filialleiter vom nahe gelegenen *Fairway* in der 74th Street hat nicht nur die Kosten für den Caterer zugesagt, sondern spendet obendrein zwanzig Wassermelonen, und Fred ist über seinen Schatten gesprungen und hat die Mutter einer seiner Schülerinnen angesprochen – sie ist Redakteurin beim *Time Out* und hat unsere Benefizaktion im Veranstaltungskalender des Magazins besonders hervorgehoben.

»Wie sieht die Gästeliste mittlerweile aus?«, fragt Rose und krault dabei Mr. Sniffles zwischen den Ohren.

»Ganz ordentlich«, sagt Zara.»Bisher haben sich knapp über hundert Leute eingetragen. Die Meisten sind allerdings vermutlich Eltern, die das Bild ihres Kindes ersteigern wollen. Wenn das alle so machen, werden sie sich kaum gegenseitig in die Höhe treiben.«

»Wie viele Bilder haben wir?«

»Einhundertvierundzwanzig.«

»Na ja, wenn jedes Bild nur zehn Dollar einbringt ...«, überlegt Tobey laut.

»Nachdem wir für fast alle Kosten Sponsoren haben, wird es auf jeden Fall ein Erfolg«, sage ich. »Vielleicht werden es keine fünfzigtausend Dollar, aber ...«

Lennon sieht von seinem Handy auf. »Deborah Starr hat zugesagt.«

»Was?«

»Wirklich?«

Jeder reckt den Hals, um einen Blick auf das Display werfen zu können.

»Sehr geehrter Mr. Sullivan.« Lennon schiebt Matts Kopf beiseite. »Ich habe mich sehr gefreut, von Ihnen zu hören. Gern nehme ich Ihre Einladung zu Ihrer Veranstaltung an, und ich werde mir erlauben, auch noch einige Freundinnen mitzubringen. Es grüßt Sie ...«

Der Rest des Satzes geht in Geschrei unter, was Mr. Sniffles flüchten lässt und dafür Hazel an unseren Tisch lockt, die spontan eine Runde spendiert (Orangensaft für mich und Lennon, der beschlossen hat, mich bei meinem Schwur nicht allein zu lassen).

»Wollt ihr noch eine gute Nachricht hören?«, ruft Zara, nachdem wir alle auf Deborah Starr und ihre Freundinnen angestoßen haben. »Schaut euch das an!«

Auch sie hält ihr Handy hoch.

»Rang 47?«, ruft Rose. »O mein Gott – wie haben wir das geschafft?«

»Ich tippe auf den Veranstaltungskalender im *Time Out*«, sagt Zara und schaut Fred dabei an, der sich bemüht, seinen Stolz nicht allzu offensichtlich werden zu lassen.

»Wir haben Victoria's Secret überholt!«, ruft Tobey. »Und Versace!«

Für eine weitere Runde lassen Lennon und ich uns den Orangensaft in Tequilagläser füllen.

»Also dann.« Zara hebt ihren Drink. »Endspurt, würde ich sagen.«

———

Am nächsten Morgen putze ich mir gerade vor dem Spiegel im Bad die Zähne, als mir etwas auffällt.

Meine Bewegungen werden langsamer, während mein übernächtigtes Hirn zu rechnen beginnt.

Das kann nicht sein. Oder doch?

In letzter Zeit ging es ziemlich drunter und drüber, vielleicht irre ich mich, aber ...

Ich spucke Zahnpastaschaum ins Waschbecken und greife nach meinem Handy, ohne mir die Zeit zu nehmen, den Mund auszuspülen.

Bestimmt irre ich mich. Ich muss mich einfach irren. So lange kann es einfach noch nicht her sein.

Doch. Ist es.

Ich setze mich auf den Badewannenrand.

Okay, jetzt erst mal ganz ruhig.

Das hat überhaupt nichts zu sagen. So etwas kommt vor. Der menschliche Körper ist kein Uhrwerk. Und ich meine – was sind schon zwei Wochen?

Jetzt spüle ich den Mund aus. Dann schlüpfe ich in meine Kleider, kämme mir die Haare und verlasse das Badezimmer, um zu Lennon in die Küche zu gehen, der in Jeans und T-Shirt und mit einem Kaffee in der Hand am Fenster steht.

»Alles okay?«, fragt er nach einem Blick in mein Gesicht.

»Ja, klar«, erwidere ich. »Ich geh nur mal eben einen Schwangerschaftstest besorgen.«

Lennon setzt die Tasse ab. »Was?«

»Ich muss mich beeilen – ich würde das gern klären, bevor ich in den Laden muss. Bis gleich.«

»Moment, warte doch mal – was?«

»Ich brauche einen Schwangerschaftstest, weil ich seit zwei Wochen überfällig bin«, erkläre ich geduldig. »Ich bin in einer Viertelstunde zurück – bist du bis dahin noch da?«

»Natürlich. Natürlich, klar, ich ... Soll ich mitkommen?«

»Nein, das krieg ich schon hin. Ist ja nicht so, als läge ich bereits in den Wehen.«

Eigentlich habe ich mit dieser Bemerkung die Stimmung auflockern wollen, nur stelle ich mir leider dabei vor, wie ich tatsächlich in den Wehen liege, weshalb es dann nicht mehr für ein beruhigendes Lächeln reicht.

Im *Duane Reade* liegen die Schwangerschaftstests direkt neben den Kondompackungen, was ich ungefähr eine Zehntelsekunde lang witzig finde, bevor sich der Gedanke, den ich mir bisher verboten habe, Bahn bricht. Lennon und ich haben sie benutzt. Kondome. Jedes Mal.

Ich nehme gleich zwei verschiedene Tests und gehe damit zur Kasse.

Absolut unwahrscheinlich. Es kann einfach gar nicht sein, weil ... weil nun mal ...

»Fünfzehn Dollar neunzig.« Die Kassiererin, eine junge Frau mit blondem Pferdeschwanz, mustert mich neugierig. »Viel Glück?«

»Kann nicht schaden«, murmele ich.

Während ich die Treppen zu meiner Wohnung hinaufsteige, versuche ich es zusätzlich mit Mantras.

Ich bin nicht schwanger, ich bin nicht schwanger, ich bin nicht schwanger, und falls doch, dann hat Bennett verdammt noch mal nichts damit zu tun!

Lennon reißt die Tür auf, unmittelbar nachdem ich den Schlüssel ins Schloss gesteckt habe. Er zieht mich in seine Arme.

»Sorry, das hätte ich gleich tun sollen«, sagt er in meine Haare hinein. »Wie ... also ... Wie fühlst du dich?«

»Gut. Gut, ich glaube gut. Höchstwahrscheinlich ist die ganze Aufregung sowieso völlig überflüssig.« Ich trete einen Schritt zurück. »Wie spät ist es?«

»Zehn nach neun.«

»Okay, dann ... In ein paar Minuten ist alles geklärt, und wir können aufhören, darüber nachzudenken.«

Lennon nickt nur und lässt meine Hand los, als ich mich zur Badezimmertür umwende.

—

Kurz darauf sitzen wir nebeneinander auf dem Sofa, und mit ziemlicher Sicherheit herrscht nicht nur in meinem Kopf Chaos.

Sie sind sich einig, die beiden Tests, und während ich auf die unmissverständlichen blauen Querbalken in den Sichtfenstern der Streifen starre, fällt es mir schwer, ganz normal weiter ein- und wieder auszuatmen.

Okay. Und jetzt?

Will ich ein Kind?

Keine Ahnung.

Bin ich bereit, Mutter zu werden?

Definitiv nicht.

Und was ist mit der traurigen Tatsache, dass ich nicht sicher weiß, wer der Vater ist?

Oh, Mist, Mist, Mist!

Ich stehe auf.

»Wo willst du hin?«, fragt Lennon.

»Ich muss los, sonst komme ich zu spät.«

»Du willst jetzt zur Arbeit gehen?«

»Was sollte ich sonst tun?«

Laut schreien wäre eine Option, aber darüber denke ich besser gar nicht erst nach.

»Moment, setz dich noch mal – bitte«, fügt er hinzu, weil ich nur dastehe und mich frage, ob ich nicht lieber losrennen und so tun möchte, als müsse ich nur aufwachen, und zwar möglichst schnell.

Steif lasse ich mich neben Lennon auf dem Sofa nieder. Vor einer knappen Stunde haben wir darüber nachgedacht, wen man noch wegen der Benefizveranstaltung anschreiben könnte. Wir lagen halb ineinander verschlungen auf meinem Bett, und ich habe mir gewünscht, wir könnten dort den kompletten Tag verbringen. Und jetzt ...

Ich schließe die Augen.

Lennon räuspert sich. »Also, was denkst du?«

»Zu viel«, murmele ich.

Er legt einen Arm um meine Schultern und zieht mich an sich. Mein Kopf sinkt gegen seinen Oberarm.

»Ich wohl auch«, sagt er.

Eine Weile schweigen wir, bis ich mich zögernd aufrichte. »Ich muss leider wirklich los – Zara kommt erst mittags, und Tobey ist heute nicht da.«

Lennon hält mich kein zweites Mal zurück. Er sitzt noch immer auf dem Sofa und starrt zum Fenster, als ich mir Schuhe angezogen und meine Tasche geholt habe.

»Also – bis dann?«, sage ich, unfähig zu verhindern, dass es wie eine Frage klingt.

»Bis dann.« Er dreht sich zu mir um und lächelt.

Es ist ein eher verhaltenes Lächeln, doch immerhin ist es ein Lächeln, das erste an diesem Morgen, und ich halte mich daran fest, während ich mit gesenktem Kopf zur Haustür hinaustrete und mich auf den Weg zum Buchladen mache.

———

Dass ich Zara den ganzen Tag über nichts erzähle, liegt daran, dass sich der Gedanke, schwanger zu sein, außerhalb meiner Wohnung sogar noch surrealer anfühlt.

Ein Kind. Wie soll das funktionieren? Ich kann ein Baby ja schlecht mit in den Laden nehmen und wie Toto auf eine Decke neben der Kasse parken. Ich kann meinen Job aber auch nicht monatelang aufgeben, weil ich sonst nicht genug Geld hätte, um auch nur die Miete zu zahlen. Ich besitze keine Rücklagen, wer tut das schon in New York, wo das alltägliche Leben fast mehr kostet, als man mit normalen Jobs verdienen kann? Und was würde ich für ein Kind überhaupt alles brauchen? Für ein Kind, für das ich verantwortlich wäre, und zwar für den Rest meines Lebens. Das Kind, das in nicht einmal neun Monaten plötzlich da sein wird, wenn man bei einer Anlaufzeit von neun Monaten überhaupt von *plötzlich* reden kann.

Für mich jedenfalls fühlt sich gerade alles verdammt nach plötzlich an.

»Alice?«

Ich zucke zusammen. »Was?«

Zara ist auf mein Zusammenzucken hin ebenfalls zusammengefahren. »Alles in Ordnung? Irgendwie habe ich das Gefühl, dass du ein wenig neben dir stehst.«

»Wie kommst du darauf?«

»Du bist jetzt schon fast eine halbe Stunde damit beschäftigt, ungefähr zehn Bücher in die Regale einzusortieren.« Sie wirft einen Blick auf den kleinen Stapel in meinem Arm. »Und drei sind noch übrig.«

»Ich bin ... Können wir später reden?«

»Klar.« Sie mustert mich prüfend. »Muss ich mir Gedanken machen?«

»Nein.«

Die Einzige, die sich hier Gedanken machen muss, bin ich.

Eigentlich wollte ich Zara vorschlagen, zu ihr oder zu mir zu gehen, doch die Nachricht des Tages platzt aus mir heraus, unmittelbar nachdem die letzten Besucher den Laden verlassen haben. Zara, die mit dem Schlüssel in der Hand noch an der Tür steht, reißt die Augen auf.

»Du bist was? Wirklich? Seit wann weißt du das? In der wievielten Woche? Wie geht's dir? Was sagt Lennon dazu?« Erst am Ende dieser Fragenkette kommt sie auf mich zu und breitet die Arme aus. »Ich weiß nicht – soll ich dir gratulieren, oder brauchst du seelischen Beistand?«

»Eher Letzteres.« Für einen Moment lasse ich mich von ihr in die Arme ziehen. »Ich weiß es seit heute Morgen. Lennon war dabei, als ich den Test gemacht habe, und ... na ja, im Moment sind wir beide eher geschockt, schätze ich.«

»Natürlich seid ihr das. Ihr müsst euch erst einmal an den Gedanken gewöhnen, und dann könnt ihr darüber nachdenken, wie ihr damit umgehen wollt. Oder weißt du das schon?«

Ich schüttele den Kopf. »Nicht wirklich. Ein Kind, Zara ... Nicht, dass ich es mir nicht zutrauen würde, aber es wäre mir lieber, ich müsste es nicht allein angehen.«

»Musst du doch gar nicht – ich bin doch auch noch da! Und Lennon – Moment, wieso müsstest du das überhaupt allein angehen? Was ist mit Lennon?«

»Ich glaube, ihn beschäftigt gerade am meisten die Frage, ob er oder Bennett der Vater ist.«

»Was? Aber ...« Empört fährt Zara auf, dann jedoch hält sie inne. »Oh.«

»Ja. Oh.«

Zara lässt sich in einen Sessel sinken. »Hast du mit Bennett schon gesprochen?«

»Nein. Weißt du, ich frage mich – nur mal angenommen,

ich entscheide mich für das Kind. Eigentlich bin ich ziemlich sicher, dass Bennett eher seinen Namen ändern und nach Neuseeland ziehen würde, sollte er der Vater sein. Aber was, wenn er auf einmal doch irgendwelche Rechte will? So gering ist die Wahrscheinlichkeit nämlich nicht. Lennon und ich haben verhütet.«

»Und als du mit Bennett ...«

»Keine Ahnung. Ich kann mich ja einfach nicht daran erinnern.« Ich setze mich Zara gegenüber auf den Boden und lehne mich gegen ein Bücherregal.

»Ich an deiner Stelle würde ihn direkt fragen«, sagt Zara. »Das und wie er dazu steht und alles. Letzten Endes würdest du es ihm doch ohnehin nicht verheimlichen, wenn er es wäre.«

Mit einem Aufseufzen lasse ich den Kopf in den Nacken fallen. »Stimmt, würde ich nicht.«

»Nehmen wir aber mal an, Lennon wäre der Vater«, beginnt Zara vorsichtig. »Was wäre dann?«

»Kann ich dir nicht sagen. So weit sind wir heute Morgen nicht gekommen.«

»Unabhängig von Lennon, meine ich. Was würdest du wollen? Ich glaube, diese Frage müsstest du dir zuallererst stellen.«

Ein paar Sekunden verstreichen.

»Wie gesagt – es ist nicht so, dass ich mir ein Kind nicht zutrauen würde«, sage ich schließlich.

Zara nickt. »Das klingt ja zumindest mal nach einer Tendenz.«

Ich rufe Bennett noch vom Laden aus an, ohne ihn zu erreichen. Obwohl ich ihm eine Nachricht hinterlassen habe, versuche ich es auf dem Weg nach Hause ein zweites und, als ich schon im Bett liege, ein drittes Mal.

»Bennett, bitte ruf mich zurück, es ist wichtig.«

Aber ich weiß, dass es Tage dauern kann, bis er sich meldet, ich habe oft genug meine Erfahrungen damit gemacht. Sollte Bennett gerade in einem wichtigen Projekt stecken, kümmert er sich um nichts anderes. Natürlich könnte ich ihm auch einfach sagen, worum es geht, doch es wäre mir lieber, ihm dabei ins Gesicht zu sehen. Eine solche Nachricht ist definitiv keine Sache für die Mailbox.

Genau genommen ist es nicht einmal eine Sache.

Eine Weile starre ich auf meinem Ficus. Dann schlage ich das dünne Laken zurück und stehe auf, um die Pflanze zu gießen.

Kurz darauf stelle ich das leere Wasserglas auf die Fensterbank. Die Straßenlaternen werfen Kreise aufs Pflaster.

Meine Wohnung wäre zu klein für ein Kind. Also, vielleicht nicht sofort, aber …

Auf dem Gehsteig nähert sich ein Mann einem der Lichtkegel, und für einen Moment meine ich Lennon zu erkennen, bis er an den Stufen zur Haustür vorbeiläuft.

Ich setze mich zurück aufs Bett und greife wieder nach dem Telefon. Es klingelt zweimal, dann ist Lennon in der Leitung.

»Hi.«

»Hi«, sage ich. »Du hast noch nicht geschlafen, oder?«

Er lacht, wenn auch nur kurz. »Nein.«

»Wie war dein Tag?«

»Okay. Und deiner?«

»Er war ... Ich habe gerade versucht, Bennett zu erreichen.«

»Hm.« Ich kann ihn ausatmen hören.

»Lennon ...« Es fühlt sich an, als müsse ich ihm eine Frage stellen, eine wichtige Frage, ohne dass es mir gelänge, die passenden Worte dafür zu finden. »Kann ich vorbeikommen?«

»Ich bin noch im Museum.«

Es ist fast elf, aber ich muss nicht fragen, warum Lennon lieber länger arbeitet, als sich zu Hause seinen Gedanken auszusetzen.

»Ich könnte zusammenpacken und zu dir kommen, wenn du möchtest«, sagt er jetzt. »Ich denke auch, dass wir reden sollten.«

»Okay«, erwidere ich.

»Dann bis gleich.«

Eine Weile sitze ich einfach da, den Blick gesenkt. Ich dachte, Lennon und ich würden nie wieder darüber sprechen müssen, über mein letztes Treffen mit Bennett. Ich war längst dabei, jede Erinnerung daran tief in mir zu vergraben, und die Tatsache, dass Bennett sich seitdem nicht mehr meldet, hat es mir leicht gemacht.

Aber wie es aussieht, ist es noch nicht ausgestanden.

Als es klingelt, stehe ich auf und laufe in dem Licht, das aus dem Schlafzimmer fällt, zur Tür. Ich warte darauf, dass Lennon die Treppen hinaufkommt, und fühle mich seltsam kurzatmig.

Er erreicht den letzten Absatz, und mein Herz setzt einen Schlag aus, weil ich mich trotz allem freue, ihn zu sehen. Dennoch trete ich einen Schritt zur Seite, als er direkt vor mir steht.

»Hallo.«

»Hey.«

Es ist noch nicht lange normal zwischen uns, dass Lennon

mich zur Begrüßung in seine Arme zieht, doch als er nun an mir vorbeigeht, ohne irgendwelche Anstalten in dieser Richtung unternommen zu haben, fühlt es sich grauenhaft falsch an.

Ich schließe die Tür, und im gleichen Moment scheint das erleuchtete Schlafzimmer eine völlig unangemessene Aufforderung zu sein.

»Setzen wir uns in die Küche?«, frage ich.

An den Küchentisch. Zwei erwachsene Menschen, die klären, was es zu klären gibt.

»Okay.« Lennon geht voraus.

»Warte«, sage ich.

Gerade hat er die Hand zum Lichtschalter gehoben, jetzt hält er inne. »Was ist?«

»Vielleicht lieber so.«

Ich ziehe eine Schublade auf, um Streichhölzer herauszuholen, und entzünde die Kerze, die auf dem Tisch steht. Zwei erwachsene Menschen, die klären, was es zu klären gibt, aber bitte nicht im unbarmherzig grellen Licht der Küchenstrahler.

Lennon rückt sich einen Stuhl zurecht, und ich setze mich ihm gegenüber. Eine Weile sagt keiner von uns beiden etwas.

»Wie geht es also weiter?«, frage ich schließlich und denke gleichzeitig: Geht es überhaupt weiter?

Lennon hat in die Kerzenflamme gestarrt, jetzt sieht er zu mir. »Weißt du – ich würde gern sagen, dass es keine Rolle spielt, ob das Kind von mir oder von deinem Ex ist ...«

»Aber es spielt eine Rolle für dich«, beende ich seinen Satz, als er nicht weiterspricht.

Hilflos hebt er eine Hand, lässt sie wieder sinken. »Ich hatte beschlossen, einfach nicht mehr darüber nachzudenken«, sagt er und wiederholt damit den Gedanken, den ich selbst vorhin hatte. Ich hole Luft, will etwas sagen, doch er spricht bereits weiter. »Was, wenn ich es nicht lieben kann? Nicht so, wie es geliebt werden sollte?«

Diese Sätze lassen zwischen uns etwas entstehen, das ich in Lennons Gegenwart noch nie verspürt habe. Obwohl ich nur eine Hand ausstrecken müsste, um ihn zu berühren, scheint er plötzlich meilenweit von mir entfernt. Wir sitzen da, jeder auf seiner Seite eines Ozeans, und ich wünschte, er würde seine Worte zurücknehmen, sie irgendwie entkräften. Ich wünschte, er würde mich anlächeln, so wie immer.

Mühsam räuspere ich mich. »Darüber solltest du dann wohl nachdenken.« Ich stehe auf. »Ruf mich an, wenn du dir darüber im Klaren bist.«

»Alice ...«

Nie hat ein Schweigen zwischen uns länger gedauert, nie hat es mir stärker die Luft aus den Lungen gepresst.

»Es tut mir leid.« Lennon atmet aus.

Für einen Moment denke ich, er werde noch etwas sagen, doch es ist nur ein kurzes Zögern, bevor er ebenfalls aufsteht und geht. Es fühlt sich an, als habe er sich gerade aus meinem Leben verabschiedet.

10 Dinge, die an Kindern nerven (insbesondere an Babys)

1. Sie schreien

2. Schon bevor sie überhaupt zur Welt kommen, schleppt man sie monatelang mit sich herum, und anschließend geht es damit nahtlos weiter

3. Es gibt keinen humanen Weg, sie aus sich herauszubekommen

4. Sie schreien

5. Man kann sie nicht eine Sekunde allein lassen

6. Good bye, Spontanität

7. Sie sind nicht in der Lage, auch nur auf die einfachsten Fragen vernünftig zu antworten

8. Keine ruhigen Nächte mehr auf Jahre

9. Sie zerstören deinen Beckenboden

10. Sie schreien

Kapitel 17

Irgendwann letzte Nacht habe ich die Kerze gelöscht, mir die Tränen aus dem Gesicht gewischt und mich ins Bett verkrochen, wo ich tief und traumlos geschlafen habe. Am nächsten Morgen jedoch bleiben mir keine fünf Sekunden zum Wachwerden, bevor die Ereignisse des vergangenen Tages auf mich niederstürzen.

Ich drehe mich zur Seite und ziehe das Kissen über meinen Kopf, warte darauf, dass die Tränen erneut in mir aufsteigen.

Nach einer Weile werfe ich das Kissen zur Seite.

Ich bin schwanger. Hätte man mich vor ein paar Monaten gefragt, ob ich mir Kinder wünsche, hätte ich gesagt, dass ich mir das durchaus vorstellen könne. Irgendwann. Irgendwann hätte ich einem vor Freude fassungslosen Vater den Schwangerschaftstest unter die Nase gehalten, und er hätte mich vor lauter Begeisterung hochgehoben und im nächsten Moment vorsichtig wieder abgesetzt. Wir hätten uns geküsst und vielleicht überschäumenden Sex gehabt, und wir hätten gemeinsam Babystrampler gekauft und Schnuller und ein Kinderbettchen und all die Millionen Dinge, die man plötzlich braucht. Genau so hätte es sein sollen.

Ich krabbele aus dem Bett und gehe ins Bad.

Aber dann ist es halt nicht so, verflucht noch mal. Ich bin

in den letzten Monaten prima zurechtgekommen, und es gibt keinen Grund, warum sich daran etwas ändern sollte. Ich kann auch allein Kinderbetten kaufen und Strampler und was weiß ich.

Für einen Moment unterbreche ich mich beim Zähneputzen, weil mir bewusst wird, dass ich dieses Kind wirklich behalten will.

Ganz egal, ob Lennon damit nicht klarkommt oder Bennett sich nicht einmal zurückmeldet.

Letzten Endes brauche ich keinen von beiden.

Ich putze gegen das Stechen in meinem Brustkorb an, spucke aus und steige unter die Dusche, ohne nachzusehen, ob nicht zumindest Lennon mittlerweile eine Nachricht geschrieben hat.

Zwanzig Minuten später stehe ich in der Küche, und während meine Kaffeemaschine wie üblich ihre kleinen Ächzgeräusche von sich gibt, sehe ich im Internet nach, ob Koffein überhaupt noch erlaubt ist. Nachdem ich seit einigen Wochen nicht einmal mehr Alkohol trinke, befindet sich auf der Liste verbotener Dinge erfreulicherweise nahezu nichts, was ich wirklich vermissen würde, und ein bis zwei Tassen Kaffee am Tag gelten als unbedenklich. Na also, du kleines Zellklümpchen – wir werden wunderbar miteinander zurechtkommen.

———

»Du willst es jetzt aber nicht ernsthaft *Zellklümpchen* nennen, oder?« Tobey, der mich zu meiner Überraschung tatsächlich kurz angehoben und vorsichtig wieder abgesetzt hat, nachdem ich ihm von meiner Schwangerschaft erzählt habe, wirkt geradezu entsetzt.

»Doch«, erwidere ich. »Ich finde das süß.«

Er sieht zu Zara. »Sag du es ihr«, verlangt er.

»Ich finde es auch süß«, sagt Zara.

»Ihr seid ja beide irre! Das klingt wie Puddingklümpchen – und Puddingklümpchen sind widerlich.«

»Ich mag Puddingklümpchen«, erklärt Zara, was ihr ein letztes missbilligendes Schnauben einträgt, bevor Tobey auf den Hilfe suchenden Blick einer Kundin reagiert und uns neben der Kasse stehenlässt.

»Feiern wir das nachher irgendwo?«, fragt Zara. »Dass wir ein Kind kriegen?«

»Ja, warum nicht.«

»Sehr gut. Was ist mit Lennon? Habt ihr geredet? Wir sollten uns wegen der Benefizveranstaltung sowieso alle noch einmal treffen.«

»Lennon ... wird wahrscheinlich nicht kommen.«

»Ernsthaft? Warum?«

Dass sich Tobey in diesem Moment gemeinsam mit der Kundin der Kasse nähert, enthebt mich fürs Erste einer Antwort, doch im Laufe des Tages lässt Zara nicht locker, bis ich ihr und Tobey jedes Detail erzählt habe.

»Das hätte ich nicht von Lennon gedacht«, sagt sie, während wir uns auf dem Weg zu Hazel befinden, wo wir uns mit Fred, Matt und Rose treffen werden.

»Na ja, verstehen kann ich ihn schon«, widerspricht Tobey. »Stell dir vor, dein Zellklümpchen wird ein Junge und sieht genauso aus wie Bennett.«

»Es ist doch gar nicht gesagt, dass Bennett der Vater ist«, wirft Zara ein.

»Und selbst wenn, dann wäre das eben so«, erkläre ich. »Bennett und ich waren drei Jahre zusammen, und nicht alles an dieser Zeit war schlecht. Gut, es gibt eine ganze Reihe an Dingen, die mich an ihm genervt haben«, rede ich auf Zaras Räuspern hin weiter, »aber das Kind kann ja nichts dafür. Ich käme damit klar. Wenn es Lennon damit anders geht ...«

An dieser Stelle halte ich inne. Ja, was, wenn es Lennon damit anders geht? Wie ginge es dann mit uns weiter?

»Was sagt Bennett überhaupt dazu?«, will Tobey wissen.

»Ich habe ihn noch nicht erreicht.«

»Aber du hast schon vor, ihm davon zu erzählen, oder?«

»Natürlich.«

Ich werde ihm davon erzählen und dabei zum ich weiß nicht wievielten Mal diese eine Nacht verfluchen. Sollte Bennett der Vater sein ... Kann ich wirklich von Lennon erwarten, dass er für das Kind eines anderen die Rolle des Vaters übernimmt? Nachdem wir gerade mal seit ein paar Wochen offiziell ein Paar sind?

Ich fange Zaras mitfühlenden Blick auf und versuche mich an einem Lächeln. Was auch immer passiert – ich werde mit allem nicht völlig alleine sein.

Fred, Matt und Rose kommentieren nicht weiter, dass Lennon nicht an unserem Treffen teilnimmt. In den letzten Wochen kam es immer wieder mal vor, dass nicht alle anwesend sein konnten. Doch nachdem wir sämtliche Punkte besprochen haben und Tobey mit meiner Erlaubnis einen Toast auf den zukünftigen neuen Erdenbürger ausspricht – »Wow, Pathos on!«, ruft Zara –, fällt es mir immer schwerer, meine Niedergeschlagenheit nicht allzu deutlich werden zu lassen.

Ich behalte sie für mich, bis ich wieder zu Hause bin. Mein Zellklümpchen hat irgendwelche Misstöne auf seiner ersten Feier ihm zu Ehren nicht verdient. Doch Lennon hat gefehlt. Er hätte neben mir sitzen und sein Glas heben, er hätte mich küssen sollen.

Als mein Telefon summt, reiße ich es an mich, aber es ist nur Tobey, der mir ein Bild von einem Embryo in der siebten Schwangerschaftswoche schickt.

Sieht das für dich nach Zellklumpen aus? Nenn es Kaulquappe, okay?

Es sieht ein bisschen aus wie ein Gummibärchen, finde ich.

Ich tippe auf *Weiterleiten.*

Gummibärchen oder Zellklümpchen, was meinst du?

Für ein paar Sekunden schwebt mein Finger über dem *Senden*-Button, dann lösche ich die Nachricht wieder.

—

Nachdem Bennett den ganzen nächsten Tag über nichts von sich hören lässt, nehme ich mir am darauffolgenden Nachmittag frei, um ihn in seiner Firma zu besuchen. Er hat ein Recht darauf, alles zu erfahren, und ich habe ein Recht darauf, nicht länger auf eine Reaktion von ihm warten zu müssen.

Ich fahre mit dem Fahrstuhl nach oben, und über meinem Kopf stoßen die drei riesigen Ballons aneinander. Sie sichern mir die Aufmerksamkeit aller, als ich am Empfang vorbei das riesige Großraumbüro betrete und entschlossen zwischen den

Schreibtischen hindurch Bennetts Platz ansteuere. Er bemerkt mich nicht gleich, weil er gerade telefoniert, doch als das Gemurmel hinter mir anschwillt, hebt er den Blick und schießt so abrupt in die Höhe, dass ihm das Headset verrutscht.

»Alice!«, zischt er. »Um Gottes willen!«

Hastig wirft er das Headset auf seinen Schreibtisch, dann packt er mich am Arm und zieht mich den Weg zurück, den ich gerade gekommen bin. Gelächter und vereinzeltes Klatschen begleiten uns.

»Bist du wahnsinnig? Das kannst du doch nicht machen!«, fährt er mich an, nachdem wir vor der Glastür stehen. Dann schiebt er mich noch ein Stück weiter und drückt auf den Fahrstuhlknopf, weil sich hinter der Glastür ein paar seiner Kollegen und Kolleginnen sammeln. Sobald die Türen sich öffnen, beeilt er sich, die Kabine zu betreten, und erst als er den Knopf für das oberste Stockwerk gedrückt hat, lässt er meinen Arm los.

»Also – was um alles in der Welt soll das?«

Anklagend zeigt er auf die goldenen Ballons, auf denen in großen roten Buchstaben *Herzlichen Glückwunsch, du wirst Vater!* prangt.

»Es gab keine Ballons mit *Herzlichen Glückwunsch, du wirst vielleicht Vater*, deshalb dachte ich ...«

»Wieso sollte ich überhaupt Vater werden?«, fährt er dazwischen. »Das ist doch verrückt!«

»Verrückt ja, aber ausschließen lässt es sich nicht. Leider«, füge ich hinzu und sehe ihm ins Gesicht. Auf seinen Wangen und auf seinem Hals haben sich rote Stressflecken gebildet.

»Du spinnst doch! Du kannst hier nicht einfach aufkreuzen, mit diesen Dingern und ...«

»Du siehst doch, dass ich das kann«, unterbreche ich ihn kühl. »Hättest du mich zurückgerufen, hätte ich mir das sparen können.«

»Ich wusste doch nicht, dass es um so etwas geht!«

»Nicht mein Problem«, schnappe ich zurück. »Also. Ich bin schwanger. Und wie bereits gesagt: Es könnte durchaus sein, dass du der Vater bist.«

»Das ist doch Quatsch!«

Die Fahrstuhltüren öffnen sich, doch keiner von uns steigt aus.

»Muss ich dir jetzt ernsthaft erklären, wie so etwas funktioniert?«, frage ich scharf. »Soll ich bei Bienchen und Blümchen anfangen? Wenn eine Frau und ein Mann miteinander schlafen, dann ...«

»Wir haben nicht miteinander geschlafen!«

»Natürlich haben wir das!«

»Ja, aber vor Ewigkeiten!«

»Wenn du vier Wochen eine Ewigkeit nennen willst, bitte, rein rechnerisch jedenfalls ...«

»Nein! Alice! Wir haben bei unserem letzten Treffen nicht miteinander geschlafen! Ich hätte nichts dagegen gehabt, aber du hast die ganze Zeit nur von deinem großartigen Lennon erzählt, und dann bist du eingepennt!«

»Was?«

Bennett zuckt mit den Schultern. »Du musst dir also einen anderen Vater suchen«, erklärt er fast schon triumphierend.

»Aber der Zettel auf meinem Kopfkissen ... Und ich habe dich angerufen, und du hast gesagt ...«

Jetzt sieht er plötzlich zerknirscht aus. »Das war vielleicht nicht ganz okay«, räumt er ein. »Aber du musst mich auch verstehen. Weißt du, wie ich mich gefühlt habe? Ich hatte dir gerade einen Antrag gemacht, und du ...«

»Bennett.« Ich drücke ihm die Ballonschnüre in die Hand und schubse ihn aus dem Fahrstuhl. »Was bist du nur für ein elender Mistkerl.«

―

Aufregung ist bestimmt nicht gut für das Gummibärchen, und deshalb exerziere ich während meiner Fahrt zurück in der Subway sämtliche Atemtechniken durch, die mir einfallen.

Es sind zwei, und keine von beiden wirkt.

Was für ein mieser, unfassbar niederträchtiger ...

Atmen. Länger ausatmen als einatmen, das werde ich doch wohl hinkriegen.

Der Typ neben mir mustert mich skeptisch.

»Ich bin bloß schwanger«, erkläre ich, und er wendet sich mit einem Nicken wieder ab.

Während ich den Broadway entlang das letzte Stück zu meiner Wohnung laufe, ist mir trotz aller Atmerei noch immer danach, Bennett umzubringen, doch dafür müsste ich zurückfahren und ihn erneut sehen, und schon deshalb kommt das nicht infrage.

Bennett ist Geschichte, auf jeder nur erdenklichen Ebene, und wenn ich noch einen Beweis dafür gebraucht habe, dass man einem Mann wie ihm keine Träne hinterherweinen muss, dann habe ich ihn jetzt. Selbst bei unserem letzten Treffen habe ich noch versucht, in ihm etwas zu sehen, was er einfach nicht ist. Jemand, an den man sich gern erinnert – ja, von wegen. In dieser Bar dachte ich noch, dass wir uns zukünftig mit einem Lächeln begegnen werden, sollten wir uns mal zufällig über den Weg laufen. Jetzt allerdings wäre ein knappes Nicken definitiv das Höchste der Gefühle.

Aber – er ist nicht der Vater meines Kindes. Ich biege in die 84th Street und ziehe mein Smartphone aus der Tasche, um Zara anzurufen. Nur aus Gewohnheit werfe ich einen Blick in meinen Mail-Account, entdecke eine Mail von Abrams Books und werde langsamer, während ich sie lese. Schließlich bleibe ich stehen.

Okay.

Okay, das ist ... Das ist ...

Ich tippe Zaras Nummer an.

»Hi, Alice«, höre ich ihre Stimme.

»Jeff Kinney wird bei uns lesen. Und er will kein Geld dafür, sondern fragt nur, wann es uns passen würde.«

Stille.

»Würdest du das bitte noch einmal wiederholen?«

Das tue ich, woraufhin Zara am anderen Ende mehrfach »O mein Gott!« schreit, bis Tobey ihr das Telefon aus der Hand nimmt, um zu erfahren, worum es geht.

»Frag ihn, ob er zu unserer Benefizveranstaltung kommt!«, ruft er.

»Natürlich frage ich ihn das.« Ich nehme den Weg zu meiner Wohnung wieder auf.

Eine Lesung von Jeff Kinney *und* unsere Malwettbewerbspendenaktion mit Deborah Starr – vielleicht werden wir an diesem Tag doch einen Teil des Broadways abriegeln müssen.

»Wir müssen uns so schnell wie möglich treffen, um alles zu organisieren!« Zara hat sich ihr Telefon zurückerobert.

»Lass mich erst einmal klären, ob er an diesem Tag überhaupt kann.«

»Falls nicht, versuch zeitlich irgendetwas in der Nähe zu vereinbaren – es könnte uns auch bei Macy's noch ein paar Plätze nach vorn bringen.«

»Was heißt, es könnte – es wird! Alles ist wieder offen. Prada hat vielleicht Sarah Jessica Parker, aber wir haben Jeff Kinney! Und übrigens habe ich doch nicht mit Bennett geschlafen.« Ich öffne die Haustür und steige die Stufen zu meiner Wohnung hinauf.

»Du hast nicht ... Aber wieso ...?«

Noch bevor ich den ersten Treppenabsatz erreicht habe, ist Zara auch bei diesem Punkt auf dem neuesten Stand.

»So ein erbärmlicher Lügner«, sagt sie abfällig.

»Ein erbärmlicher Lügner, der nicht der Vater meines Kindes ist«, erwidere ich. »Das ist doch schon mal was.«

»Stimmt! Hast du mit Lennon gesprochen?«

»Noch nicht. Aber das werde ich.«

»Er wird sich sicher freuen zu hören, dass er aufhören kann, sich wegen Bennett Gedanken zu machen. Ruf mich heute Abend an, ja? Vielleicht hast du bis dahin auch schon eine Antwort von Jeff Kinney. Wo soll er eigentlich lesen? Im Moment brauchen wir alles, was an Platz zur Verfügung steht, für die Ausstellung der Bilder. Ich werde mal mit Tobey darüber reden. Bis nachher! Grüß Lennon von mir.«

»Mach ich, bis dann.«

In meiner Wohnung atme ich tief durch, während ich mir

die Sandalen von den Füßen streife. Dass Bennett nichts mit dem Kind zu tun hat, ist gut – und dass ich bei unserem letzten Treffen nicht noch einmal mit ihm ins Bett gestiegen bin, ebenfalls. Aber dadurch haben sich nicht alle Probleme zwischen Lennon und mir einfach in Luft aufgelöst. Und ich meine damit nicht die Tatsache, dass ich schwanger bin. Als wir gestern Abend gemeinsam in meiner Küche saßen, ging es vielmehr um die Frage, wie tragfähig unsere Beziehung überhaupt ist. Ja, jetzt scheint alles wieder ganz einfach zu sein, aber was, wenn Bennett eben doch der Vater gewesen wäre? Hätten Lennon und ich dann das, was gerade erst neu zwischen uns entstanden ist, wieder beendet?

Ich schenke mir einen Orangensaft ein und setze mich ins Wohnzimmer aufs Sofa. Eine Weile starre ich in mein Glas, dann greife ich nach dem Telefon.

Nach dem zweiten Klingeln springt Lennons Mailbox an, und enttäuscht lege ich auf, ohne eine Nachricht zu hinterlassen. Im nächsten Moment überlege ich es mir noch einmal anders und rufe erneut an.

»Hallo?«

Dass Lennon plötzlich in der Leitung sein würde, habe ich nicht erwartet.

»Hi! Ähm – ich wollte dir gerade auf die Mailbox sprechen.«

»Soll ich wieder auflegen?«

Nervös lache ich auf. »Nein. Ich habe dir nämlich etwas zu sagen.«

»Das passt. Ich dir auch. Bist du zu Hause?«

»Ja.«

»Gut, ich bin gleich bei dir.«

Es gelingt mir gerade noch, das Glas mit dem Orangensaft vor dem Umfallen zu bewahren, so hastig springe ich auf. Im nächsten Moment klingelt es schon, und ich eile zur Tür. Während ich Lennons Schritte im Hausflur höre, schlägt mir das Herz bis in den Hals hinauf, und als er auf dem Treppenabsatz auftaucht, halte ich mich am Türrahmen fest.

Wir lassen unsere Telefone sinken.

»Es ist mir egal, wer der Vater ist«, sagt Lennon.

Tief atme ich ein. »Du bist es. Und ich werde das Kind behalten. Wenn du darüber noch nachdenken ...«

Lennon legt mir die Hände auf die Hüften und tritt einen Schritt vor, schiebt mich mit seinem Körper in die Diele und küsst mich. Etwas Schweres, das sich in meiner Brust zusammengeballt hat, löst sich auf. Wie viel Raum es eingenommen hat, merke ich unmittelbar, denn alles wird plötzlich leicht, beinahe schwebend. Die Wärme, die von Lennon ausgeht, hüllt mich ein, und ich lege beide Arme um seinen Hals, während mir Tränen in die Augen schießen.

»Ich muss über gar nichts nachdenken«, murmelt er gegen meine Lippen. »Musste ich nie.« Kurz hält er inne. »Ich will mit dir zusammen sein, seit du an diesem Abend vor mir gestanden hast und meintest, das mit der Matratze sei aus Versehen passiert.«

Für einen Moment lehne ich die Stirn gegen seine Schulter, blinzele die Tränen fort. »Und du bist dir ganz sicher, dass du das willst, obwohl ich mich demnächst verdopple?«

»Total sicher, sogar wenn du dich verdreifachen würdest.« Er küsst meine Unterlippe. »Oder vervierfachen.« Noch ein Kuss. »Oder ...«

»Stopp.« Ich erwidere seinen Kuss, und Lennon braucht keine zweite Aufforderung. Er umfasst meinen Hintern, dann hebt er mich an, und ich schlinge meine Beine um seine Hüften. Sein Duft, seine Nähe, sein Atem auf meiner Haut ...

»Und ich will dich«, flüstere ich.

———

Am Tag unserer Benefizveranstaltung sind wir alle nervös. Auch Kayla ist mit ihren Eltern gekommen und überbrückt die Zeit, bis alles losgeht, damit, hinten im Büro noch ein Bild für die Auktion beizusteuern.

Wir öffnen heute erst um zwei, Jeff Kinney wird um vier lesen, die Bilderauktion beginnt drei Stunden später, und es ist fast schon ein Wunder, dass die einzige kleinere Katastrophe bis zum frühen Nachmittag darin besteht, dass die Wassermelonen unerwartet früh eintreffen. Der Lieferant stellt die sechs großen Kisten kurzerhand vor den Sessel, in dem später Jeff Kinney sitzen wird, und Tobey und Matt unterbrechen sich darin, nach Rose' Anweisungen Girlanden aufzuhängen, um die Melonen nach hinten ins Lager zu schaffen. Mittlerweile muss man dort ständig über irgendetwas drüberklettern, weil wir bereits fast alle Büchertische hineingeräumt haben, um sowohl genügend Platz für die Lesung zu haben als auch für die Besucher, die in erster Linie hier sind, um ein Bild zu ersteigern.

Ständig klopfen Leute an die Tür, um zu fragen, ob es noch Karten für die Lesung gibt (nein), wann die Auktion startet (um sieben), wo sie den mitgebrachten Kuchen abstellen sollen (bitte hier auf diesen Tisch, vielen Dank!) und wieso wir am

Vormittag geschlossen haben (weil wir sonst nie im Leben alles rechtzeitig aufgebaut kriegen, obwohl wir bereits seit gestern Nachmittag damit beschäftigt sind). Als wir um kurz nach zwei aufschließen, haben sich bereits jede Menge Eltern mit ihren Kindern vor der Tür versammelt. Auch wenn die Meisten davon schon im Schulalter sind, erweist sich die Kombination Büfett/Buchladen doch als Herkulesaufgabe. Eine ganze Zeitlang sind wir alle damit beschäftigt, Kinder mit Schokoladenkuchen in den Händen daran zu hindern, Buchseiten umzublättern, bis Rose auf die glorreiche Idee kommt, einen Essensbereich zu markieren. Danach läuft es zumindest ein bisschen entspannter.

In der Theorie sah unser Plan vor, gegen halb vier die Lesung einzuläuten, indem wir die Tickets kontrollieren und alle, die keine haben, bitten, im vorderen Teil des Ladens zu bleiben. Vielleicht hätte es sogar funktioniert, wären nicht mittlerweile sehr viel mehr Leute da, als wir erwartet haben. Und man kann keinem achtjährigen *Diary-of-a-wimpy-kid*-Fan erklären, dass der Autor persönlich gleich aus seinen Büchern vorlesen wird, er aber seinen Platz für jemanden mit Ticket räumen soll.

Letzten Endes gelingt es uns zumindest, denjenigen mit Karte einen Sitzplatz auf einem Stuhl oder einem der Kissen zu organisieren, während all die Nachzügler sich irgendwo dazwischenquetschen und Rose mit einem eilig gebastelten Spendenkarton herumläuft, auf dem unterlegt mit vielen Herzen *Für Kayla* steht.

»Er ist da!«

Zara, die vor der Tür gewartet hat, dirigiert Jeff Kinney nach hinten ins Büro, und als er wieder herauskommt, einen kleinen Stapel Bücher unter den Arm geklemmt, grinst er gut gelaunt in die aufgeregte Kindermenge hinein.

»O Gott, hoffentlich überrennen sie ihn nicht«, sagt Zara und muss sich nicht einmal bemühen, dabei leise zu sein.

»Schwierig ist gerade wohl eher, dass ihn keiner verstehen wird, wenn er liest«, erwidere ich. »Es ist viel zu laut hier.«

Dieses Problem hat auch Rose, deren Aufgabe es wäre, Jeff Kinney anzumoderieren.

»Könntet ihr bitte alle mal etwas leiser sein?«, höre ich sie rufen. »Entschuldigung? Hallo?«

»Sie bräuchte ein Megaphon« sagt Zara. »Und wir haben nicht einmal an ein Mikrophon gedacht. Verdammt, das läuft schief.«

Okay, was tun? Was tun? Wie kriegen wir bloß einen riesigen Haufen aufgeregter Kinder dazu, nicht mehr herumzuschreien?

Jeff Kinney sieht im Moment zumindest noch amüsiert aus, trotzdem sollte er mit seiner Lesung demnächst beginnen, damit wir unseren Zeitplan einigermaßen einhalten können – erst wenn alle gegangen sind, die nur seinetwegen hier sitzen, ist wieder genügend Platz für diejenigen, die sich für die Versteigerung der Kinderbilder angekündigt haben.

Ich starte gerade den Versuch, zu Rose durchzukommen, um sie zu unterstützen, als eine freundliche und offensichtlich befehlsgewohnte Stimme den Lärm übertönt.

»Alles klar, und jetzt setzen sich bitte alle auf ihre Plätze und sind leise, sonst geht es hier nicht weiter!«

Fred ist neben Rose getreten.

»Du da, im roten T-Shirt, wie heißt du?«

»Dennis!«, kommt es von einem der größten Herumquäker zurück.

»Okay, Dennis, dann hast du jetzt die Aufgabe, hier rechts ein bisschen für Ruhe zu sorgen, und du«, Fred zeigt auf einen weiteren Schreihals, »wer bist du?«

»Benny.«

»Du kümmerst dich um die linke Seite, in Ordnung?«

»Okay!«

Die beiden Jungs beginnen sofort damit, strafende Blicke an Kinder zu verteilen, die im schon viel ruhigeren Publikum noch voller Vorfreude auf ihren Stühlen herumrutschen.

»Dann können wir loslegen.« Fred nickt Rose zu, die wieder einen Schritt nach vorn tritt.

»Wow«, höre ich Zara neben mir murmeln, den Blick unverwandt auf Fred gerichtet, der sicherheitshalber neben Rose stehen geblieben ist. »Diese Seite an ihm kannte ich noch nicht.«

Während der Lesung und auch während der sich anschließenden Signierstunde haben wir nicht viel mehr zu tun, als Bücher von Jeff Kinney an alle zu verkaufen, die nicht daran gedacht haben, ihr eigenes Exemplar mitzubringen.

Rose' Spendenkarton steht neben der Kasse, und nicht wenige werfen ihr Rückgeld hinein. Vorsichtig hebe ich die Kiste in einer kurzen Pause etwas an und stelle zufrieden fest, dass sie bereits ziemlich voll zu sein scheint.

»Wie viel Geld haben wir eigentlich mit den Tickets eingenommen?«, frage ich Zara.

»Mittlerweile bestimmt über tausend Dollar«, sagt sie. »Und dann noch das Geld vom Büfett und das, was sich in dieser Kiste befindet.«

»Plus der Gewinn aus der Auktion«, ergänze ich. »Ich bin wirklich gespannt, was dabei zusammenkommen wird.«

Jeff Kinney signiert bis beinahe sieben, und weil die ersten Besucher der Auktion schon früher eintreffen, wird es eine kleine Weile bedenklich voll im Laden. Einmal mehr ist es Fred, der den Platztausch zwischen den Lesungsteilnehmern und den Auktionsgästen organisiert und dabei den Sessel, in dem Jeff Kinney saß, für Deborah Starr freihält.

Diesmal bin ich es, die vor der Tür nach ihr Ausschau hält. Irgendwie hatte ich angenommen, Deborah Starr würde mit einer Limousine vorfahren, und bin daher ziemlich überrascht, als die Tür sich plötzlich von innen öffnet und Lennon mir mitteilt, ich könne wieder hereinkommen, Deborah Starr sei bereits da.

»Aber wie ... Ich habe sie gar nicht gesehen.«

»Offensichtlich ist sie einfach an dir vorbeispaziert«, stellt Lennon fest und zieht mich an der Hand zurück in den Laden.

Er ist zusammen mit mir zuständig für den Ablauf der Auktion, und bereits nach wenigen Bildern wird klar, dass sie ein voller Erfolg wird. Auch wenn die meisten Zeichnungen für Beträge zwischen zehn und zwanzig Dollar über den Tisch gehen, gibt es doch einige, auf die bis zu hundert Dollar geboten wird, und insgesamt elf Bilder werden für über achthundert Dollar verkauft. Das teuerste – Kaylas Bild – bringt zweitausenddreihundert Dollar ein und geht an Deborah Starr.

»Das ist mein Bild!«, ruft Kayla.

»Das ist ein sehr schönes Bild«, sagt Deborah Starr. »Möchtest du es wiederhaben, oder darf ich es bei mir zu Hause an die Wand hängen?«

»Du darfst es haben«, sagt Kayla großzügig. »Ich kann ja neue malen.«

Als Tobey hinter der letzten Besucherin die Tür schließt, stehen wir allesamt unter Adrenalin. Der Laden wirkt, als sei ein mittlerer Wirbelsturm hindurchgefegt, doch ungeachtet dessen verteilen wir uns auf die Knautschkissen, um Zara dabei zuzusehen, wie sie alles, was wir heute eingenommen haben, zusammenrechnet.

Ich sitze zwischen Lennons Beinen, mein Rücken gegen seine Brust gelehnt, und genieße es, mich erschöpft in seine Arme zu schmiegen. Als er leicht meine Schläfe küsst, durchrieselt mich ein Schauer, und ich vergrabe für einen Moment meine Nase an seinem Hals, um seinen Duft einzuatmen.

»Also gut«, sagt Zara. »Abzüglich aller Ausgaben kommen wir auf 18 462 Dollar und dreiundsiebzig Cent!«

Wir applaudieren uns gegenseitig – das ist weit mehr, als wir erwartet haben.

»Okay – noch eine gute Nachricht«, ruft Lennon dazwischen. »*Fairway* haben zugesagt, die Summe auf den nächsten Tausender aufzurunden und dazu noch tausend Dollar extra zu spenden. Damit kommen wir also auf glatte zwanzigtausend Dollar!«

Noch in den Jubel hinein taste ich nach meinem Telefon. Zusammen mit Zara habe ich vorgestern das letzte Mal nachgesehen, da waren wir auf dem siebten Platz. Und heute ...

Ich starre auf das Display.

Okay, der Wettbewerb dauert noch zwei Tage, es ist also noch alles offen, aber ...

»Alice, alles klar mit dir?«, ruft Zara. »Was macht unser Rang?«

»Wir sind auf dem ersten Platz.«

Ich habe das nicht besonders laut gesagt, doch für einen Moment herrscht atemlose Stille.

»O mein Gott«, sagt Zara.

Im nächsten Moment schreien alle durcheinander, Zara fällt Fred um den Hals, Tobey umarmt Matt – Moment, *Tobey* umarmt Matt? –, und ich drehe mich zu Lennon um, der mich so zärtlich ansieht, dass mir für eine Sekunde der Atem wegbleibt.

»Wir haben es tatsächlich geschafft«, sagt er.

Ihn jetzt zu küssen, nimmt einen würdigen ersten Platz auf meiner *Glücklichste-Momente-aller-Zeiten*-Liste ein.

⸺

Wir sind bis weit nach Mitternacht damit beschäftigt, den Laden wieder so herzurichten, dass morgen niemand ein halb aufgegessenes Stück Wassermelone in den Regalen findet, und als wir alle auf der Straße stehen und Zara die Tür abschließt, ergreift mich eine feierliche Stimmung.

»Das war's«, sagt Zara, während Fred einen Arm um ihre Schultern legt. »Wir haben über hundert Bilder versteigert, Jeff Kinney hat bei uns gelesen, und irgendwie hat uns das halbe Viertel unterstützt, und jetzt – ist es einfach vorbei. Fühlt sich komisch an.«

Fred drückt sie an sich. »Wir planen einfach demnächst etwas Neues. Aber jetzt – genieße es einfach ein wenig.«

»Okay, dann kommt alle gut nach Hause.« Tobey steht neben Matt, und als der nach seiner Hand greift, zieht er sie nicht weg. »Bis morgen.«

Ein paar Sekunden lang umarmt jeder jeden, und ich Zara sogar zweimal, weil ich den Überblick verliere.

»Das haben wir wirklich gut gemacht, was?«, sagt sie.

Lennon und ich gehen zu mir, und als wir beim Haus ankommen, setzen wir uns auf die Stufen vor der Tür. Die Nacht ist nicht mehr so warm wie noch vor einigen Wochen, und ich kuschele mich in seine Arme.

»Wenn es ein Mädchen wird, könnten wir es nach deiner Großmutter nennen«, sagt Lennon unvermittelt. »Wie hieß sie?«

»Elizabeth.«

»Ein schöner Name.«

»Und wenn es ein Junge wird, nennen wir ihn Elvis.«

Für einen Moment verstärkt sich der Druck seiner Umarmung.

»Eine größere Wohnung wäre wohl gut«, sinniere ich. »Vielleicht eine, wo wir alle reinpassen.«

»Unbedingt eine, wo wir alle reinpassen.« Er lächelt. »Ich möchte mich nicht auf der Feuertreppe einrichten.«

Dann küsst er mich, und wer hätte gedacht, dass der erste Platz auf meiner *Glücklichste-Momente-aller-Zeiten*-Küsse so schnell ausgetauscht werden würde?

10 Dinge, die zeigen,
dass du den Mann deines Lebens gefunden hast

1. Du wachst morgens auf und bist glücklich
2. Er liegt neben dir, und du bist sogar noch glücklicher
3. Wenn er in deiner Nähe ist, möchtest du ihn ständig berühren
4. Wenn er nicht in deiner Nähe ist, auch
5. Du hast das Gefühl, du könntest ihm alles erzählen (und du willst ihm auch alles erzählen)
6. Du kannst mit ihm lachen und diskutieren und streiten und traurig sein
7. Du bist einfach du selbst, wenn er bei dir ist
8. Und genau dafür liebt er dich
9. Er ist dein bester Freund
10. Und noch so viel mehr

Ali Hazelwood
**Deep End – Die unausweichliche Unan-
ständigkeit von Liebe**
Roman
Aus dem Amerikanischen von Anna Julia Strüh
554 Seiten. Klappenbroschur
ISBN 978-3-352-01008-8
Auch als E-Book lieferbar

Eine steamy Sports Romance von Ali Hazelwood

Seit einer schweren Verletzung hat Turmspringerin Scarlett Vandermeer das Gefühl, immer gegen den Strom zu schwimmen. Für so etwas Kompliziertes wie Beziehungen hat sie keine Zeit – meint sie zumindest.
Für Lukas Blomqvist, Kapitän des Schwimmteams von Stanford, ist Disziplin einfach alles. So gewinnt er Goldmedaillen, so bricht er Rekorde: volle Konzentration, unbarmherzige Härte, bei jedem Zug.
Auf den ersten Blick haben Lukas und Scarlett nichts gemeinsam. Trotzdem finden sich die beiden auf einmal in einem Arrangement wieder, das eigentlich nur vorübergehend und nichts als befriedigend sein soll. Doch als der Druck vor den Olympischen Spielen immer größer wird, begreift Scarlett, dass ihr Herz in einen gefährlichen Strudel geraten ist ...

Mit einem Wiedersehen mit Olive und Adam aus »The Love Hypothesis – Die theoretische Unwahrscheinlichkeit von Liebe«

**Regelmäßige Informationen erhalten Sie über unseren Newsletter.
Jetzt anmelden unter: www.aufbau-verlage.de/newsletter**

Donna Marchetti
P. S. I Hate You – Auf dem schmalen Grat
zwischen Hass und Liebe
Roman
Aus dem Englischen von Katharina Naumann
443 Seiten. Klappenbroschur
ISBN 978-3-7466-4095-2
Auch als E-Book lieferbar

Rache ist süß ... und spicy!

Naomi und Luca sind seit der fünften Klasse Brieffreunde. Wobei ...
eigentlich sind sie eher erbitterte Rivalen, die sich eine epische Schlacht
voller Beleidigungen liefern. Zwölf Jahre lang schreiben sie sich Hass-
nachrichten. Doch dann kommt plötzlich keine Antwort mehr. Jahre später landet ein gemeiner Brief auf Naomis Schreibtisch im Radiosender.
Sofort weiß sie, wer dahintersteckt. Und dass sie Luca dieses Mal nicht
das letzte Wort überlassen wird.

Eine einmalig abgründige Enemies to Lovers RomCom mit Dual POV
und prickelndem Spice

Regelmäßige Informationen erhalten Sie über unseren Newsletter.
Jetzt anmelden unter: www.aufbau-verlage.de/newsletter

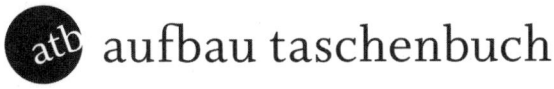

aufbau taschenbuch

Felicia Kingsley
Courting – Be mine through all time
Aus dem Italienischen von Nina Restemeier
602 Seiten. Klappenbroschur
ISBN 978-3-7466-4144-7
Auch als E-Book lieferbar

Er ist alles, was sie will – aber er ist so was von tabu …

Rebecca schwärmt für die Regency-Zeit: umwerfende Bälle, hinreißende Kleider und Männer, die noch wussten wie man um eine Frau wirbt. Denn ganz ehrlich, wer kann heute noch mit Mr Darcy mithalten? Dann findet sich Rebecca auf einmal – völlig unerklärlich – im Jahr 1816 wieder. Plötzlich Debütantin der Londoner High Society, zieht sie die Aufmerksamkeit eines Mannes mit, gelinde gesagt, skandalösem Ruf auf sich: Reedlan Knox, der zwar garantiert kein Gentleman ist, ihre Gefühlswelt aber komplett durcheinanderbringt.
Eine einmalig witzige spicy Time-Travel-Romance mit einer ordentlichen Portion Mystery und einem Bad Boy, der einfach nur zum Verlieben ist.

»Felicia Kingsley lesen, ist wie eine Tafel Schokolade essen: Die Endorphine feiern.« La Repubblica

Regelmäßige Informationen erhalten Sie über unseren Newsletter.
Jetzt anmelden unter: www.aufbau-verlage.de/newsletter

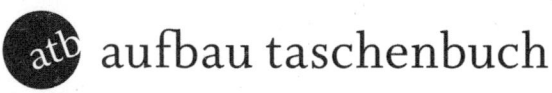

aufbau taschenbuch